Einaudi. Stile L

Titolo originale 書店ガール

First published in Japan in 2012 by PHP Institute, Inc.

Italian translation rights arranged with PHP Institute, Inc.
through Emily Books Agency LTD. and Casanovas & Lynch Literary Agency

www.einaudi.it

ISBN 978-88-06-26244-0

Aono Kei

Le libraie di Kichijōji

Traduzione di Bruno Forzan

Einaudi

Le libraie di Kichijōji

1.

Nella sala sembrava che stesse per iniziare un'esibizione musicale. Il maestro di cerimonie spiegò che si trattava di un omaggio dei vecchi compagni di università dello sposo. I componenti del gruppo iniziarono ad accordare le chitarre e il basso, e uno di loro trascinò lo sposo sul palco: Obata Nobumitsu. Sembrava avessero intenzione di farlo cantare. All'inizio Nobumitsu apparve un po' ritroso, ma poi, spinto da quelli che gli stavano intorno, si diresse con fare riluttante verso il centro della scena. In realtà la ritrosia era soltanto apparente, perché l'espressione che aveva in volto era radiosa. Doveva essere piuttosto sicuro delle sue capacità canore. Afferrò il microfono e iniziò a provare la voce, tutto calato nella parte.

– Lo sposo dedica alla sposa *Winding Road* di Ayaka & Kobukuro, – annunciò uno dei membri del gruppo.

– Eh!? – protestò Nobumitsu. Probabilmente non si erano consultati tra loro in anticipo. – Ma non posso cantarla da solo!

Come se si aspettavano che lo dicesse, i suoi vecchi compagni di studi circondarono la sposa, Aki Kitamura, invitandola a salire sul palco. La canzone scelta era un duetto e l'intenzione era di fargliela cantare in coppia fin dall'inizio.

Ma Aki scosse la testa energicamente. Nel suo caso non era una posa, era seria. Nonostante i tentativi di convincerla, si irrigidí e piantò i piedi a terra. Dato che l'esibizione non iniziava, si sentí aumentare il brusio tra i presenti. Vista la situazione, Nobumitsu scese dal palco, le si avvicinò e le cinse le spalle con un braccio. Il maestro di cerimonie le disse qualcosa all'orecchio, e subito dopo Aki si diresse verso il palco con aria rassegnata.

– Ah, allora canta! È uno spettacolo da non perdere... – Nishioka Riko, che stava conversando animatamente di e-book con un addetto commerciale con cui era piuttosto in confidenza, si interruppe rivolgendo la sua attenzione al palco.

Il ristorante italiano affittato per il ricevimento di nozze era stracolmo di invitati. Ci dovevano essere piú di cento persone. Lo sposo era un editor delle pubblicazioni a fumetti della Hitotsuboshi Shuppan, una delle piú importanti case editrici, mentre la sposa lavorava in una famosa libreria della grande catena Pegasus Shobō, perciò gli invitati erano tutte persone dell'ambiente. Tra di loro c'erano anche alcuni addetti commerciali che, incuranti di quanto stava accadendo sul palco, erano presi a scambiarsi biglietti da visita.

Persino in un'occasione del genere, che tristezza! Neanche fosse un evento organizzato da una casa editrice. Si tratta solo di festeggiare qualcuno, dovrebbero contenersi. Pare che vogliano rientrare dei soldi regalati agli sposi approfittandone per allargare la loro rete di conoscenze...

Riko era la diretta superiore di Aki, in pratica la vicedirettrice della libreria Pegasus Shobō di Kichijōji. Devota al lavoro, era già sulla quarantina e non era ancora sposata. Aveva dei bei lineamenti, un'aria intellettuale e sembrava almeno cinque anni piú giovane della sua età. Per l'occasione indossava un elegante abito bordeaux di buon taglio, che metteva ancor piú in evidenza il suo stile.

– Riko, oggi sei bellissima! Lo sei sempre, ma oggi in

particolare! – le si rivolse in modo stucchevole un addetto commerciale che passava accanto al suo gruppo.

– Grazie! Detto da te, Ashida, fa davvero piacere! – gli rispose lei con un sorriso professionale a trentadue denti. L'altro fece una faccia imbarazzata, come a chiedersi se lo avesse davvero preso sul serio. Ma lei non era certo cosí sprovveduta da prendere alla lettera ogni complimento che le veniva fatto e anche la sua apparente aria lusingata rientrava nella cordialità tra colleghi.

Sul palco, intanto, il tastierista provava l'attacco della parte cantata, indicando ad Aki il livello acustico. A quel suono il brusio degli astanti si placò pian piano. Con gli sguardi degli invitati addosso, Aki afferrò il microfono, come preparandosi al peggio. Fece un respiro profondo e attaccò con la prima strofa della canzone.

«Tante piccole luci che ti attendono alla fine di una strada tortuosa...»

Nel sentirla cantare, una commessa della libreria che stava vicino a Riko scoppiò a piangere, mettendosi in tutta fretta una mano davanti alla bocca. Dall'altra parte, a un addetto commerciale si bloccò in gola un pezzo di pollo fritto *karaage* e il tipo prese a tossire.

Aki non andava a tempo, e lo sfasamento si percepí sempre piú distintamente.

«Anche se sono lontane e ancora non si vedono con chiarezza, andiamo avanti con fiducia, un passo alla volta...»

In quell'istante partí la musica di sottofondo. Era un'esecuzione sommessa, che esaltava la parte vocale. Tuttavia anche cosí Aki continuò ad andare fuori tempo. Gli amici che componevano la band, pur continuando a suonare, espressero tutto il loro disappunto con delle smorfie. Probabilmente non pensavano che potesse essere tanto stonata, e se avesse commesso qualche imprecisione avrebbe potuto risultare anche tenera, ma cosí... Pure il maestro di cerimonie rimase a bocca spalancata.

– Be', anche Aki aveva un punto debole! Non lo sapevo...

– Adesso ho capito perché odiava le serate karaoke...

Avevano tutti gli occhi fissi sul palco, cercando di trattenere le risate. Perfino gli scambi di biglietti da visita si erano momentaneamente interrotti. Anche Riko si sforzava per non scoppiare a ridere. La performance di Aki, o piuttosto lo scompiglio che aveva creato, era di una comicità irresistibile.

Qualcuno non avrebbe dovuto verificare in anticipo le sue capacità canore? L'intenzione era quella di esaltare l'affiatamento della coppia, ma cosí avevano soltanto messo in ridicolo la sposa.

Eppure su quel palco Aki brillava di una luce meravigliosa. Già apparteneva a quella categoria di ragazze definite belle, ma vestita da sposa aveva un fascino ancora piú particolare. Indossava un abito nuziale casual diverso da quello che aveva durante il banchetto, che non solo lasciava scoperte le gambe lunghe e affusolate, ma anche il collo, le spalle e le linee ben disegnate degli avambracci. Il volto, di solito contraddistinto da una pelle diafana, era diventato rosso, con le lunghe ciglia rivolte verso il basso in un moto di timidezza, e il tutto le conferiva un tocco di suadente femminilità. Qualunque uomo sarebbe stato attratto da lei. A meno che non l'avesse sentita cantare...

«Quella tua impareggiabile gentilezza, che non si ferma di fronte a nulla...»

Era il triste destino delle persone stonate: piú si impegnavano, piú lo stridore aumentava. Ma proprio a quel punto intervenne lo sposo. Aki si rivolse a lui come per chiedergli soccorso, e Nobumitsu ricambiò con uno sguardo che sembrava voler dire di lasciar fare a lui.

«Anche se sono lontane e ancora non si vedono, andiamo avanti con fiducia, un passo alla volta...»

Tutti dovevano aver pensato che fosse davvero bravo. Cantava con una voce intensa, melodiosa e perfettamente a tempo. Trascinata da lui, anche Aki raggiunse una discreta intonazione.

«Le lacrime versate di fronte alla realtà di oggi, sono piú di ieri, quando fuggivo via...»

I due, continuando a guardarsi negli occhi, fecero il possibile per modulare le rispettive voci. Anche gli invitati, che all'inizio avevano assistito senza riuscire a trattenere le risate, man mano che l'esibizione procedeva divennero piú seri: nel percepire la tenera intesa che aleggiava tra gli sposi passarono da un atteggiamento derisorio a un allegro coinvolgimento.

Tutto è bene quel che finisce bene, che noia! Riko distolse lo sguardo dal palco e mandò giú in un sorso il vino che aveva nel bicchiere. Era stata appena scaricata da un uomo e non aveva certo voglia di starsene ad ammirare coppie felici. Ma perché i matrimoni capitavano proprio in momenti del genere? E pensare che avrebbe voluto rimanersene rinchiusa a casa a piangere!

Sul palco, intanto, l'esibizione cresceva di intensità. Nobumitsu cinse con un braccio le spalle di Aki e alla fine si misero a cantare avvicinando i loro volti.

«In fondo a quella strada tortuosa mi attende l'uomo che avevo sognato di essere...»

Alla fine dell'ultima strofa, si scatenò un tripudio generale.

– Bravi, bravissimi!

– Uhh, che calore!

Gli amici dello sposo, che avevano pianificato la sorpresa, iniziarono ad applaudire e a complimentarsi. Forse per il sollievo che tutto fosse andato per il verso giusto, o sentendosi in colpa per aver messo in ridicolo la sposa, presero a fare un clamore esagerato. L'esibizione era andata diversamente da come avevano previsto, ma era servita a comunicare a tutti i presenti la passione che univa la coppia. Il disastro, anzi, la stonatura, si era trasformata in qualcosa di fortunato.

– Un grande applauso per gli sposi! – esortò i presenti Iwata Kazuhiro, l'addetto commerciale della Hitotsuboshi Shuppan, che fungeva da maestro di cerimonie.

– Lei è una bellissima ragazza, e sul lavoro si impegna molto. Si confronta con personalità con noi rappresentanti, è determinata e non arretra mai di un passo. Questa Aki, che è già cosí fortunata, doveva pur avere un piccolo difetto, no? Insomma, il cielo non poteva averle concesso anche il dono del canto.

Ci fu una risata generale, e Aki fece un sorriso di circostanza, sollevando gli angoli della bocca ma contorcendo le labbra in una specie di smorfia.

– Tuttavia, non si sa mai cosa ci riserva la vita. Ci si può ritrovare a doversi cimentare all'improvviso in qualcosa per cui non siamo tagliati. Ma quello che da soli può risultare difficile, lo si può superare unendo le forze. In quei casi, di sicuro Nobumitsu sarà un sostegno valido per Aki!

L'attenzione generale si spostò su Nobumitsu. Lui, con aria imbarazzata, accennò un inchino verso gli invitati.

– Mi raccomando, fate tesoro di quello che è successo oggi, e d'ora in avanti affrontate le avversità della vita unendo le forze. E ora un bell'applauso per la coppia che ci ha fatto godere dell'armonia di questo splendido duetto!

Si levò di nuovo un grande applauso. Nobumitsu cinse Aki con un braccio alla vita e salutò con la mano i presenti. A fianco della moglie, ancora tesa in volto, sfoderò un'espressione sorridente di chi sprizza felicità da tutti i pori. Pareva che il viso gli si stesse scollando nello sforzo.

Guardate il marito, sembra tutto ringalluzzito... Quanto a lei, non saprei proprio... Riko mandò giú un altro sorso di vino rosso. Alla sola vista di un uomo cosí spudoratamente felice le veniva la nausea. Le ricordò la faccia di quello con cui aveva avto una relazione, quando le aveva detto che la lasciava.

– Meno male! Quando Kitamura ha iniziato a cantare ho temuto il peggio...

A rivolgerle la parola era stato Nojima Takanori, il direttore della libreria, che le stava accanto. Piú anziano di lei di cinque anni, era un tipo smilzo e senza un capello bianco in testa, tanto da dare un'impressione decisamente giovanile. Con la sua lunga esperienza di rapporti con la clientela era dotato di un notevole savoir-faire.

C'era un buffet in piedi, con dei tavoli rotondi sistemati qui e là. In ciascuno di essi tendevano a raccogliersi persone che già si conoscevano. Al tavolo di Riko si erano concentrati i colleghi di Aki, anche loro dipendenti della libreria Pegasus Shobō.

– Obata è veramente bravo! L'ultima volta l'avevo sentito cantare dopo un evento per la presentazione di un libro.

Nessuno osava dire che Aki era stata, come al solito, inascoltabile.

– Ah, già, eravamo andati tutti al karaoke, no?

Gli sposi, Obata Nobumitsu e Kitamura Aki, si erano incontrati circa un anno prima. Alla libreria Pegasus Shobō, in occasione di un firmacopie del disegnatore di manga Agachi Nao, si era presentato anche Obata, in quanto editor del volume. Come responsabile del reparto fumetti Aki aveva organizzato l'evento. Al termine si erano recati al rinfresco insieme all'autore e piú tardi, su proposta di Agachi, erano andati a un locale di karaoke. In quell'occasione Nobumitsu si era esibito con passione nella sigla di un *anime*. Anche allora, Aki si era rifiutata ostinatamente di cantare, nonostante le insistenze di Obata. Lo sapeva che la moglie fosse cosí stonata? In ogni caso un marito tanto innamorato avrebbe trovato carino anche quel particolare.

Nobumitsu stava chiacchierando amabilmente con gli invitati con il solito sorriso smagliante.

– Pare che in viaggio di nozze vadano alle Hawaii... Che meraviglia, piacerebbe anche a me andarci! – mormorò in tono di invidia Tsujii Ryōsuke, seduto allo stesso tavolo. Tsujii aveva sui trentacinque anni ed era il responsabile del terzo piano della Pegasus Shobō. Alto, allampanato, perennemente abbronzato, era piú interessato al divertimento che al lavoro, e in ferie andava sempre al mare o in montagna.

– Già, e si dice che abbiano prenotato allo *Halekulani*! I turisti di solito alloggiano allo *Sheraton* o al *Royal Hawaiian*, se vogliono stare vicino a Waikiki, ma lo *Halekulani* è tutta un'altra cosa! Certo è caro, ma gli arredi sono splendidi e ha un ristorante fantastico. E vogliamo parlare del servizio? – Hatakeda Yoshio snocciolò una serie di informazioni del tutto irrilevanti. A sentirlo parlare pareva che in quell'albergo ci fosse stato, ma odiava viaggiare e oltretutto, taccagno com'era, non era possibile che fosse andato alle Hawaii. E anche se l'avesse fatto, di certo non avrebbe soggiornato in un albergo di lusso. Doveva essersi informato in rete.

Hatakeda aveva piú o meno l'età di Tsujii ed era il responsabile del quarto piano della libreria. Era l'esatto opposto del collega: piccolo di statura e tracagnotto. Al lavoro aveva sempre una faccia assonnata e distratta, e solo quando si trattava di parlare di cose che lo riguardavano riacquistava vigore ed entusiasmo.

– Uh-huu, ma guarda, lo staff della Pegasus Shobō al completo, insieme alla vicedirettrice! – Una voce interruppe all'improvviso la loro conversazione.

– Ah, Iwata! Come maestro di cerimonie ci sta facendo divertire. Anche a improvvisazione non c'è male! Non sapevo avesse tutte queste qualità...

– Ma no, che dice! Mi dovrei solo vergognare... – Ai complimenti di Riko Iwata replicò con un'aria piuttosto compiaciuta. Aveva iniziato la sua carriera lavorativa insieme a Nobumitsu, lo sposo, ed era responsabile dei rapporti commerciali con la Pegasus Shobō. Era un tipo sportivo, con un fisico prestante, e aveva anche una voce possente.

– È davvero una gran bella festa! – Nojima, da buon astemio, alzò il bicchiere di tè *oolong* come per fare un brindisi in direzione di Iwata. Lui ricambiò il gesto col calice che aveva in mano.

– Già, pare che ci siano piú di cento invitati! Obata ha parecchie conoscenze nell'ambiente di lavoro, e anche Kitamura è molto popolare tra gli addetti commerciali. Ho visto un mucchio di gente che ha a che fare con l'editoria...

– È vero, ci sono molti della Hitotsuboshi Shuppan. Mi sa che quelli del settore commerciale ci sono tutti!

– Uhm, però... – iniziò a dire Iwata, come se si trattenesse a stento dal ridere – ... l'esimio vicepresidente Shibata pare sia in trasferta e non sia potuto venire. Eppure si diceva che fosse il piú grande ammiratore di Kitamura. Si mormora che non la volesse vedere in abito da sposa, e che si sia procurato apposta un impegno fuori!

– Ma non si è sposato anche lui il mese scorso? Con una ragazza che ha frequentato l'Università del Sacro Cuore, di diciassette anni meno di lui! – intervenne Hatakeda.

Come fa a sapere quale università ha frequentato? Potrebbe impiegare le energie per qualcosa di meglio, pensò Riko.

– Probabilmente è cosí, no? O forse non si è presentato per riguardo verso la moglie?

L'argomento non era poi cosí sensazionale, ma sembrava riscuotere parecchio interesse tra gli uomini presenti. *Ancora con questa storia?* Per Riko era evidente come i discorsi relativi alla giovane moglie di Shibata fossero i piú gettonati, e il fulcro era ovviamente quella notevole differenza di età. Di recente, tutti gli addetti commerciali della Hitotsuboshi Shuppan sembravano non far altro che spettegolare sulla moglie del vicepresidente.

– Dite che quello squalo di Shibata non alzerà la testa con una ragazza piú giovane? – commentò Nojima in tono divertito.

Perché gli uomini maturi sono cosí fissati con le ragazze?

– Esatto! Sapete quanto sono diminuiti i rapporti sociali di Shibata dopo il matrimonio? La volta scorsa, dopo un convegno a Shinagawa, se n'è tornato direttamente a casa, nonostante il tutto fosse finito alle cinque! Era ancora tardo pomeriggio! Incredibile, no?

– Proprio lui che si definiva «l'imperatore della notte»! Si vede che la moglie è davvero carina...

– Già, infatti anche in un'altra occasione...

Pure Riko, per non risultare asociale, manteneva un'espressione sorridente, ma non le importava nulla di quell'argomento. Mentre fingeva di ascoltare divertita continuò a vuotare il suo bicchiere di vino. *E comunque non sono certo discorsi da fare di fronte a una donna single sulla quarantina! Non hanno davvero la minima delicatezza... Ecco perché le giovani non se li filano*, pensò.

Riko era piccata, ma gli uomini intorno a lei sembravano non essersene affatto accorti. Per un po' l'argomento «sposa giovane» tenne banco, ma poi di colpo Iwata se ne uscí dicendo: – Uh, accidenti! Devo annunciare la prossima esibizione... Me ne ritorno lí! – Si diresse di corsa verso il suo posto da maestro di cerimonie, e finalmente l'epopea della moglie di diciassette anni piú giovane si concluse. Di nuovo rilassata, Riko si scolò un altro bicchiere di vino. Sul palco, con una ballata dal ritmo lento, stava proseguendo l'esibizione dei vecchi compagni di università di Nobumitsu.

– Comunque, non avrei mai pensato che Kitamura si sarebbe sposata cosí presto! – mormorò Tsujii.

– Da quanto si frequentavano, sei mesi? – aggiunse Hatakeda. I due erano diversi sia per carattere sia per aspetto fisico, ma forse in quanto coetanei sembravano andare molto d'accordo, e si muovevano spesso insieme. Anche quel giorno pareva si fossero dati appuntamento da qualche parte prima di andare lí.

– I giovani di oggi ci mettono poco a fare le cose. Sono determinati, o bravi a voltare pagina...

Mi pare che a voltare pagina rapidamente non siano solo le donne. Basta pensare a quanto ci ha messo poco quell'uomo a scaricarmi.

– Non ti sembra di esagerare, Nishioka? Non sarai mica ubriaca? – l'apostrofò Nojima, col suo solito tono pacato.

– Non mi ubriaco certo per un po' di vino! E poi, il fatto che Kitamura abbia fatto presto a voltare pagina lo pensano tutti, o sbaglio?

La cadenza nel parlare era proprio quella di chi ha bevuto troppo. Nojima scosse la testa, guardando in direzione di Tsujii e di Hatakeda. Tsujii ricambiò con un'occhiata che voleva esprimere tutta la sua riprovazione. Hatakeda rimase impassibile, come al suo solito.

– Nishioka, devi aver bevuto un bicchiere di troppo.

– Scusate, mi sa che ho esagerato. Il fatto è che mi sento un po' a disagio. Sono l'unica tra le nostre colleghe a essere venuta, no?

Prima di frequentare Nobumitsu, Aki aveva una relazione con Mita Takahiko, un altro dipendente della libreria, ma lei l'aveva lasciato dopo aver conosciuto Nobumitsu. E al lavoro questo lo sapevano tutti.

– Ah, è vero, non ci sono ragazze... Tutte assenti a parte te, Nishioka?

– No, c'è anche Hagiwara, che faceva accoglienza agli invitati –. Alla domanda di Nojima, rispose Tsujii col suo solito tono distaccato.

Hagiwara Mami lavorava part time come addetta al reparto testi didattici. Era l'unica collega con cui Aki avesse una certa confidenza. E al ricevimento non si stava occupando solo dell'accoglienza agli ospiti, ma anche dell'organizzazione in generale.

– Ah, sí, Hagiwara... Però l'invito dovrebbe essere arrivato a tutte, giusto?

Intanto il gruppo musicale aveva abbandonato la scena, ed erano iniziati i preparativi per il numero successivo. Doveva trattarsi di un'esibizione all'arpa da parte della cugina di Aki. Lo strumento era stato portato sul palco e l'esecutrice lo stava accordando.

– Mah, immagino di sí. Solo che col putiferio che si era creato, magari anche quelle che volevano venire non ci sono riuscite... – commentò Riko con nonchalance, in risposta all'osservazione di Tsujii. – A proposito, ma a Mita l'avrà mandato l'invito?

Nello stesso istante in cui lo disse, Riko se ne pentí. Le sue parole erano echeggiate con insolita potenza in tutta la sala. Sul parco l'arpista aveva terminato i preparativi e stava per iniziare l'esecuzione, cosí per qualche istante tra i presenti era calato un silenzio assoluto. Tuttavia fu solo questione di un attimo e l'esibizione iniziò come se non fosse successo nulla.

La musicista si concentrò sulla melodia che produceva, e anche gli invitati si immersero affascinati nell'ascolto. Non sembrava che le parole di Riko avessero sortito qualche effetto.

Meno male, pare che non abbiano sentito! E nel caso gli sia arrivato qualcosa all'orecchio, devono averla giudicata una conversazione sopra le righe...

A pensarci bene, tra gli invitati non erano molti quelli a conoscenza della relazione tra Aki e Mita. Lui non era poi cosí famoso e la cosa non doveva essere trapelata al di fuori della cerchia dei dipendenti della Pegasus Shobō. Come per tranquillizzarsi, Riko sorseggiò lentamente l'ennesimo bicchiere di vino rosso.

In effetti la supposizione di Riko si rivelò azzeccata. Quasi tutti i presenti al ricevimento non avevano fatto caso alle sue parole. Giusto quelli che le stavano piú vicino avevano pensato, con aria seccata: *Sta per iniziare l'esibizione, e questa gallina continua a chiacchierare!*

Tuttavia c'era un'unica persona che sentendola era impallidita, e si trattava nientedimeno che della sposa stessa, Aki. Aveva percepito qualcosa di volutamente malizioso in quelle parole. Le era sembrato che avessero macchiato l'atmosfera idilliaca della festa, come se vi fosse stato versato sopra dell'inchiostro. Era una sua semplice impressione, ma non c'era nulla di piú inquietante.

Perché Riko aveva tirato fuori il nome di Takahiko proprio in un'occasione simile? L'aveva fatto apposta? L'aveva detto in modo che tutti sentissero? E per una qualche avversione nei suoi confronti?

Aki era già irritata per altri motivi. Nonostante fosse decisa a non cantare mai di fronte agli altri, l'avevano costretta a salire sul palco ed esposta al pubblico ludibrio.

Tuttavia, non riuscendo a provare risentimento nei confronti di Nobumitsu o dei suoi amici, non aveva saputo con chi prendersela, e ora Riko pareva il capro espiatorio perfetto.

Aveva pensato di fare le sue rimostranze in seguito. Non importava che fosse la vicedirettrice della libreria in cui lavorava, e tecnicamente il suo capo. Aveva rovinato l'atmosfera del suo ricevimento di nozze. Aki, che era un'edochiana purosangue, aveva un carattere aperto e sincero, ma con la tendenza a fissarsi sulle cose, e si accalorava con estrema facilità. Se si era convinta di detestare Riko, pian piano le sarebbe montata la rabbia.

Sapeva perfettamente di non andarle a genio. Sembrava fosse cosí fin da quando era stata assunta. Riko era il tipo che voleva fare tutto a modo suo e non sopportava quelli che facevano resistenza. Anche il fatto che Aki fosse stata costretta a cantare, non era forse successo perché quella donna aveva istigato Iwata, il maestro di cerimonie, a insistere in modo che lei lo facesse?

Quando si era impuntata per non salire sul palco, Iwata le aveva sussurrato all'orecchio: «Aki, sei brava a cantare, vero? Me l'ha detto uno dei tuoi superiori. Su, fai vedere a tutti cosa sai fare con Nobumitsu!»

Aki aveva dedotto che il «superiore» fosse Riko, e cosí le era scattata la molla. Era convinta che l'altra stesse macchinando qualcosa per metterla in difficoltà.

Pazienza se si fosse sbagliata, considerato che per Aki un superiore poteva essere anche Hatakeda, il responsabile del quarto piano, o il direttore Nojima; non solo Riko, che era la vicedirettrice. Tutti e tre sapevano quanto fosse stonata, ma ad aver fatto quella subdola soffiata pensava non potesse essere stata altro che lei, e non quell'orso di Hatakeda o Nojima, che era una persona gentile.

Peccato che per sua sfortuna il superiore a cui si riferiva Iwata fosse quel fanfarone di Tsujii. Visto da fuori, Tsujii aveva comunque una qualifica piú importante e, pur non essendolo direttamente, risultava un superiore rispetto ad Aki, che era di un livello piú basso. Una volta che si era recato alla libreria per questioni di lavoro, Iwata aveva preso da parte Tsujii facendogli qualche domanda, senza dirgli che riguardava l'organizzazione del ricevimento di nozze.

«C'è qualcosa in cui Aki sia particolarmente brava?»

«Ma certo, a cantare! Kitamura vale davvero la pena di ascoltarla!»

Tsujii l'aveva detto in tono scherzoso, ma Iwata l'aveva preso alla lettera. Lui che dalle elementari all'università si era dedicato anima e corpo al judō, purtroppo non aveva un grande senso dell'umorismo e non aveva colto l'ironia. Anzi, credeva di aver ottenuto un'informazione preziosa. Anche Nobumitsu era notoriamente bravo al karaoke; cosí aveva pensato di organizzare una sorpresa facendoli esibire in un duetto.

Tra l'altro, il motivo per cui Iwata si era rivolto a Tsujii era che Riko, responsabile del secondo piano della libreria, sembrava sempre impegnatissima e non molto incline alle chiacchiere futili. Mentre Hatakeda, responsabile del quarto piano, era un tipo taciturno con cui difficilmente si poteva conversare. Cosí aveva scelto Tsujii per esclusione. Il terzo piano, forse in quanto dedicato ai testi specialistici, era sempre poco affollato e Tsujii, che ne era il responsabile, non aveva mai molto da fare. Oltretutto era un gran chiacchierone, e appena gli si chiedeva qualcosa si prodigava subito in varie spiegazioni. Per Iwata era una preziosa fonte di informazioni. Ovviamente Tsujii aveva dimenticato completamente di avergli messo in testa una simile idea.

Sul palco intanto proseguiva l'esibizione all'arpa. Mentre faceva finta di ascoltare in silenzio, Aki continuava a rivangare le sue frustrazioni nei confronti di Riko. Poi, a un tratto, una voce la fece rinsavire: – Ehi, Kitamura, anzi, Obata... – Aki si ritrovò davanti Nojima, con la sua solita espressione insicura.

– Ah, direttore, grazie per essere venuto oggi...

– Grazie a te per avermi invitato. Purtroppo tra poco ho un altro impegno, e devo andarmene in anticipo.

– Be', allora faccio venire Nobumitsu!

Aki cercò il marito con lo sguardo. Era dall'altra parte della sala, circondato dai suoi vecchi compagni di studi.

– Ma no, non fa niente! Non voglio rovinare l'atmosfera proprio quando si sta divertendo!

– Davvero?

– Piuttosto, è stata davvero una bellissima festa. A vedervi cosí felici, mi si è scaldato il cuore!

– Oh... – Non le uscí che quella risposta insulsa. Dal suo punto di vista aveva rivelato a tutti quanto fosse stonata ed era risuonato per tutta la sala il nome del suo ex. Insomma, era stato un vero disastro. Nel vederla adombrarsi in volto, Nojima male interpretò la cosa.

– D'altra parte mi è anche dispiaciuto... che non siano potuti venire tutti.

Aki, che aveva intanto accennato un vago sorriso, si irrigidí. Le era di nuovo balenato in mente qualcosa di spiacevole. Aveva mandato l'invito a tutti quelli della libreria eccetto che a Mita, ma a presenziare erano stati soltanto quelli con incarichi direttivi. Eppure aveva perfino anticipato la data del ricevimento, scegliendo il giorno in cui ci sarebbe stata la solita revisione trimestrale dell'edificio della libreria, in modo che tutti potessero essere liberi di partecipare. Ma non aveva sortito alcun effetto.

– Le ragazze sono state un po' infantili. Si festeggiava un matrimonio, credo sarebbe stato piú importante assecondare lo spirito celebrativo. Anche Nishioka mi ha detto che lo trovava troppo avventato. A me non sembra giusto...

– Troppo avventato? Ma se non sa neanche come sono andate le cose!

Aki sentí la rabbia ribollirle dentro in modo sempre piú violento.

– Comunque, quando rientrerai dal viaggio di nozze vedrai che le cose si sistemeranno. Una volta sposata, sarà diverso. Tra quanto sarà, una settimana? – aggiunse Nojima svagato come per consolarla, senza rendersi conto che le sue parole avevano avuto l'effetto di versare benzina sul fuoco.

– Sí, sarò fuori dal cinque luglio.

– Be', allora divertiti! Non vedo l'ora di sentire i tuoi racconti!

– Grazie...

Aki lo accompagnò fino all'uscita. Quando rientrò in sala, era appena terminata l'esecuzione all'arpa. Il programma prevedeva che Nobumitsu passasse ai saluti e ai ringraziamenti. Sollecitati dal maestro di cerimonie, lui e Aki salirono insieme sul palco. Come al solito, Nobumitsu catturò l'attenzione degli invitati inframmezzando il discorso con battute spiritose. Lí dall'alto, Aki sorvolò con lo sguardo l'intero salone, ma i suoi occhi finirono comunque per cercare Riko, che, ignorando bellamente quanto stava succedendo, era tutta presa a parlare con qualcuno senza prestare la minima attenzione ai saluti di Nobumitsu.

Ma che ci è venuta a fare, allora? Se non voleva proprio festeggiarmi, avrebbe potuto evitare di farsi vedere!

Un fragoroso applauso fece rientrare Aki in sé. Pareva che Nobumitsu avesse terminato con i saluti. Assecondando i suoi gesti, anche lei si affrettò a inchinarsi.

– Bene, per concludere, vorrei che la sposa, per condividere un po' di felicità, lanciasse il bouquet alle presenti. Chi sarà la fortunata?

Aki, che aveva iniziato a ritirarsi dal palco, a quelle parole tornò rapida al centro.

– Allora, mie care, siete pronte? – continuò il maestro di cerimonie. Davanti al palco si radunarono le poche giovani presenti.

Aki sollevò il braccio, quasi a voler significare che ce l'aveva fatta e di prendere esempio da lei. Ma intanto, le balzò agli occhi l'immagine di Riko. Stava ancora parlando con quell'addetto commerciale, dando volutamente le spalle al palco, come se la cosa non la riguardasse.

Anche se nessuno me l'ha chiesto, a te non lo do di sicuro!

Aki strinse in mano il suo prezioso bouquet.

– Allora, invito la sposa a procedere! Prego!

Alle parole di Iwata Aki lanciò il bouquet di rose bianche verso la zona dove non c'era Riko. Scagliato con forza, il mazzo vibrò alto nell'aria spargendo petali di qua e di là, andando a colpire il soffitto e cambiando direzione col rimbalzo, fino a cadere in un punto dove non c'era nessuno.

– Ahhh... – Si levarono dei gridolini di delusione. Qualcuno allungò disperatamente una mano verso il bouquet, colpendolo con forza e facendolo volare all'indietro, verso la testa di Riko, che stava chiacchierando amabilmente spalle al palco. Allungò istintivamente una mano verso il bouquet, chiedendosi cosa fosse successo, e lo afferrò.

– Guarda guarda, è finito trionfalmente nelle mani di Nishioka Riko, della Pegasus Shobō! Congratulazioni! – si complimentò il maestro di cerimonie a voce alta. Si accalcarono tutti intorno a lei.

– Congratulazioni! – le disse qualcuno dandole una pacca sulla spalla.

– Uh, allora la prossima sei tu! – commentò Tsujii in tono scherzoso. Aveva un'espressione chiaramente divertita. Riko arrossí.

Mi sta prendendo in giro? Pensa che sia lo zimbello della festa, visto che a quarant'anni non sono ancora sposata?

Riko se ne stava lí in piedi imbambolata, incapace di profferire parola.

Aki, da parte sua, era in preda al disappunto. Tra tutte quante, alla fine il suo prezioso bouquet era finito proprio a quella donna: un vero disastro! In realtà, se proprio doveva darlo a qualcuno, avrebbe voluto che a prenderlo fosse stata una cara amica. Era un qualcosa che si consegnava augurandosi la felicità di chi lo riceveva, e oltretutto lo si faceva una sola volta nella vita.

Anche Aki rimase lí ferma in piedi, in silenzio. Il ricevimento intanto continuava, incurante di loro due. Il maestro di cerimonie aveva dato il via ai saluti finali, prima di dichiarare chiuso l'evento. Aki e Nobumitsu vennero accompagnati dal personale all'uscita del locale. Posizionatisi a fianco della porta, ringraziavano uno per uno gli invitati che tornavano a casa.

Hagiwara Mami, che stava mettendo in ordine il banchetto per l'accoglienza degli ospiti, corse incontro ad Aki appena la vide. Aveva ventitre anni, quattro in meno di Aki; di carnagione chiara, il volto roseo e un paio di fossette marcate le davano un aspetto caratteristico, che non passava inosservato. Indossava un vestito argentato senza maniche, con borsa e scarpe nere abbinate; insomma, aveva un'aria molto piú adulta del solito.

– Aki, ehm, i soldi li sto tenendo da parte io. Li conservo finché non avrete finito. Non mi fido a lasciarli nel guardaroba... – Quando parlava, il tono era sempre un po' farfugliato, quasi infantile. Mami allargò l'apertura della busta che aveva in mano, mostrando il contenuto ad Aki. Oltre alle banconote e alle monete, si vedevano anche altri involucri di carta. Per il ricevimento era prevista una quota di partecipazione, e molti consegnavano il denaro cosí, ma c'era anche chi lo aveva infilato in un'apposita busta. Per puro caso, su quella che stava sopra a tutte le altre appariva il nome «Nishioka Riko». Quando lo vide, Aki si sentí invasa dal risentimento.

– Ti dispiace se prendo questa?

Tirò fuori la busta che recava il nome di Riko.

– Cosa vuoi farci? – le chiese Mami mentre Aki le aveva già dato le spalle, tornando imperturbabile verso il centro della sala.

– Aki! – si affrettò a chiamarla Nobumitsu, ma lei fece finta di non sentire, e proseguí spedita tra i presenti. Si guardò intorno, individuando Riko che stava chiacchierando amabilmente con alcuni addetti commerciali e le si avvicinò senza esitazione. Riko teneva stretto al petto il bouquet che aveva appena ricevuto.

– Signora Nishioka, ha un attimo? – Aki aveva un'espressione tesa in volto, che non si intonava affatto col suo abbigliamento glamour. Per un attimo Riko fece una faccia perplessa, ma poi salutò con un sorriso i suoi interlocutori e si avvicinò ad Aki. Quando le fu di fronte smise di sorridere e le chiese un po' seccata: – Di che si tratta?

– Non qui! – Aki afferrò Riko per un braccio, trascinandola verso il fondo della sala. Tutti quelli che incrociava durante il tragitto davano come l'impressione di volerle rivolgere la parola, dato che era la protagonista della festa, ma lei li ignorò bellamente, avanzando con decisione.

– Ma che fai, Kitamura? La sposa non dovrebbe essere all'uscita a salutare gli ospiti? – l'apostrofò Riko, ma Aki ribatté: – A quello ci penserò dopo! – spingendo l'altra verso il guardaroba. Anche Mami ci si infilò dentro. All'interno della stanza aleggiava un'aria pesante, pareva che il condizionatore non sortisse alcun effetto. Misurava meno di dieci metri quadrati ed era spoglia, con la sola presenza di due lunghi tavoli. Sopra c'erano appoggiati un po' alla rinfusa effetti personali degli invitati, abiti di ricambio e scatole con le decorazioni. Una volta chiusa la porta, Aki si rivolse a Riko.

– Signora Nishioka, mi ha davvero deluso...

A quelle parole, Riko si chiese a cosa preludesse quella specie di commedia.

– Deluso per cosa? – Era visibilmente alticcia. E, oltretutto, essendo reduce da una delusione sentimentale, doveva provare una sincera avversione per qualcuno che sprizzava felicità da tutti i pori. Tanto piú perché si trattava di una sua insolente sottoposta.

– Se hai qualcosa di cui lamentarti, dillo chiaramente! Non devi avere riguardi, anche se sono un tuo superiore!

Mami, che assisteva alla scena, era tutta eccitata. Sarebbe stata una battaglia all'ultimo sangue? Nei manga ne aveva viste tante, ma quella era la prima volta che gliene capitava una reale. Non voleva assolutamente perdersela, forse le sarebbe servita da esempio.

Mami aspirava a diventare una fumettista. Diceva di lavorare part time alla libreria come occupazione transitoria finché non ci sarebbe riuscita, ma in verità fino ad allora non aveva mai terminato nemmeno una storia. Si stancava a metà. In definitiva, era solo un'appassionata di manga che sognava di diventarne un'autrice.

– Signora Nishioka, il mio matrimonio non è stato divertente, vero? Me l'ha rivelato il direttore. Pare che abbia detto che era fin troppo avventato...

– Ma di cosa stai parlando? – Riko era ubriaca, e aveva

dimenticato completamente ciò che aveva detto. E in piú, in quei momenti, piú che ad Aki stava pensando al suo ex fidanzato, che l'aveva scaricata per un'altra.

– Non faccia finta di non sapere! Ha fatto delle insinuazioni riguardo a Mita, no? Ha detto apposta il nome ad alta voce, in modo che lo sentisse tutta la sala, o sbaglio?

– Ma certo! L'ho sentito chiaramente anch'io! – commentò Mami intervenendo nella conversazione. In realtà il suo intento era quello di dare una mano ad Aki. Pensava di dover dimostrare con chiarezza di essere dalla sua parte.

– Ecco, insomma... – In effetti Riko aveva il sentore di averlo pronunciato, quel nome. Ma perché l'aveva fatto?

Ad Aki l'atteggiamento di Riko sembrava confuso, evasivo. E questo la faceva imbestialire ancora di piú.

– Se non le piaccio, non mi importa. Ma manifestarlo in pubblico lo trovo infantile. Mi dispiace davvero tanto –. Riko stava per ribattere qualcosa, ma poi, non ricordando bene come si fosse comportata esattamente, non sapeva cosa fosse piú opportuno dire. – Questa gliela restituisco...

Aki le mise in mano la busta che aveva con sé. Riko rimase a guardarla in silenzio, come imbambolata.

Cos'è questa, non ci avevo messo dentro i soldi?

Sembrava che l'ebbrezza alcolica fosse scemata, e di colpo fosse tornata sobria.

– Se non si sentiva nello spirito di festeggiare, avrebbe fatto meglio a non venire! – Aki la guardò con aria sprezzante.

E con questo, la signora è servita!, pensò Mami, che osservava la scena lí accanto. *Che stile! Vittoria in una mossa...*

Ma a Riko, davanti a quei commenti cosí teatrali, saltò la mosca al naso.

– Be', allora riprenditi questo! – sbottò Riko restituen-

do ad Aki il bouquet. Dei petali bianchi caddero a terra.
– Me l'hai dato apposta, vero? Volevi mettermi in ridicolo davanti a tutti, facendo notare come a quarant'anni non sia ancora sposata!

Quando aveva preso i fiori e sentito fare il suo nome, Riko si era sentita avvampare in volto. Si vergognava che gli altri avessero potuto pensare che a quell'età avesse ancora ambizioni di matrimonio.

– Non è vero! Non lo avrei mai fatto, con una cosa cosí preziosa come il bouquet...

– E allora perché l'hai lanciato verso di me? Avresti potuto darlo a qualcuno che lo desiderava davvero!

– Non volevo affatto lanciarlo a lei. È volato per caso nella sua direzione...

– Ma che dici? Non è che il bouquet si muova per volontà propria!

– No, ma di sicuro c'era un qualcosa di malevolo. Sono certa che è stato attirato verso chi aveva cattive intenzioni!

– Cattive intenzioni, ma di che parli? Sei tu che l'hai lanciato, con un concentrato di propositi maliziosi!

– No, non sono io! È lei!

– No, sei tu!

Aki e Riko si guardavano in cagnesco. Sembrava stessero sprizzando scintille.

Uh, che spettacolo! È il massimo, poter assistere a un combattimento all'ultimo sangue da una postazione cosí privilegiata!

Col fiato sospeso, Mami continuò a osservare gli sviluppi della situazione.

Le due, con un'espressione di sfida in volto, non si muovevano di un millimetro. Parevano convinte che la prima a prendere l'iniziativa avrebbe perso. In quel momento, si aprí la porta.

– Kitamura, ecco dov'eri finita! Sono tutti in imbarazzo, non possono non salutare la sposa prima di andarsene... – Nella stanza risuonò la voce melensa di Tsujii, tornato a riprendersi le proprie cose. Aki rientrò di colpo in sé.

– Già, è vero. Non era il caso di perdere tempo per questo... – Cosí dicendo, distolse lo sguardo da Riko e fece per uscire, ma poi, come se si fosse ricordata di qualcosa, aggiunse rivolta a Tsujii: – Questo lo lascio a lei... – e gli mise in mano il bouquet che aveva ripreso. – Lo dia alla sua fidanzata...

– Eh? Ma non ce l'ho la fidanzata, al momento! E per la cronaca, già da un anno e quattro mesi...

Senza curarsi delle obiezioni di Tsujii, Aki uscí svelta dal guardaroba. A seguire, anche Riko si rivolse al collega: – Prendi anche questa! Usali per il prossimo appuntamento con la tua ragazza... – gli disse, mettendogli qualcosa in mano.

– Anche tu, Nishioka? Ho detto che al momento non ce l'ho, la ragazza! – protestò Tsujii; poi, dando un'occhiata a quello che lei gli aveva dato, rimase basito. – Eh, cosa? La busta con i soldi? E perché proprio a me?

Ma anche Riko, sfilata di fianco a Tsujii con un'espressione infuriata in volto, uscí fuori. Chiuse la porta con un impeto travolgente, tanto che il frastuono echeggiò per tutta la sala.

Passata la tempesta, nel guardaroba tornò la calma. Erano rimasti Mami, con un'aria quasi incantata, e Tsujii, che appariva disorientato.

– Ma che è successo? – gli chiese lui.

Scuotendo la testa, e come in preda a una profonda emozione, Mami rispose: – La vita di una donna è piena di difficoltà. Mi servirà da lezione...

– Cosa vuoi dire?

– Forse lei non capirà, visto che non ha nemmeno una fidanzata. Ma sono problemi seri...

Tsujii scrollò le spalle, con un atteggiamento fatalista. Mami continuò a fissare la porta da cui erano uscite Aki e Riko, con aria trasognata.

2.

– L'ho saputo! Quella Kitamura è davvero una maleducata... – se ne uscí Ozaki Shiho, rivolgendosi a Riko. Era, insieme a lei, la responsabile del reparto narrativa e saggistica del secondo piano.

– Restituire la busta con l'offerta, che assurdità! – A rincarare la dose fu Yamane Shōko, che lavorava nella sezione fumetti. Il suo tono di voce era suonato in qualche modo elettrizzato, come se non riuscisse a trattenere una certa eccitazione. Forse le risultava piacevole parlare male di Aki, oppure trovava semplicemente divertenti i litigi degli altri.

– Eppure ha già ventisette anni, no? Non ha un briciolo di buon senso! – A intervenire fu Makihara Minako, anche lei del reparto fumetti. Era una studentessa che lavorava lí part time e aveva appena vent'anni. Pareva che in quel momento, prima dell'inizio del turno di lavoro, tutte le ragazze fossero impegnatissime a spettegolare negli uffici amministrativi sul retro.

Ormai sono sulla bocca di tutti, pensò Riko rassegnata. Dopo una bella dormita, il mattino successivo le era parso di tornare alla normalità. Si pentiva amaramente di essersi fatta trascinare dall'atteggiamento aggressivo di Aki, ma ormai era troppo tardi. In tutta la libreria non si faceva che parlare del loro battibecco del giorno precedente. Mami e Tsujii ne erano stati testimoni e non c'era piú modo di tenerlo nascosto. Per di piú l'emicrania provocatale dai postumi della sbornia non faceva che aumentare.

– Non è che Kitamura si è innervosita perché tutti l'hanno sentita cantare?

– Quello è stato un brutto colpo!

Il personale era tutto preso a discutere. Aki non era certo popolare tra le ragazze. Era bella, piaceva agli uomini e già quello sarebbe bastato per venire esclusa dalle altre, che non sopportavano quel suo tenere sempre il punto e infischiarsene del resto del mondo quando era convinta di qualcosa.

In definitiva, quando avevano iniziato a frequentarsi, anche Mita era stato soggiogato dalla prepotenza di Aki. Mita era un dipendente a contratto della libreria, addetto al reparto libri specialistici del terzo piano. Era alto, bello e solo per l'aspetto esteriore godeva di un'alta considerazione. Inoltre era garbato, gentile e molto capace sul lavoro. Aveva grande successo con le donne, tanto che al lavoro si era creato addirittura un suo fan club tra le colleghe.

Chiamarlo «fan club» era un gioco, ma in ogni caso tra le ragazze vigeva la tacita regola di non prendere iniziative personali con lui. L'impudenza di Aki, che l'aveva ignorata, era stata subito condannata.

Tuttavia la cosa non aveva immediatamente costituito un problema, visto che lei, insieme a Riko, era una delle due dipendenti fisse di quella libreria, condizione che le garantiva una sorta di immunità. Ma quando, dopo tre anni di relazione, Aki aveva lasciato Mita all'improvviso per mettersi con Obata Nobumitsu, editor di una grande casa editrice, le colleghe non glielo avevano umanamente perdonato. Avevano creato una lega contro di lei e da allora erano iniziate le provocazioni nei suoi confronti. Cosí, da quando avevano saputo del litigio al matrimonio, non stavano piú nella pelle.

E io che volevo evitare i pettegolezzi, pensava Riko, nonostante, a essere sinceri, Aki non le fosse mai piaciuta. Ma nella sua posizione di vicedirettrice non voleva essere coinvolta in quegli stupidi bisticci. Se avesse preso le parti delle altre ragazze avrebbe fornito una scusa per giustificare le vessazioni nei suoi confronti.

– Eppure te l'avevo detto che sarebbe stato meglio non andare al ricevimento! – proseguí con una punta di rammarico Ozaki, la diretta sottoposta di Riko. Il suo tono commiseratorio sembrava del tutto sincero.

Riko non riuscí a fingere di sorridere. Di quel passo sarebbe diventata il vessillo della lega anti-Kitamura.

– Insomma, direttore, non crede che Aki abbia esagerato? Nishioka si era presa addirittura un giorno di ferie per andare al ricevimento! – se ne uscí Yamane rivolta a Nojima, mentre lui le passava accanto.

Preso alla sprovvista, il direttore rispose: – Mah, in effetti... Anche Kitamura, voglio dire, Obata, potrebbe avere piú riguardo verso i superiori...

Il pavido Nojima era timoroso di avventurarsi troppo oltre in una simile querelle tra donne.

– Già, è proprio vero! Kitamura è una principessina viziata...

– Visto che si è sposata, farebbe meglio a lasciare il lavoro e fare la casalinga a tempo pieno!

Ormai era un tripudio di invettive nei confronti di Aki. E nonostante si parlasse della busta coi soldi, nessuna faceva parola del bouquet. Eppure pareva impossibile che quel pettegolo di Tsujii e quella sventata di Mami non ne avessero parlato con nessuno.

Non vogliono alludere a un argomento che ha a che fare con la mia età, perciò evitano di parlarne.

Quel tipo di riguardo a Riko risultava deprimente. Non faceva molto caso agli anni che aveva e simili attenzioni glielo facevano pesare. E poi, era cosí brutto invecchiare? Nel frattempo era riuscita a costruirsi una solida carriera ed era orgogliosa della propria vita, anche se non poteva esprimerlo apertamente. Anche lei una volta era cosí: per le giovani donne invecchiare sembrava una specie di colpa, e se avesse detto qualcosa in proposito sarebbe suonato come una manifestazione di invidia. O forse come il latrato di un cane bastonato? A pensarci bene, non c'era anche un best seller con un titolo del genere?

– Insomma, è quasi ora della riunione mattutina, se non ci muoviamo... – le pungolò il direttore, per interrompere il discorso. Libera finalmente da tutto quello spettegolare delle ragazze, Riko tirò un sospiro di sollievo.

Spostò in avanti di qualche centimetro i libri di uno scaffale e poi, coi palmi delle mani allargati, li respinse di nuovo delicatamente all'indietro, per poi lisciarli in modo che non vi fossero irregolarità. Fece la stessa cosa con tutti i ripiani del mobile, uno dietro l'altro, cosí che ogni fila, vista di lato, creasse una linea perfetta che sporgeva di cinque millimetri dal bordo delle mensole.

In piedi davanti al reparto di narrativa e saggistica, Riko aveva continuato a ripetere con ordine maniacale quell'operazione.

L'ideale è che spuntino di cinque millimetri dallo scaffale. I dorsi allineati fanno una bella impressione, e poi cosí sono facili da estrarre, no?

Era la prima cosa che le aveva insegnato una collega piú anziana, quando aveva iniziato a lavorare alla libreria.

«La distanza tra un libro e l'altro non dev'essere troppo ridotta, ma nemmeno eccessiva. Si devono disporre in modo che, una volta estratto il libro, rimanga un'apertura dove infilare piú o meno un dito».

Adesso gli addetti continuavano a preoccuparsi del contenuto degli scaffali, ma erano in pochi ad avere cura dell'allineamento. Anche nelle altre librerie era raro trovare file in cui i volumi sporgessero di cinque millimetri dal bordo delle mensole. Venivano quasi sempre stipati fino in fondo, come se si trattasse della libreria di casa. Riko pensava che esposti in quella maniera non sembravano volumi in commercio, ma i giovani che lavoravano nella libreria non parevano farci minimamente caso e non seguivano le sue indicazioni. Anche Kitamura Aki, quando aveva cominciato a lavorare lí, si era rifiutata di obbedire a Riko: «Capisco, ma è un lavoraccio! E poi non credo che incida piú di tanto sulle vendite... Posso come ultima cosa?» Pur avendolo detto in tono innocente, era stata lapidaria. Ma Riko, da allora, aveva iniziato a detestarla. «Non credo che incida piú di tanto sulle vendite...» Era seria?

Se una libreria non teneva la merce ordinata e in bella mostra, allora a cosa serviva? Era come per le pescherie o per le frutterie, che dovevano esibire al meglio i loro prodotti. Se i libri stavano in bell'ordine sugli scaffali, era come se fossero in attesa di invitare il cliente a prenderli in mano. Tutti si preoccupavano dei banconi da esposizione, ma anche l'allineamento sugli scaffali era importante. Bisognava evitare che il cordino del segnalibro pendesse all'esterno e inserire in profondità il cartellino con i dettagli editoriali nell'ultima pagina, in modo che non fuoriuscisse. Era proprio nei dettagli che si faceva la differenza in quel mestiere. Non si poteva evitare quel contatto fisico, e giornaliero, con i libri, altrimenti tutti quei volumi rischiavano di appassire.

«Potrei mettere al centro questo libro della Byatt, che se ne sta qui in fondo a sinistra... È bellissimo, eppure è ancora qui. Ecco, sistemandolo in questo punto è in pendant con i colori di quest'altra copertina. Forse cosí si noterà di piú...»

Stranamente, cambiandoli solo un po' di posizione, libri rimasti a lungo invenduti finivano per trovare un compratore. Succedeva anche che uno appena spostato da un espositore allo scaffale attirasse l'attenzione di un cliente e venisse acquistato. Non si trattava di semplice speculazione teorica, doveva esserci davvero un qualche effetto. Ma analizzando i dati dei trend di vendita, come faceva in continuazione Hatakeda, non lo si sarebbe mai capito. Per Riko quello era uno degli aspetti interessanti del proprio lavoro.

Questa filiale della Pegasus Shobō si trovava a Kichijōji, a circa venti minuti di metropolitana da Shinjuku, che nei sondaggi effettuati dalle riviste risultava spesso al primo posto come località piú ambita dove andare a vivere. Il quartiere presentava due diverse facce: una zona commerciale assai animata, molto frequentata dai giovani, e una residenziale elegante, da lungo tempo abitata da gente facoltosa. Tra le librerie locali, la Pegasus era quella che poteva vantare una tradizione piú lunga.

Sulla rotatoria di fronte alla stazione c'era un vecchio edificio adibito a diverse attività commerciali, e la libreria ne occupava il secondo, il terzo e il quarto piano. La superficie complessiva era di circa mille metri quadrati, e una volta era considerata la piú grande della capitale. Costituiva ancora la filiale piú importante tra tutte quelle della catena Pegasus Shobō, che ne contava circa una ventina, localizzate soprattutto a Tōkyō.

Riko aveva iniziato a lavorare lí fin da quando era stata assunta, e per lei non c'erano segreti tra quegli scaffali. Era convinta di essere la piú capace ed esperta, quando si trattava di mettere le mani tra le varie pubblicazioni. E non le dispiaceva neanche il contatto con il pubblico. Parlare di libri con i clienti affezionati era piacevole, e risultava anche utile. Oltretutto lí il livello della clientela era particolarmente elevato. I giovani erano piú attratti dalla nuova libreria aperta all'interno della stazione, ma i vecchi lettori appassionati della zona erano rimasti fedeli. Tra loro c'erano numerosi autori, traduttori e studiosi, che spesso le fornivano informazioni che non erano ottenibili con una semplice ricerca in rete o sulle riviste. Tuttavia, l'attività che la faceva sentire piú in pace col mondo era proprio quella di riordino. Quando controllava i dorsi dei libri uno per uno, sfiorandoli con le dita, anche il livore accumulatosi a causa di Aki andava via via placandosi. E se le tornava alla mente qualcosa che aveva combinato quella «principessina», tirava semplicemente un sospiro.

«Principessina» era il soprannome di Aki. Una volta, vedendo le scarpe che lei aveva indosso, qualcuna le aveva detto con nonchalance: «Uh, come sembrano comode! Dove le hai comprate?» Per chi lavorava in libreria e doveva stare praticamente quasi sempre in piedi, delle scarpe comode erano oggetto di grande interesse. Per rispettare l'immagine di negozio di antica tradizione, alla Pegasus Shobō di Kichijōji le scarpe da ginnastica erano vietate, ed essendo i dipendenti obbligati a indossare quelle in pelle il problema era ancora piú sentito. Ma la risposta di Aki era stata spiazzante: «Queste sono fatte su misura», aveva spiegato, citando una famosa marca di calzature. «Ho una forma in legno già predisposta e me le faccio confezionare con quella. Ho il piede stretto e magro e le scarpe normalmente in commercio non vanno bene. Solo quelle di Ferragamo o di qualche altro brand famoso mi stanno perfettamente, ma non posso certo portarle tutti i giorni, ti pare? Cosí al lavoro uso queste...», si vociferava che avesse risposto cosí. Per Aki non c'era stata alcuna malizia nel dirlo, ma chi ascoltava ci era evidentemente rimasto di sasso. Anche le scarpe su misura erano un articolo di lusso, non certo da meno di quelle di Ferragamo. Lí non erano tutte come Aki, che abitava con i genitori e poteva permettersi di dilapidare l'intero stipendio in spese personali. Da allora le era stato affibbiato il soprannome di «principessina».

Tuttavia in quel termine era insito anche il fatto che in qualche modo lei fosse speciale. Fino ad allora, in quella libreria come dipendente femminile a posto fisso non c'era stata che Riko; di solito tra i nuovi assunti non c'erano donne. Nonostante questo, Aki era entrata fin dall'inizio con un contratto a tempo indeterminato. Tutti sapevano perché: era la nipote del presidente di una grande azienda che produceva articoli di cancelleria, che aveva rapporti commerciali con la Pegasus.

Dopo essere entrata nello staff della libreria, pareva ci fossero stati contatti da parte della direzione centrale per informarsi su come si stesse ambientando la nuova assunta, Aki. Per Riko, che doveva occuparsi della sua formazione, si trattava di una situazione complicata. Lei aveva iniziato a lavorare lí part time e solo dopo cinque anni le era stato fatto un contratto regolare. Quanto ci era voluto perché alla direzione centrale riuscissero a ricordarsi del suo nome?

Comunque, se almeno Aki avesse avuto un atteggiamento rispettoso non ci sarebbero stati problemi; ma lei era puntigliosa, e diceva con schiettezza tutto quello che pensava indipendentemente dal fatto che chi si trovava davanti fosse un suo superiore. Con le ragazze che lavoravano lí part time usava un tono molto informale e le chiamava aggiungendo in tono amichevole al nome il suffisso *-chan*. Anche con i rappresentanti delle case editrici si comportava con estrema confidenza. E nonostante le fosse stato fatto notare diverse volte, non accennava a correggersi. Forse era una tendenza comune alle ragazze dell'ultima generazione, ma non risultava carino. Riko avrebbe voluto dirle di essere un po' piú coscienziosa, visto che era anche una delle rare dipendenti effettive.

Nonostante ciò, il fatto che Aki avesse espresso l'intenzione di continuare a lavorare lí anche dopo il matrimonio era davvero insolito. «Sei seria?» le aveva subito chiesto Riko. Nel momento in cui convolava a nozze o aveva un figlio, la maggior parte delle donne che lavoravano alla libreria si licenziava. Lo stipendio era basso, gli orari di lavoro lunghi e la possibilità di prendersi ferie e giorni liberi non era regolamentata. E in piú alla Pegasus Shobō non era previsto alcun sistema particolare che supportasse quelle che si sposavano. A meno che non fossero molto determinate, per loro sarebbe stato difficile conciliare il lavoro e la vita privata. Riko stessa aveva visto parecchie donne brillanti lasciare l'impiego e sacrificarsi per la famiglia. Non avrebbe mai pensato che una come Aki potesse tenersi stretto il suo impiego con una tale determinazione.

Oltretutto, i rapporti con i colleghi erano precari e il marito guadagnava molto piú di lei. Ma ai suoi dubbi Aki aveva ribattuto: «Mio marito è sempre al lavoro e non riesce mai a tornare a casa a un'ora decente. Spesso deve andare in azienda anche la domenica e se io non lavorassi potrei anche morire di noia!»

Insomma, un passatempo per signora, niente di piú, aveva pensato ironicamente Riko. Una situazione del tutto diversa dalla sua, che era single e doveva lavorare per riuscire a mantenersi.

– Allora, dovrebbe trovarlo al terzo piano...

– Ma mia figlia ha detto che l'ha visto qui al secondo! Gliel'ho chiesto di nuovo per conferma!

Un giovane commesso part time e una cliente stavano discutendo davanti al reparto delle riviste. Chiedendosi cosa fosse successo, Riko si avvicinò.

– Ma questo è il piano di narrativa, saggistica e delle riviste! Se si tratta di calligrafia, è un testo specialistico, e perciò deve andare al terzo piano!

Incalzato dalle insistenze della donna, in apparenza una casalinga di mezza età, il ragazzo sembrava confuso. Riko non ricordava di averla mai vista in precedenza. Probabilmente aveva fatto qualche rara visita alla libreria, oppure ci era entrata per la prima volta.

– C'è qualche problema? – chiese rivolta a loro Riko, tutta sorridente. Tanto piú se si fosse trattato di una nuova cliente, non bisognava assolutamente lasciarle una cattiva impressione. Ma a risponderle fu invece il commesso:
– Questa donna sta cercando un libro di calligrafia. Le ho spiegato che non può trovarlo qui, ma pare che non riesca a convincerla...

Era proprio un ragazzo della nuova generazione. Grande, grosso ma senza un briciolo di linguaggio rispettoso. «Questa donna» non era assolutamente consentito dirlo. Piú tardi avrebbe dovuto istruire il commesso sull'uso adeguato del linguaggio.

– Eppure l'ho visto ieri in tv! E mia figlia mi ha detto che lo potevo trovare qui al secondo piano, è impossibile che si sbagli! – ripeté la cliente in tono insofferente. Probabilmente le seccava spostarsi. Al secondo piano della Pegasus Shobō di Kichijōji c'erano narrativa, saggistica e le riviste, al terzo i testi specialistici, al quarto i fumetti, i libri per bambini e i manuali; quella era la rigida suddivisione. Anche gli uffici si trovavano al quarto piano. Ma l'edificio era vecchio e non era dotato di scale mobili. Ci si poteva muovere solo a piedi o in ascensore, e a volte risultava faticoso anche per i dipendenti stessi.

– Che libro sta cercando? – chiese Riko, guardando dritta negli occhi la cliente.

– Insomma, quello che hanno presentato ieri in tv! Un testo di calligrafia, per i classici o qualcosa del genere...

A quelle parole, Riko ebbe l'illuminazione. Se si riferiva a un libro di cui si era parlato di recente in televisione, che faceva parte di una serie in cui si potevano ricalcare con la matita intere frasi tratte da testi antichi.

– Signora, non è forse... – le si rivolse allora Riko, citando un titolo.

– Sí, sí, una cosa del genere! – confermò la cliente, tutta contenta. – Sta avendo un grande successo, vero?

– In effetti... Sí, lo può trovare qui. Prego, da questa parte! – Riko accompagnò la donna fino al bancone dov'erano esposti i best seller, di fronte alla cassa. Il libro in questione si trovava a una delle estremità. Essendone rimaste poche scorte, in attesa della nuova fornitura era stato spostato in un angolo. Riko prese quello in cima all'esigua pila di sole quattro o cinque copie e lo portò alla cliente.

La donna la ringraziò, mettendosi a sfogliare rapidamente le pagine. – Sí, è proprio questo! – esclamò convinta. Poi rimise il libro sulla pila, prendendone un altro da sotto. – Posso pagare direttamente alla cassa, giusto?

Ma come, quello che le avevo dato non era minimamente sporco!, pensò Riko, che con un sorriso stampato in faccia fece un inchino alla signora ringraziandola. Una volta allontanatasi, il giovane commesso farfugliò un: – Mi scusi, grazie per l'aiuto... – abbassando la testa.

– Bisogna ascoltare con attenzione quello che hanno da dire i clienti! E poi, sarebbe meglio che ti ricordassi almeno i titoli dei best seller! Oggi, quando hai finito, passa un attimo da me...

Piú tardi avrebbe assolutamente dovuto insegnargli come interagire con la clientela. Mentre stava per tornare al lavoro, qualcun altro le rivolse la parola, in apparenza uno studente universitario.

– Mi scusi... Sono qui le *light novel*?

– No, mi dispiace. Le può trovare al quarto piano, vicino al reparto fumetti.

– Ah, davvero? Però lí ce n'è una di Nishio Ishin...

– Le novità sono a questo piano, ma gli altri libri in catalogo ai piani superiori.

– Che strano! Avreste potuto metterli tutti insieme... – borbottò lo studente, incamminandosi verso le scale.

In effetti, poteva apparire curioso. Di recente le nuove uscite editoriali erano di generi variegati, e classificarle sotto una sola etichetta era quasi impossibile. Nel serioso catalogo di novità di «Chūō Kōron», ad esempio, si faceva notare solitario anche un titolo di Kayata Sunako, un'autrice di *light novel*.

Mentre faceva queste riflessioni, a Riko si affacciò alla mente un pensiero: che ne era stato, alla fine, della busta coi soldi che aveva portato al ricevimento? Tsujii li aveva davvero utilizzati? Quella mattina non le aveva detto nulla. Che spreco! Ormai non poteva certo piú chiederla indietro; forse non avrebbe dovuto fare tanto la sdegnosa sul momento.

In quell'istante suonò un campanello. Era un segnale convenzionale a uso esclusivo dello staff, significava che si era creata un po' di fila alle casse e chiedeva a chi era libero di dare una mano. Riko smise di perdersi in riflessioni e si diresse in quella zona. A ogni piano, vicino alle scale, era posizionata una cassa.

Davanti c'erano cinque o sei persone in attesa. Era insolito per quell'ora del mattino. Riko si infilò con nonchalance dietro al bancone e si mise a sua volta in piedi vicino a una delle ragazze che lavoravano lí part time.

Prese in mano un libro che un cliente aveva poggiato sopra e con un sorriso amabile gli chiese: – Desidera che metta una sovraccoperta?

3.

La luna di miele si era rivelata piacevole. Quella meta era stata scelta perché Nobumitsu si era impuntato, anche se Aki giudicava le Hawaii troppo ordinarie. Tuttavia, dall'istante in cui era scesa dalla scaletta dell'aereo era rimasta affascinata dal senso di libertà che aleggiava nelle isole. Spirava una brezza piacevole e si percepiva un profumo di fiori dolciastro che non si capiva da dove provenisse. Era un luogo dove convivevano senza contrasti la rilassatezza di un paradiso naturale e le comodità offerte da un contesto urbano. L'albergo di lusso che aveva scelto Nobumitsu, fanatico delle Hawaii, era in posizione strategica, abbastanza vicino anche all'animata strada principale di Waikiki. Nonostante questo, era immerso in un'atmosfera tranquilla, come se ci si trovasse in un altro mondo, e dalla finestra si vedeva il mare. Anche il servizio era stato all'altezza.

Fin dal primo giorno Aki e Nobumitsu si erano goduti la vacanza, dividendosi tra gite in macchina e shopping. Avendo finalmente la possibilità di viaggiare, condividevano la brama di godersi ogni minuto all'avventura, rubando tempo anche alle ore di sonno. Se non fossero stati in sintonia su questo, si sarebbero innervositi e l'atmosfera sarebbe diventata cupa. Era una delle cause dei famosi «divorzi di Narita», quelli che si consumavano al ritorno, appena sbarcati all'aeroporto.

Era la prima volta che andavano all'estero in coppia, ma Aki aveva pensato tra sé e sé che Nobumitsu era il partner ideale anche come compagno di viaggio.

All'improvviso si era ritrovata a chiedersi come sarebbe stato con Mita Takahiko, il suo ex. Quello che era la causa dell'azione di boicottaggio condotta contro il suo ricevimento di nozze. Lui non era un tipo molto dinamico.

«Aki, se vuoi fare shopping vacci pure da sola. Ti aspetto in spiaggia, io mi leggo un libro...» Takahiko probabilmente le avrebbe detto cosí. Non avrebbe contraddetto i desideri di Aki, ma nemmeno accondisceso a tutti i costi. Appariva piú maturo di lei, molto piú dei sei anni di differenza di età. Quando Aki insisteva e puntava i piedi, alla fine lui la accontentava. I posti dove lui voleva andare erano al massimo librerie come Borders o Barnes & Noble. Anche a Honolulu ce n'erano alcune di grandi. Dato che non volevano ricordarsi del lavoro, Aki e Nobumitsu non avevano avuto il coraggio di entrarci, ma Takahiko avrebbe detto di sicuro di voler dare un'occhiata alle librerie americane, giusto per curiosità. Le aveva detto di aver letto Vonnegut in originale, e perciò dovevano piacergli anche i libri in lingue occidentali.

Ripensandoci, nei tre anni in cui era stata insieme a Takahiko non avevano mai fatto un viaggio, e nemmeno fantasticato di semplici escursioni. Al massimo erano andati in visita all'acquario, o a qualche museo. Tuttavia, la sua aria tranquilla e matura le piaceva molto.

La prima volta che Aki aveva notato Takahiko era stato negli uffici amministrativi, in occasione dell'arrivo di un ordine di riviste. Era quasi la fine dell'anno in cui aveva iniziato a lavorare alla libreria e quel giorno era prevista l'uscita dei nuovi numeri di alcune testate femminili. Erano le edizioni speciali per il nuovo anno e tutte avevano dei supplementi di diverse pagine. I pacchi erano voluminosi e pesanti ed era complicato inserire perfettamente gli inserti. Quel giorno a occuparsene erano in tre: lei, Mita e uno studente che lavorava lí part time.

«Ti viene davvero l'esaurimento quando ci sono cosí tanti supplementi...» aveva borbottato Aki, mentre infilava gli inserti e confezionava il tutto con lo spago. Non riusciva a farlo in modo che la chiusura assumesse un'elegante forma a losanga e aveva già dovuto ripetere l'operazione piú volte. A un tratto, tirando lo spago per cercare di modificarne la posizione, si era tagliata un polpastrello con la carta della rivista, affilata come un'arma impropria. Si era lasciata sfuggire istintivamente un'esclamazione di dolore.

«Tutto bene?» le si era rivolto allora Mita, tirando fuori dalla tasca un cerotto.

«Grazie...» Aki l'aveva preso e se l'era applicato sul dito.

Da quando aveva iniziato a lavorare in libreria era sempre piena di tagli sulle mani, e la pelle dei polpastrelli era puntualmente screpolata.

«Mi chiedo se quelli della programmazione editoriale sappiano che siamo noi dello staff della libreria a dover abbinare a mano i supplementi e farne un blocco unico con la rivista...» aveva borbottato di nuovo Aki. C'erano inserti di formato piú grande che ne fuoriuscivano e altri addirittura contenuti in scatole di una decina di centimetri di spessore: insomma, una vera e propria rogna.

«A me non dispiace questo lavoro!» se ne era uscito a un certo punto Mita, mentre svolgeva pacifico le operazioni. Era addetto al reparto libri specialistici del terzo piano e fino ad allora Aki non aveva avuto che rare occasioni di sentirlo parlare. Ma sapeva che era un avido lettore e una persona molto colta, e che sia il direttore sia la vicedirettrice nutrivano grande fiducia nelle sue conoscenze e capacità.

«Oh, davvero?» aveva esclamato alla fine Aki. In quell'istante un elastico che stava tirando si era spezzato e le aveva colpito la mano. «Se si trattasse di libri capisco, ma le riviste... Ogni numero è piú o meno uguale a quello precedente, no? Questo lavoro di abbinamento degli inserti è solo una gran rottura. Cosa ci trovi di divertente?»

Era il tipico modo di fare di Aki, provare a chiedere spiegazioni quando non le era chiaro qualcosa. Se si fosse trovata davanti una collega piú anziana severa come Nishioka, l'altra si sarebbe inalberata dicendole: «È il tuo lavoro e basta, giusto?» Ma trattandosi di Mita, aveva la sensazione che le avrebbe risposto seriamente nonostante la domanda pretestuosa.

«Sarò il solo a pensarlo, ma con le riviste, qualunque cosa arrivi, ho come l'impressione di vedere una semplice massa di carta...»

«Una massa... di carta?»

«Sí, quando nessuno ci ha ancora messo mano, sembrano del tutto inerti. Un blocco rigido, che scoraggia chiunque dall'avvicinarsi. Insomma, un semplice mucchio di carta stampata...»

«Ah...» aveva replicato goffamente Aki. Fino ad allora non aveva mai considerato le riviste in una simile ottica, e non le era nemmeno del tutto chiara.

Ma Mita aveva continuato imperturbabile: «Però, quando ci si infilano gli inserti e si confezionano con lo spago come stiamo facendo, ho la sensazione che quel cumulo di carta si vada pian piano trasformando in riviste. È come se prendessero improvvisamente vita...»

«U-huum, è interessante come punto di vista...» aveva ribattuto Aki in tono un po' canzonatorio.

Mita allora aveva proseguito imbarazzato: «Anche per i libri è cosí, in realtà. Che un semplice mucchio di carta stampata si trasformi in volumi o riviste credo dipenda dal fatto che le persone vi provino interesse, e li leggano. Ho come l'impressione che le riviste diventino per la prima volta tali quando noi ce ne prendiamo cura e le mettiamo sugli scaffali. È come se fossimo noi a infondergli la vita, no?»

«Sei davvero un romantico senza speranza!» aveva commentato Aki, ma al tempo stesso aveva provato un'insolita emozione. Uno che dava un senso cosí rilevante a un'operazione che lei considerava noiosa doveva essere appassionato del proprio lavoro alla libreria.

Da quel momento in avanti Aki si era fatta piú attenta a come si muoveva Mita sul lavoro. Era rimasta colpita dal suo atteggiamento cortese verso i clienti, dalla gentilezza indiscriminata anche nei confronti dei subalterni, delle profonde e vaste conoscenze in materia di libri. Non le ci era voluto poi molto per rendersi conto di non essere interessata soltanto alle sue competenze professionali, ma a lui stesso come persona. Si era accorta che quando sentiva le altre ragazze parlare di Mita, la cosa le dava una grande serenità.

«Tu mi piaci, vorrei che ci mettessimo insieme...» Era stata lei a fare il primo passo. Lui sembrava essersi stupito di fronte a quell'improvvisa confessione, ma non si era tirato indietro. Cosí era iniziata la loro storia. Aki non era il tipo da mettersi a fare giochetti, era puntigliosa e non aveva potuto cercare di indurlo a farsi avanti, né aspettare senza fare nulla una sua proposta. Una volta capito che qualcuno le piaceva, doveva prendere lei l'iniziativa. E se fosse andata male, la cosa sarebbe finita lí. Aveva frequentato le superiori in California, dove si erano trasferiti per il lavoro del padre, ed era rimasta influenzata da quel modo diretto di vivere i rapporti umani tipico degli americani.

Quando aveva iniziato a frequentare Mita, però, l'atmosfera intorno a lei era stranamente cambiata. Alla fine, allertata da uno dei colleghi maschi, aveva capito perché: le ragazze del fan club di Mita erano impazzite di gelosia. Nonostante avesse solo un contratto a termine, era molto piú capace dei dipendenti fissi della libreria, ed era gentile con tutti, senza eccezioni; si era cosí conquistato un'enorme popolarità tra le ragazze che lavoravano lí part time. E a parte Mami, con tutte le altre colleghe e Aki si era creata una spaccatura. E cosí, dopo la separazione con Mita avvenuta sei mesi prima e l'inizio della relazione con Obata Nobumitsu, la frattura si era approfondita ancora di piú. E la situazione era ulteriormente peggiorata dopo che si era saputo del suo imminente matrimonio. Le nascondevano le pantofole da ufficio, non la avvisavano delle riunioni, non l'avvertivano che il giorno prima il suo turno era stato improvvisamente anticipato di orario.

«Continuate pure!» Ogni volta che era vittima di un qualche dispetto, Aki, piú che arrabbiarsi, si mostrava rassegnata. Le considerava alla stregua di bambine delle elementari. Era come mettere le puntine da disegno nelle scarpette da ballo, quello era il livello. Erano davvero troppo infantili. Eppure dopo la loro separazione Mita era tornato single, e se qualcuna voleva cogliere l'occasione per provarci, quello sarebbe stato il momento buono. Se piaceva loro cosí tanto, avrebbero potuto avvicinarglisi e consolarlo. Ma perché si accanivano contro di lei?

In ogni caso Aki non si era certo scoraggiata per questo. Lasciarsi prendere dallo sconforto sarebbe stato esattamente quello che volevano e quindi, al contrario, lei si comportava in modo ancora piú solare. Per fortuna non tutti erano contro di lei: Hagiwara Mami e alcuni dei ragazzi che lavoravano part time erano dalla sua parte. Oltretutto, da quando si era sposata, aveva pensato con un certo ottimismo che prima o poi le vessazioni nei suoi confronti sarebbero cessate. Peccato che non fosse andata cosí. E il fatto che al ricevimento di matrimonio non si fosse presentato nessuno eccetto Mami e i dirigenti, era stato in realtà un duro colpo anche per una determinata come Aki.

Cosa le aveva spinte ad arrivare a quel punto? La odiavano davvero cosí tanto?

– Aki, mi controlli sulla cartina? Piú avanti a destra, vero? – Mentre era persa in questi pensieri, la voce di Nobumitsu, che guidava sul sedile accanto al suo, la fece tornare in sé.

– Aspetta un momento... – Aki aprí in tutta fretta la carta stradale che teneva in mano. Avevano preso un'auto a noleggio e stavano facendo un'escursione a North Shore. Usciti da Waikiki, si erano diretti a ovest. Lasciatisi alle spalle i palazzoni di Honolulu, intorno a loro non si vedeva altro che qualche casa isolata. – Sí, a sinistra si va verso l'aeroporto, per cui dobbiamo girare a destra.

– Okay...

– Passato questo punto, dovrebbe essere tutto dritto!

– Capito, capito! – Nobumitsu agitò la mano destra, come chiedendole di non dirgli altro. Era piuttosto cauto quando era alla guida, tanto che quasi non parlava. Sembrava che avere qualcuno a fianco lo rendesse nervoso. Nell'occasione poi si trattava di avere il volante a sinistra, essendo la guida a destra, e non ci era abituato. Cosí aveva detto ad Aki di non rivolgergli parola se non strettamente necessario, e lei, dovendo starsene zitta, si era persa in tutt'altri pensieri.

– Aki, mi prendi un po' d'acqua? – le chiese lui a un certo punto, continuando a tenere lo sguardo fisso in avanti.

– Va bene! – Lei cercò la bottiglietta dentro lo zaino.

Non dovrei fare questi pensieri, proprio mentre sto facendo una gita con Nobumitsu...

– Perché non facciamo una sosta quando arriviamo alla piantagione di ananas di Dole? – gli propose allora passandogli l'acqua, e sorrise come per tirarsi su di morale.

A parte quel momento, il viaggio di nozze era trascorso piacevolmente. Quando al ristorante dicevano di essere in luna di miele arrivava sempre lo champagne o la torta in omaggio. Durante una crociera, i danzatori a un certo punto avevano circondato il tavolo dei novelli sposi e li avevano festeggiati. Nobumitsu, in sintonia con l'atmosfera, si era alzato in piedi e aveva ballato la *hula* con loro, suscitando un fragoroso applauso da parte di quelli che stavano lí attorno. Aki e il marito stavano insieme da pochissimo tempo e ancora non sapevano molte cose l'uno dell'altra, e per esempio Aki non sapeva che Nobumitsu detestasse il coriandolo o che usasse solo una determinata marca di dentifricio. Quelle piccole scoperte quotidiane le portavano ogni volta una ventata di novità.

Fino alla fine di quella breve settimana avevano cancellato del tutto il lavoro dai loro pensieri. Aki aveva ancora ben vivido in mente il ricordo della cena della loro ultima sera. Era un ristorante davvero suggestivo da dove si godeva di uno splendido panorama notturno, e lei stava per affondare il coltello nella polpa di un'aragosta. Per esaltare al meglio le luci del cielo notturno, l'interno era illuminato soltanto dalle candele posizionate su ciascun tavolo. Le loro fiammelle tremolanti erano quanto di piú romantico si potesse mettere in scena. Aki si era chiesta se anche il suo volto, esposto a quella luce, risultasse piú bello. Si era abbronzata e il fondotinta risultava un po' carico, ma probabilmente in quella penombra non si doveva notare.

Indossava un vestito lungo senza maniche in stile hawaiano, appena comprato quel giorno. Sull'orlo inferiore erano applicati merletti a profusione, e in lunghezza arrivava fin quasi alla caviglia. La fantasia dipinta erano dei fiori di ibisco dai colori vivaci su un fondo crema. Nobumitsu portava una camicia tipica con un motivo a tavole da surf, un capo vintage. Era alto poco piú di un metro e settanta, ma aveva praticato nuoto fin da piccolo e aveva spalle larghe e un fisico prestante. E la vistosità della camicia ben si adattava al suo carattere solare. Al pensiero che visti da fuori dovevano sembrare di certo una coppia ben assortita, Aki aveva provato un guizzo di felicità.

Forse per la stanchezza provocata dalle attività ludiche e sportive praticate in spiaggia per tutto il giorno, Nobumitsu mangiava silenzioso la sua aragosta. Poi, a un tratto, se ne era uscito dicendo: «Credo proprio che domani andrò direttamente in ufficio dall'aeroporto...»

«Eh, davvero?»

Da Honolulu sarebbero partiti di buon'ora, ma con la differenza di fuso orario anche l'arrivo in Giappone sarebbe avvenuto di mattina. E quindi, presentarsi in azienda verso le due o le tre del pomeriggio non sarebbe stato impossibile.

«Ma ci devi andare per forza? Non sarebbe meglio prendersela comoda?» aveva osservato Aki, in tono deluso. Dal giorno successivo a quello di rientro, anche lei avrebbe dovuto recarsi al lavoro e quindi le sarebbe piaciuto trascorrere tranquillamente a casa quell'ultimo scampolo di vacanza.

«Vorrei vedere come stanno andando le cose in redazione. In fondo ora sono il braccio destro del capo...» le aveva risposto Nobumitsu, con una punta di orgoglio. Fino a poco tempo prima era stato l'editor di supporto di una rivista a fumetti rivolta soprattutto al pubblico maschile, ma dopo che gli era stato riconosciuto il contributo dato ad alcuni dei successi di Agachi Nao, era stato incaricato del lancio di una nuova rivista sotto la supervisione del capo redattore. Quando di lí a sei mesi sarebbe uscito il primo numero, gli avevano assicurato che sarebbe stato promosso lui a quella posizione.

«Be', pazienza! Allora i regalini per i colleghi dovrai metterli nel bagaglio a mano...»

«Già, è vero! È meglio che glieli dia subito».

«Che gli hai portato?»

«Quelle patatine al cioccolato che ho comprato da Neiman Marcus. Credo che a loro piaceranno molto. E poi, qualche bottiglia per i superiori...»

«Be', sei andato sul sicuro!»

«E tu, invece?»

«Mah, qualcosa l'ho comprato... Però quando penso al lavoro mi viene la depressione! Con tutto quello che è successo...»

«Non devi farci caso! Lí da te sono tutti single, e saranno stati solo un po' invidiosi, no? Ormai sei sposata, il ricevimento è finito e se ne saranno tutti dimenticati», l'aveva consolata in tono allegro Nobumitsu, mentre intanto ordinava un'altra birra al cameriere che passava.

«Non credo proprio! Quelle se la legano al dito. E poi ho perfino risbattuto in faccia la busta coi soldi a Nishioka!» aveva replicato Aki, smettendo di muovere le posate che teneva in mano. Anche se in ritardo, si pentiva per aver esagerato. Ma si trattava del suo ricevimento di nozze, era nervosa e arrabbiata perché l'avevano fatta cantare nonostante fosse stonata. Riko Nishioka era comunque un suo superiore e si chiedeva se non fosse stato il caso di scusarsi.

«Però non ha senso piangere sul latte versato, no?» aveva allora chiosato in modo un po' banale Nobumitsu, continuando a tenere la testa abbassata sul piatto. Sembrava tutto preso a sezionare la sua aragosta.

«Il fatto è che a me è andato il sangue al cervello. Non ti sembra una cosa orribile, non rispondere nemmeno all'invito?»

«Ma su, dài, ormai è acqua passata!» aveva risposto lui, col solito tono di disinvolta noncuranza.

«Comincerò a deprimermi appena finita la vacanza! Insomma...» stava per chiedergli se fosse stato il caso di scusarsi con Riko, ma Nobumitsu l'aveva anticipata.

«Senti, Aki, perché non la finiamo qui?» le aveva detto, smettendo anche di mulinare il coltello. «È la nostra ultima sera alle Hawaii, non dovremmo rovinarla con questi discorsi!»

«Hai ragione, ma...»

«Se si tratta di frustrazioni legate al lavoro, ne avrei un mucchio di cui lamentarmi! Me se cominciassi non ci sarebbe piú fine, e quando siamo da soli vorrei sentirmi sempre felice. Non mi va di ascoltare discorsi noiosi! Sennò finisco per intristirmi anch'io...»

«Hai ragione...» aveva convenuto allora Aki, pur con una certa riluttanza. In effetti, non erano certo gli argomenti adatti a quella situazione. Ma trovandosi in difficoltà, avrebbe voluto che lui la consigliasse.

«Senti, d'ora in avanti promettiamoci di non parlare di lavoro a casa! Possiamo fare un'eccezione per gli episodi piacevoli, ma le rogne e tutto quello che ci potrebbe far deprimere è bandito. Facciamone il motto della nostra nuova vita insieme!» aveva proposto allora Nobumitsu, con un largo sorriso. Sembrava autocompiaciuto di quella idea.

«La nostra nuova vita insieme...»

Parevano parole senza un rimando concreto alla realtà.

Non riusciva ancora a credere che si potessero riferire a loro due. E poi, una famiglia in cui non fosse concesso parlare che di cose piacevoli suonava un po' fasulla. Questo pensava Aki dentro di sé, ma non l'aveva esternato. Alla finestra brillavano qui e là le luci in quel paesaggio notturno. La sua bellezza era l'attrattiva principale di quel ristorante. Fino a poco prima era convinta che fosse il tocco romantico ideale per la fine di quel viaggio, ma a un tratto non le era apparso altro che un paesaggio qualunque. Forse sarebbe risultato piú scenico quello che avrebbe potuto vedere anche a Tōkyō.

L'aragosta che aveva in bocca le era parsa insolitamente stopposa. L'aveva mandata giú con un sorso di champagne senza masticarla, come se stesse ingoiando una medicina amara.

4.

Riko uscí dalla stazione della metropolitana e si diresse verso l'uscita A3. Dopo aver salito le scale, girando a destra, si entrava direttamente nella sede della municipalità. Erano già passate le undici di sera e ovviamente a quell'ora l'ingresso era chiuso. Di fronte al palazzo c'era un piccolo spazio triangolare, con qualche panchina e delle aiuole. Il pavimento era piastrellato e decorato a mosaico con un motivo floreale. Era un po' troppo angusto per essere definito un giardino pubblico, ma forse era stata comunque utilizzata al meglio una superficie limitata di terreno per consentire ai cittadini di sfruttarlo come luogo per darsi appuntamento.

Asciugò col fazzoletto la superficie bagnata della panchina e si sedette. Era già luglio inoltrato ma la stagione delle piogge non accennava a finire. Anche quel giorno aveva piovuto fino al primo pomeriggio e un'aria calda e umida continuava a permeare l'ambiente nonostante l'ora. La sensazione di fresco data dalla panchina si trasmetteva piacevolmente sulla pelle. Da lí si potevano tenere sotto controllo le persone che entravano e uscivano dalle scale di accesso alla metropolitana. Da Ginza non ci volevano nemmeno dieci minuti per arrivare lí. Una volta in quella zona c'erano solo case rustiche in legno e fabbriche, ma grazie alla cosiddetta riqualificazione vi erano cresciuti a dismisura moderni edifici residenziali. Guardando piú in là, si scorgevano diversi palazzi che potevano avere anche una trentina di piani. Dall'uscita della metropolitana sbucavano fuori molti piú impiegati in giacca e cravatta di ritorno dal lavoro di quanti avrebbe immaginato.

Quell'uomo, quando rientrava a casa, avrebbe dovuto passare necessariamente di lí. Riko lo sapeva bene, visto che aveva percorso quella strada insieme a lui piú di qualche volta. Si chiedeva quando fosse stata l'ultima. Forse erano tre mesi che ormai non le chiedeva piú di raggiungerlo lí? Trovava sempre una scusa per fare in modo di evitarlo, e anche quelle rare volte che si erano incontrati lo avevano fatto all'esterno. Era un uomo convinto che fosse comunque una seccatura far venire qualcuno a casa e che andare in albergo fosse una soluzione molto piú comoda e rilassante, per cui lei non ci aveva fatto molto caso. Ma a ripensarci ora, sembrava che lui avesse sempre fretta di rincasare.

Si pentiva di non averlo osservato allora con un po' piú di attenzione. Peccato che in quel periodo non avesse spazio per simili riflessioni: era impegnatissima alla libreria e aveva tanti piccoli grattacapi, come lavori in casa e altro. E cosí fino all'ultimo non si era accorta di come lui avesse un'altra donna.

Quella volta avevano cenato come al solito, bevuto un bicchiere nel loro locale preferito e Riko aveva pensato che da lí sarebbero andati direttamente in albergo. Invece lui le aveva detto molto tranquillamente di volerla lasciare.

Inizialmente lei non aveva capito di cosa stesse parlando e non era riuscita a decifrare il senso di quelle parole. Ma forse si era semplicemente rifiutata di capire. Aveva pensato distratta che la cravatta di quell'uomo che le stava di fronte era davvero magnifica.

Lui nel frattempo aveva intrecciato una relazione con

una collega piú giovane sua sottoposta, che era rimasta incinta. Di conseguenza non avrebbe piú potuto incontrarsi con Riko, e voleva chiudere. La ragazza aveva ventisette anni, e lui voleva prendersi le sue responsabilità e sposarla. Questo sembrava in sintesi ciò che aveva voluto comunicarle. Ma per Riko era stato necessario ancora qualche minuto prima di riuscire a rendersene conto.

«All'inizio non erano quelle le mie intenzioni... È giovane, e lavora alle mie dipendenze. E ovviamente, c'eri anche tu di mezzo. Ma è stata lei a prendere l'iniziativa...» In pratica lui aveva tenuto il piede in due scarpe, per poi decidere alla fine di liberarsi di lei. Era quella la cruda realtà. «Mi dispiace molto per te, ma siamo entrambi adulti, e poi non avevo mai parlato di un eventuale matrimonio...»

Le parole di quell'uomo le arrivarono all'orecchio come frammentate. Sembrava il dialogo di una fiction televisiva di pessimo livello. Avrebbe potuto almeno dirle qualcosa di piú sentito.

«Quando mi ha detto che era rimasta incinta, sul momento sono rimasto di stucco... Ma poi ho pensato che magari potesse essere per me un'ultima possibilità. Insomma, a questa età si viene presi un po' dalla smania di avere un figlio...»

Una gravidanza era un sistema vecchio come il mondo per incastrare gli uomini, ma evidentemente continuava a funzionare. O funzionava soprattutto con i quarantenni? «Ho pensato che magari potesse essere per me un'ultima possibilità...» Cosí aveva detto. Eppure quell'uomo con lei aveva messo dei rigidi paletti; era rimasto scottato da una precedente esperienza matrimoniale, e sostenuto che per lui era piú comodo stare da solo. Ma poi in quell'occasione aveva continuato ad accampare scuse futili. Riko non era stata nemmeno ad ascoltarlo.

Si chiedeva se quella ragazza fosse al corrente della loro relazione. C'erano donne che, conosciuta l'esistenza di una rivale, si attaccavano ancora di piú all'uomo oggetto di contesa. Avrà pensato forse di volerglielo rubare con ogni mezzo?

A ripensarci, la camicia che lui indossava in quell'occasione era di un colore a lei sconosciuto. E non era di sicuro stata mandata in tintoria. Non era stata stirata con l'appretto, e sui polsini erano rimaste delle pieghe, indice di una stiratura maldestra. Forse era opera di qualcuno che non vi era abituato.

Cosí di colpo Riko aveva capito. Doveva trattarsi di quella ragazza. Allora lui ci era già andato a convivere? Lei gli lavava e stirava i vestiti. L'aveva avvolto con la propria presenza. Era come se gli avesse creato una barriera intorno. È il mio uomo, non ti avvicinare!

All'improvviso aveva percepito in modo tangibile l'esistenza di un'altra donna, e le era quasi mancato il respiro.

«Insomma, in pratica è finita?» era riuscita a dire, resistendo a quella sensazione di soffocamento. Avrebbe voluto andarsene all'istante.

«Mi capisci, vero?» L'uomo aveva assunto spudoratamente un'espressione sollevata. Non aveva piú le rughe sulla fronte e le sopracciglia si erano distese verso il basso. Sulle labbra gli era affiorato un vago sorriso. La reazione era stata fin troppo decifrabile. Era davvero una persona cosí ordinaria?

Ma forse a lei piaceva proprio per questo. Un tipo allegro, in piena salute, facilmente prevedibile. Capiva benissimo che alla sua età un tipo piú complesso, sofisticato, le avrebbe creato solo problemi. Preferiva uno solare, che non conosceva noia o frustrazione. E che magari fosse anche realizzato sul lavoro. Anche se sapeva che uomini del genere a volte mancavano fin troppo di sensibilità, imponendo la propria posizione di vantaggio e lasciando l'altro senza difese.

«Comunque, con te il rapporto lavorativo continuerà, e vorrei che d'ora in avanti ci considerassimo dei buoni amici... Perché tu sei davvero una donna in gamba!»

Lui aveva continuato con la sua tiritera di scuse. Eppure, qualsiasi cosa avesse aggiunto non avrebbe cambiato la situazione. Riko era ormai entrata in un certo stato d'animo, e per lei sarebbe stato come mettere il dito nella piaga su qualcosa di irrimediabilmente accaduto. Lui sperava soltanto di non essere oggetto del suo odio e di poter evitare problemi futuri. «Usciamo di qui» aveva detto lei a un certo punto, interrompendolo.

Era successo soltanto tre mesi prima.

«Dimenticatelo, un tipo del genere! Alla fine, si è fatto incastrare da una giovane, no? Non se ne era nemmeno accorto e adesso sorride e fa tutto il carino! È un idiota!» avevano commentato tutte d'accordo le sue amiche. Era un gruppo di single sulla quarantina, che si mostravano subito protettive se qualcuna di loro rimaneva ferita.

«Avete ragione» aveva convenuto lei stessa, ridendo. In fondo era una donna adulta e non si doveva abbattere per una cosa simile. E poi in passato le era già successo svariate volte di doversi separare da un uomo, aveva ribadito con fierezza. Non era una ragazzina ancora inesperta in affari di cuore, e non si sarebbe certo sentita umiliata o depressa per una delusione amorosa.

Anche le amiche, però, in realtà capivano bene cosa si provasse. Per loro che non erano piú cosí giovani non si sapeva quando sarebbe apparsa all'orizzonte una nuova storia. Erano piú esigenti in fatto di uomini rispetto a una volta, e anche piú orgogliose. Non volevano accontentarsi di un tipo mediocre. Oltretutto, quelli piú o meno della loro età erano già in gran parte impegnati; e di giocare a fare l'amante ormai non era piú il momento. Si trattava di un rapporto in cui di solito la donna pagava il prezzo piú alto, avevano abbastanza buon senso per capirlo. Anche perdersi dietro a uno piú giovane era da considerarsi disdicevole. Probabilmente si sarebbero sentite inadeguate di fronte alla differenza di età.

Come risultato di tutte queste considerazioni, non poteva innamorarsi cosí facilmente. Era forse per questo che stentava a distaccarsi dal ricordo di un amore finito?

Ormai, qualsiasi cosa dicesse o facesse, non sarebbe servita a nulla. Non avrebbe mai piú potuto riconquistare il cuore di quell'uomo. La loro relazione non sarebbe mai ripresa. Lo sapeva, mentalmente lo aveva elaborato, eppure...

Al solo pensiero il respiro le si faceva affannoso. Anche se ormai tardivamente, aveva capito quanto l'avesse amato. Avrebbe voluto incontrarlo, anche per una sola volta ancora. Era troppo triste essersi lasciati cosí.

Da allora lui non l'aveva piú contattata. Probabilmente lo considerava un capitolo chiuso. Anche a quel ricevimento, dove in teoria avrebbero dovuto incrociarsi, non si era presentato. Eppure Riko pensava che lui non sarebbe potuto mancare e aveva fatto lo sforzo di andarci proprio per quello. Forse non voleva piú nemmeno vederla?

Cosí alla fine Riko si era decisa ad andare lí. Non gli aveva chiesto un appuntamento, e dato che lui aveva orari irregolari non era certa che l'avrebbe incontrato.

Probabilmente era tornato in tutta fretta all'appartamento dove lo aspettava quella ragazza. Ma sí, in fondo andava bene cosí. Sarebbe stato meglio non incrociarlo. Se fosse successo, le sarebbe venuta voglia di sfogargli contro tutta la sua rabbia, e non ne avrebbe ricavato che un altro brutto ricordo.

Riko si era sforzata in tutti i modi di farsi da parte con eleganza dandosi un contegno da persona adulta, ma proprio per questo le rimanevano dei rimpianti. Se avessero iniziato a insultarsi e ne fosse nata una lite, lei avrebbe provato odio per quell'uomo, e forse avrebbe trovato l'energia per voltare pagina. Ma cosí, era come se il tempo si fosse fermato al giorno della loro separazione e da allora il gelo le dimorasse nel cuore.

Ormai era sera tardi e si capiva subito quando arrivava un treno: solo in quei momenti, dall'uscita della metropolitana, apparivano frotte di persone. Dai convogli diretti verso la stazione di origine in centro non scendeva quasi nessuno. Da quelli destinati al capolinea periferico invece appariva in superficie uno sparuto drappello di poco piú di una decina di passeggeri.

Era passata già un'ora da quando Riko si era seduta lí. Anche la calura si era attenuata. Nonostante fosse estate, la brezza serale dava addirittura qualche brivido sulla pelle. A breve sarebbe transitato anche l'ultimo treno con cui sarebbe potuta rientrare a casa. Cosí aveva deciso di aspettarne ancora uno e poi di desistere. E proprio mentre lo pensava, pareva ne stesse arrivando uno. Qualche persona sbucò fuori dall'uscita. Erano in pochi. Forse era già passato anche l'ultimo?

Come previsto, non c'era. In quell'orario, anche se circolavano ancora i treni, lui preferiva tornare in taxi. Diceva spesso che era proprio per quello che aveva scelto di abitare in centro.

Deve guadagnare bene per poterselo permettere!, aveva pensato Riko tra sé e sé.

Basta, era ora di tornare. Evidentemente quell'uomo non era nel suo destino.

Si alzò dalla panchina spolverandosi con la mano la gonna e si diresse verso l'ingresso della metropolitana. Stava scendendo le scale quando vide un uomo risalirle in senso contrario. Riko trattenne il respiro. Era lui. Indossava un vestito di tweed che ricordava e notò che i capelli cominciavano ad assottigliarglisi sulla testa. Camminava a capo basso ma poi, di colpo, percepí il sentore della presenza di qualcuno, alzò lo sguardo e si ritrovò lei di fronte.

– Oh! – L'uomo fece un'espressione tirata, come se avesse visto qualcosa di terribile. Nell'istante successivo allontanò Riko, salí a grandi falcate i gradini rimasti e si mise a correre a tutta velocità. Non si sarebbe mai detto che stesse per compiere quarantacinque anni. Non era quello il caso in cui si sarebbe potuta utilizzare l'espressione «darsela a gambe levate»?

Riko si mise a osservare quella figura che si allontanava di corsa, quasi fosse qualcosa di singolare. A causa della spinta era finita contro la parete, e avendo perso un po' l'equilibrio si reggeva ancora forte al corrimano delle scale. Dopo un po', l'uomo svoltò un angolo e sparí alla sua vista. Riko si ricompose, poggiando bene entrambi i piedi su un gradino. Si staccò dal corrimano e fece un respiro profondo. Le faceva molto male il gomito destro e sperava non le venisse un livido. Sentí qualcosa di freddo scenderle lungo il viso. Erano lacrime. Lacrime che sgorgavano copiose. Nell'attimo in cui se ne rese conto, Riko scoppiò in un pianto dirotto.

5.

– Ah, scusami...

Tornata dalle vacanze, riaprendo la porta della zona uffici dove lavorava di solito, Aki finí quasi addosso a Mita Takahiko. Lui stava giusto uscendo in quel momento. Nel vederlo, lei ebbe un sobbalzo.

– Ah, riprendi oggi? – le chiese Takahiko, nel suo solito tono amabile.

– Eh già...

– Com'era il tempo alle Hawaii? Sei riuscita ad abbronzarti! Qui ha piovuto sempre...

– Sí, appena arrivati a Narita ci siamo trovati immersi in questa umidità. Avrei voluto tornare subito indietro!

Mentre chiacchierava nel suo abituale tono scherzoso, Aki si sentí sollevata. Era in un momento di grande fragilità emotiva e persino gli sguardi degli altri sembravano trafiggerla come punture di spillo. A dirla tutta, per lei era piú gravoso trovarsi faccia a faccia con Mita che non con Riko. Non le importava nulla di cosa pensasse di lei una donna che detestava, ma sarebbe rimasta mortificata se lui avesse cercato di evitarla.

– Comunque, da oggi ce la metterò tutta!

I timori che aveva accumulato si erano dissolti. Forse era partita con il piede giusto. Si avviò verso il proprio ufficio con passo leggero.

– Mi dispiace se vi ho creato dei problemi andandomene

per cosí tanti giorni... – esordí Aki, porgendo una scatola di dolci al direttore. Conteneva un grande assortimento di cioccolatini Godiva, e ne aveva una per i colleghi dell'ufficio e una per la stanzetta dove si radunavano i ragazzi e le ragazze che lavoravano lí part time.

– Era il tuo viaggio di nozze, non dovevi disturbarti! Grazie comunque, fanno sempre piacere! – Il direttore prese la scatola con un ampio sorriso.

– Com'è andata alle Hawaii? Sei molto abbronzata!

– È stato fantastico. Andavamo tutti i giorni in spiaggia. E nonostante mettessi sempre la crema protettiva... – nel dirlo, Aki tirò un po' su le maniche mostrando le braccia.

– Una bellissima abbronzatura! Qui ha piovuto tutti i giorni, cosí non c'è stato gran movimento di clientela. Ah, a proposito, ieri mi ha chiamato Shibata della Hitotsuboshi Shuppan. Ha detto che gli dispiaceva non essere potuto venire al ricevimento...

– Ma no, è stato meglio cosí! Lui è uno che si fa un sacco di problemi!

Shibata Shunsuke, tra tutti i responsabili commerciali della Hitotsuboshi, era uno di quelli con cui Aki era piú in confidenza. Era stato molto felice di sapere che si sposava con uno della sua stessa casa editrice, ma a causa di un impegno di lavoro fuori città non aveva potuto partecipare ai festeggiamenti.

– Gli ho detto che saresti rientrata al lavoro oggi, e mi ha raccomandato di dirti che uno di questi giorni ti chiamerà.

– Davvero? Be', piú tardi gli darò un colpo di telefono.

– Uh, si è fatto tardi, devo andare a una riunione alla sede centrale! Questi falli girare tu a tutti quanti... – concluse il direttore, passando la scatola di cioccolatini a un impiegato che gli stava accanto.

– Da quanto tempo!

Dopo essere passata a salutare il direttore, Aki si diresse negli uffici amministrativi del quarto piano, dove lavorava di solito.

– Ah, Kitamura, anzi, Obata, bentornata! – la accolse Ono, una delle ragazze che lavoravano part time. – Aspettavo tanto che rientrassi! Sono arrivati tanti di quei fumetti che qui non ci stanno piú da nessuna parte...

– Eh, che vuoi dire?

Alla Pegasus Shobō c'era un'ampia zona uffici al secondo piano. Lí si faceva di solito la catalogazione dei libri in arrivo e il confezionamento delle riviste. Vi venivano scaricate temporaneamente le forniture, per poi distribuirle ai diversi piani. Lo spazio adibito a ufficio al quarto piano era piuttosto risicato, appena cinque metri quadrati. Era sufficiente per piccole operazioni gestionali e per appoggiarvi provvisoriamente un po' di libri. Ma sullo scaffale destinato ai fumetti era pieno di pacchi ancora sigillati.

– E questi?

– Sono gli ordini arrivati mentre eri via. Per i nuovi numeri dei best seller mi sono arrangiata e li ho tirati fuori da sola, ma...

– Ehhh? E Makihara, che fine ha fatto? Le avevo chiesto di occuparsene!

Makihara Minako era una studentessa che lavorava lí part time nel reparto fumetti. Frequentava la facoltà di Giurisprudenza di una famosa università e alla libreria aveva quattro turni alla settimana.

– Makihara non c'è, è fuori per un seminario di qualche giorno...

– Ma come, e da quando? Non mi aveva detto niente!

– Da giovedí scorso, credo. Il giorno dopo che tu te ne sei andata in ferie.

– E per quanto dovrebbe stare via?

– Non lo so con precisione. Ma credo che Hatakeda lo sappia.

– Volevate me? – Proprio in quel momento, Hatakeda Yoshio fece capolino dalla porta. Aveva quasi quarant'anni, ma non era ancora sposato. Portava i capelli lunghi fino a nascondere le orecchie, con la riga da una parte, e un ciuffo lasciato cadere in avanti che gli copriva mezzo viso. Ad Aki sembrava uno stile un po' arrangiato, come se non fosse andato dal barbiere per settimane, ma si diceva invece che ci tenesse molto e che si fosse ispirato al suo regista di anime preferito. Era appassionato di computer, e pareva piú portato per le ricerche informatiche che non per mettere in ordine i libri sugli scaffali. Passava molto piú tempo in ufficio seduto davanti allo schermo che non a girare per il piano tra i reparti di vendita. Per Aki era il diretto superiore ma Hatakeda, che non si capiva bene se nutrisse o meno ambizioni di carriera, non interveniva mai in merito alle piccole questioni pratiche. Insomma, da un certo punto di vista era facile rapportarcisi.

– In effetti sí, fino a quando sarà assente Makihara?

– Ah, credo anche per tutta la settimana prossima... – A chiunque si rivolgesse, il tono di Hatakeda era sempre insolitamente gentile.

– Perciò è dalla settimana scorsa che nessuno mette mano ai fumetti?

– Le uscite piú importanti le ho fatte mettere in esposizione da Ono e Hagiwara. C'erano anche diverse altre urgenze di cui occuparsi...

– E Yamane?

Anche Yamane Shōko era una delle ragazze che lavoravano part time addette alla sezione fumetti.

– Dalla settimana scorsa sta aiutando nei preparativi

per una fiera letteraria. C'è stata una richiesta da parte del secondo piano. E poi l'ho sentita dire di non volersi occupare troppo dei fumetti, perché quando saresti tornata ci avresti pensato tu...

Dunque avevano fatto in modo che mentre lei non c'era il lavoro si accumulasse, per scaricarlo tutto sulle sue spalle?

Sia Makihara sia Yamane erano sue sottoposte, ma erano molto piú in confidenza con Riko. O meglio, Yamane veniva addirittura definita scherzosamente la presidente del fan club di Mita e quindi uno dei membri chiave della fazione che si era messa contro Aki.

– Ma sí, fate pure! Da Yamane non mi ero aspettata molto fin dall'inizio, ma Makihara credevo fosse un po' piú responsabile. Non mi aveva detto che si sarebbe assentata! – sbottò Aki, in tono esasperato.

– Ehi, io non ne so nulla! Ti ho solo riferito quello mi hanno detto, – cercò subito di gettare acqua sul fuoco Hatakeda. Era il tipico atteggiamento di chi non voleva immischiarsi in qualche rogna.

– Scusami, non ce l'ho con te! Solo che ritrovandomi tutto questo lavoro mi sono un po' scoraggiata... – replicò sorridendo Aki, in tono scherzoso, dopo aver visto l'espressione vagamente intimorita di Hatakeda.

– Comunque sono proprio due dispettose! Sia Yamane che Makihara, – commentò Mami, mentre cercava di mettere ordine su un carrello pieno zeppo di volumi di fumetti. Si trattava di avvolgere le copie nel cellophane, in modo che i clienti non potessero aprirle e mettersi a leggerle in piedi in negozio. Era una prassi che in libreria si applicava sia ai numeri appena usciti sia a quelli arretrati. Mami non era addetta al settore fumetti, ma dato che lavorava allo stesso piano quando aveva tempo aiutava in quell'operazione Aki, che poi si occupava di disporre sugli scaffali le copie cellofanate da Mami. Solo quel giorno ci sarebbero stati almeno cinque carrelli da sistemare e le era davvero grata per l'aiuto.

– Mah, pazienza! E comunque mi aspettavo qualcosa del genere...

Aveva intenzione di cambiare i contenuti dello scaffale dedicato ai manga *yaoi* in modo da renderlo piú attraente per i ragazzi. Ne aveva parlato con Makihara e avevano ordinato diverse collane, tanto che era arrivata una quantità impressionante di volumi arretrati. Era la ragazza a occuparsi di quel genere specifico e ovviamente Aki era convinta che li avrebbe anche messi in ordine. Non avrebbe mai pensato di ritrovarsi a doverlo fare lei appena tornata dal viaggio di nozze e non aveva la minima idea di quale criterio seguire e quali giacenze rimandare indietro per fare spazio ai nuovi arrivi.

Il genere era definito anche con l'acronimo Bl, *boys love*; come da titolo, vi si descrivevano amori adolescenziali tra maschi. Come target di lettori aveva soprattutto le ragazze giovani; venivano pubblicati in genere come romanzi a copertina rigida, decorata con illustrazioni originali o tratte da manga. Anche alla Pegasus i *boys love* venivano catalogati come un sottogenere delle *light novel*, e sistemati in un espositore a fianco di esse. Ma nonostante il loro grazioso aspetto esterno, non erano pochi i volumi che contenevano scene di sesso quanto mai esplicite. La fascia di età dei lettori era insospettabilmente ampia e il genere contava diverse estimatrici anche tra le ragazze che lavoravano in libreria. Makihara e Mami erano tra queste.

– Dunque, questo libro è lí da parecchio tempo e ormai si potrebbe anche restituire... – Cosí dicendo, Aki selezionò alcuni volumi e li sistemò nello spazio liberatosi sul carrello.

– Ehhh, vuoi restituire questo? Non è possibile! – esclamò Mami, che seguiva le operazioni, cacciando una specie di urlo. Un cliente che stava scegliendo un libro sugli scaffali proprio lí dietro si girò di scatto dalla sorpresa.

– Katsura Nene è l'autrice del momento! Di *Non farmi venire da solo*, che è il seguito di *Love Machine*, ne parlano tutti benissimo in rete! Il personaggio di lui prende particolare rilievo, insomma, entro quest'anno farà il botto! Non devi assolutamente restituirla, Katsura Nene!

La protesta di Mami era stata ferma ed energica.

– Va bene, ho capito, Mami, ma la macchina intanto si è inceppata...

– Uh, che guaio! – Mami premette in tutta fretta il pulsante di stop, abbassando la leva sul davanti dell'incellofanatrice. A quel punto tre o quattro volumi avviluppati insieme spuntarono fuori dallo sportello di uscita. – Scusami, ho fatto di nuovo un disastro!

Avvolgere i volumi nel cellophane non era un'operazione cosí complicata. Se si inserivano una per una le singole copie all'interno del macchinario a una velocità costante, di solito non si inceppava. Forse persino in quello stava una maggiore o minore competenza? Quando si dedicava a quel lavoro, Mami immancabilmente combinava qualche pasticcio.

– Dovresti controllare meglio i movimenti delle mani!

– Scusami...

Da brava appassionata del genere, Mami collaborava anche alla realizzazione di riviste autoprodotte, le *dōjinshi*. Quando aveva iniziato a lavorare part time alla libreria, aveva espresso il desiderio di venire assegnata al reparto fumetti o a quello delle *light novel*, e pareva che avesse anche detto di voler incrementare il settore dei *boys love*. «È letteratura che fa bene al cuore!» era stata la conclusione di una personale e appassionata requisitoria sull'argomento. A suo dire, frequentare una scuola femminile significava crescere in un mondo a parte, dove non ci si doveva preoccupare di discriminazioni o ingiustizie dovute alla differenza di genere. Quando poi si andava all'università o si entrava in società, venendo cosí a contatto con la realtà, ci si ritrovava ad affrontare quei tipi di problemi, fino ad allora sconosciuti. Anche in tema di relazioni amorose, si constatava con stupore che tra uomini e donne era impensabile una perfetta parità. Quando se ne aveva abbastanza di una simile quotidianità, leggere le storie dei *boys love*, che descrivevano relazioni amorose paritarie tra due maschi, faceva provare un certo sollievo.

Il direttore pareva l'avesse trovata interessante, ma Nishioka Riko, la vicedirettrice, l'aveva invece presa di mira. Nonostante il reparto fumetti fosse a corto di personale, aveva fatto assegnare Mami a quello dei manuali scolastici. A sua giustificazione, Riko aveva sostenuto che ai ragazzi troppo fissati con una certa passione era meglio non affidare quel settore specifico. Ma forse perché decisa a non rassegnarsi, Mami si faceva vedere spesso nel reparto fumetti, che si trovava allo stesso piano. E come aveva fatto quel giorno, esprimeva con franchezza le proprie opinioni. Aki, che era la responsabile del reparto ma non aveva una particolare passione per i *boys love*, non dava molta importanza ai pareri di Mami, ma aveva la sensazione che lei fosse osteggiata anche da Makihara, nonostante l'altra fosse una fan di quel genere. Non ne era certa, ma pareva che tra le due ci fosse una certa diversità quanto a preferenze. Si diceva che a sua insaputa Makihara avesse ripreso duramente Mami, dicendole di non impicciarsi, visto che non era nemmeno la responsabile del reparto. In effetti era cosí, ma Aki credeva non sarebbe stato il caso di alterarsi tanto, visto che Mami non doveva averlo certo detto con malizia.

– Senti un po', quali pensi che siano in questi scaffali i libri che si potrebbero restituire? – le chiese a un certo punto Aki. Makihara non c'era e dunque non poteva che affidarsi a lei.

– Aspetta un momento... – Mami interruppe le operazioni di cellofanaggio e si mise vicino ad Aki. – Dunque, vediamo. Questa serie, *Grazie, maggiordomo!*, non è piú il caso di tenerla. In passato ha avuto un certo successo, ma francamente la trovo datata. Insomma, anche la grafica è un po' imbarazzante, non trovi?

Pur guardando la copertina che Mami le mostrava, Aki non riusciva a capire cosa fosse imbarazzante. Aveva l'impressione che nei *boys love* i volti dei personaggi fossero piú allungati rispetto ai manga, ma ce n'erano anche con la faccia esageratamente tonda. Aveva provato ad applicarsi, ma individuare la sottile differenza tra uno di tendenza e uno che non lo era, per una come Aki, era difficile.

– Che altro?

– Uhmm.... Mah, forse anche Amano Miki e Hiroi Umi ormai hanno fatto il loro tempo!

Aki tolse dagli scaffali i libri che Mami le segnalava. Non essendo un'appassionata del genere, lo faceva senza la minima esitazione. Mentre effettuava le sostituzioni seguendo le direttive di Mami, ben presto la catasta di *boys love* che si era accumulata acquistò magicamente un certo ordine.

– Grazie, sei stata preziosa!

– Ma no, è un lavoro divertente per me, chiamami quando vuoi! Adesso è meglio che torni in postazione...

In quel momento squillò il cellulare a uso interno che Aki teneva nella tasca del grembiule.

– Pronto?

– Ah, Obata, c'è una chiamata per te dall'esterno. Da parte di Shibata, della Hitotsuboshi Shuppan.

Era la voce di Hatakeda. Doveva aver preso la telefonata in ufficio. Dopo che Aki l'ebbe ringraziato, la mise in linea.

– Pronto?

– Ah, Kitamura? O forse è meglio che ti chiami Obata?

– Va bene sia l'uno che l'altro!

Shibata Shunsuke era il vicedirettore del reparto commerciale della Hitotsuboshi Shuppan, una grande casa editrice, e di solito non avrebbe dovuto avere rapporti stretti con i semplici dipendenti delle librerie. Ma per Aki aveva avuto un debole fin da quando aveva iniziato a lavorare alla Pegasus, e l'aveva invitata spesso fuori a bere con i colleghi o era capitato che le offrisse il pranzo.

– Scusa se non sono potuto venire al ricevimento di nozze. Mi hanno incastrato con una trasferta, una seccatura... Mi è dispiaciuto anche per lui, per Obata!

– Ma no, si figuri! Il lavoro prima di tutto...

– Comunque, per farmi perdonare vi ho mandato un piccolo presente. Non mi sembrava il caso di consegnarlo direttamente a Obata...

– Ah, e dove l'ha spedito?

– Non conoscevo l'indirizzo di casa, cosí ho messo quello della libreria. Strano, non è ancora arrivato?

– Be', sono rientrata oggi al lavoro e non ho ancora controllato la posta. Probabilmente è già arrivato. Comunque grazie, non doveva disturbarsi...

Aki aveva subito divagato, ma le era venuto un brutto presentimento. In realtà la posta indirizzata a lei l'aveva già controllata, ma non aveva visto alcun pacchetto di quel genere. Dopo aver continuato per un po' a chiacchierare al telefono con Shibata si diresse verso lo spazio amministrativo del quarto piano. Verificò tra i pacchi in deposito in ufficio, senza trovarlo.

– Scusate, dovrebbe essermi arrivato un pacco, qualcuno l'ha visto? – chiese allora agli altri presenti, ma nessuno diede segno di esserne a conoscenza.

– Magari è nella stanzetta qui accanto, – suggerí qualcuno. Lo spazio era utilizzato principalmente dai ragazzi che lavoravano part time per le loro pause. Non era ancora orario di pranzo e non c'era nessuno. Controllò l'angolo dove si lasciavano pacchi e oggetti personali, quindi si chinò per dare uno sguardo agli scaffali sotto al tavolo. A un tratto le cadde l'occhio sul cestino dei rifiuti e rimase sbigottita. C'era una scatola a lei familiare: quella dorata di Godiva, che aveva portato al mattino come pensierino per i ragazzi del part time. La tirò su dal cestino e subito caddero a terra i cioccolatini. Pareva fosse stata buttata via senza toccarne il contenuto. C'era ancora appiccicato un foglietto con su scritto: «Omaggio da parte di Kitamura».

– Ma porca...

Le venne da imprecare. Doveva trattarsi di un dispetto nei suoi confronti. Ma anche in quel caso era davvero uno spreco. Se non gli andavano, avrebbero semplicemente potuto fare a meno di mangiarli.

Rimise la scatola nel cestino e mentre stava per uscire dalla stanzetta incrociò Kumazawa Hiromi. Aveva piú o meno trentacinque anni e lavorava lí part time come addetta al reparto libri di economia del terzo piano. Essendo sposata, non usciva la sera insieme alle altre ragazze, a meno che non si trattasse di qualche evento aziendale. Non era nemmeno molto coinvolta nei loro pettegolezzi e aveva buoni rapporti sia con Aki che con Riko.

– Oh, Kitamura, quanto tempo! Come mai qui?

Di solito quella stanzetta era per chi lavorava part time o con un contratto a termine, e per un tacito accordo i dipendenti fissi non la utilizzavano.

– Stavo cercando una cosa. Un pacchetto spedito a mio nome.

– Da parte di chi?

– Da parte di Shibata, della Hitotsuboshi Shuppan. Pare che mi abbia mandato a questo indirizzo un regalo di matrimonio, ma non riesco a trovarlo.

– Oh! Non è che qualcuno ti ha fatto di nuovo un dispetto? Sono veramente inqualificabili!

– Ah, ne sei al corrente anche tu?

– Be', se Ozaki o qualcun'altra sparla di te a voce alta è impossibile non sentirle! Pare che te ne siano successe delle belle...

– Sí, insomma... spero che col tempo le cose si sistemino, – rispose Aki tra i sospiri.

– Sono solo pettegolezzi, non farci caso! – aggiunse Kumazawa, come a volerla consolare.

– Grazie. Chissà che fine ha fatto il mio regalo...

– Ah! – esclamò a un tratto Kumazawa, portando una mano alla bocca.

– Che c'è?

– Forse mi sto solo sbagliando...

– Non fa niente, dimmelo comunque.

– Tu però non dire che te l'ho raccontato io, mi raccomando!

– Certo che no!

– Mi è venuto in mente che stamattina ho visto Nishioka con un pacchetto in mano vicino alla zona di deposito rifiuti sul retro. Lei non ha niente ha che fare con le pulizie, giusto? Allora mi sono chiesta perché mai si trovasse lí...

Nishioka era la vicedirettrice, ed era esentata da qualsiasi attività di pulizia. In effetti era strano che si trovasse in quella zona.

– Sarebbe un bel guaio se mi fossi sbagliata...

– Per scrupolo, vado a controllare.

Aki uscí subito dalla stanzetta, scese al piano terra con l'ascensore e si diresse verso l'uscita sul retro. Lí dietro c'era l'area di deposito rifiuti dell'intero edificio. Appena sbucò fuori rimase avvolta dal calore dei motori esterni dei condizionatori. Guardò dentro le due partizioni in cemento di un metro quadrato destinate ai rifiuti organici e a quelli indifferenziati. In entrambe c'erano alcuni sacchetti di plastica riempiti di immondizia. Un po' piú in là c'era lo spazio riservato ai rifiuti ingombranti, e lí era stato lasciato un pacchetto di colore biancastro. Aki si avvicinò e vide che si trattava di una scatola avvolta alla bell'e meglio nella carta di un famoso grande magazzino. Portava ancora incollata l'etichetta di un corriere. Vi erano riportati come mittente «Shibata Shunsuke» e come destinataria lei stessa. Non c'era alcun dubbio, era quello il pacco inviato da Shibata. Appena lo sollevò ne uscí una scatola rossa, abbellita con decorazioni tradizionali di buon augurio. Era quella dei bicchieri Baccarat. Provò ad aprirla e vide che ne conteneva due abbinati in cristallo di forma semplice. Aki li sollevò.

– Questa è pura cattiveria...

Uno dei due bicchieri da vino aveva una crepa che partiva dall'orlo e lo percorreva in verticale. L'altro invece aveva la base staccata.

Che fosse una cosa intenzionale o che si fosse trattato di un incidente, i bicchieri erano entrambi rotti. Inoltre, non solo non le erano stati consegnati ma erano stati buttati lí.

– Ma chi ha potuto fare una cosa del genere? – Con la mano tremante, Aki sollevò un frammento di vetro dall'angolo della scatola.

– Non saprei proprio cosa dire... Vorrei collaborare, ma non ho fatto niente di speciale. Non mi pare il caso di tirarmi in ballo cosí apertamente!

– Ma no, non dica cosí! Anche il mio superiore voleva assolutamente un suo contributo.

– Mi mette in imbarazzo! Sa che finora non ho mai fatto niente del genere...

Riko era impegnata in un'animata discussione con il responsabile commerciale di una casa editrice nel reparto narrativa. La richiesta era quella di presentare con grande rilievo in un inserto pubblicitario i suoi commenti sulle novità editoriali che sarebbero state pubblicate di lí a un paio di mesi. Forse, prevedendo che sarebbe stata restia a farlo, quel giorno si era fatto accompagnare da uno degli editor responsabili. Di recente era molto frequente che i dipendenti delle librerie venissero intervistati e che i loro pareri in merito alle nuove uscite venissero pubblicati su giornali e riviste. Si poteva forse considerare la professione i cui rappresentanti apparivano piú spesso sui media. Anche a Riko, viste le sue frequentazioni, era capitato spesso di essere intervistata, ma aveva evitato in tutti i modi di rilasciare dichiarazioni che venissero inserite nelle fascette o in qualche brochure pubblicitaria. Che un libro diventasse un best seller era vantaggioso non solo per l'editore ma anche per la libreria, e quindi collaborava nei limiti del possibile. Partecipava volentieri a riunioni consultive e cercava di accontentare le richieste di lettura e valutazione di testi in bozza, sempre se questo non intralciava il lavoro alla libreria.

Tuttavia, il fatto che una sua frase venisse usata in un contesto pubblicitario lo trovava inopportuno e preferiva astenersene. In fondo non era un critico letterario e nemmeno un'avida lettrice. Lavorava semplicemente in una libreria. Non voleva assumersi fino a quel punto la responsabilità di far vendere o meno un libro, e non le piaceva che venisse utilizzato il proprio nome.

– Signora Nishioka, che questo libro sia uscito in edizione economica è stato grazie a un suo consiglio! In altre parole, lo si potrebbe considerare una sua creatura! E quindi lo dovrebbe sostenere... – Anche l'editor, che stava lí accanto, si era inserito nella conversazione.

– Cosí mi mettete un po' in difficoltà...

In effetti non era sbagliato dire che fosse stata lei a caldeggiare quel libro. Tuttavia, ne aveva semplicemente parlato in una conversazione casuale con l'uomo che frequentava, senza che la sua intenzione fosse stata davvero quella.

L'uomo da cui si era separata era il vicedirettore del reparto commerciale di quella casa editrice, per cui capitava anche che si finisse per parlare di lavoro. Una volta lui, in un tono che non si era capito se fosse di invidia o di lamentela, aveva disquisito su un titolo che di recente aveva riscosso un enorme successo in edizione economica. Quel volume era stato pubblicato da una casa editrice specializzata in libri per bambini e poi un grande editore lo aveva fatto uscire nuovamente in quella versione. Come libro per bambini aveva già avuto un certo riscontro, ma contrariamente al parere dei piú, che avevano previsto non avrebbe venduto nella nuova veste per un pubblico piú adulto, era divenuto un best seller, il piú clamoroso degli ultimi anni.

«Ce l'hanno fatta sotto al naso. E la D Edizioni è pure una nostra affiliata!»

Ciò di cui si rammaricava il suo partner era che le vendite della propria casa editrice, in quel settore, ristagnavano. Avevano subito un calo generalizzato e anche le collane economiche non facevano eccezione.

«La D Edizioni è specializzata in testi per bambini, e forse un editor che si occupa di letteratura difficilmente ci avrebbe fatto caso...»

Anche a Riko argomenti del genere non dispiacevano, e alla fine era intervenuta nel discorso.

«E non si tratta solo dei libri per l'infanzia, anche autori che provengono dal settore delle *light novel* fanno spesso il botto! Persino i nostri editor mi dicevano che non riescono a capire da dove saltino fuori, questi autori... Le *light novel* le pubblicano cani e porci! Non è che si può stare dietro a tutte le uscite!»

«Dovreste chiedere un parere alle ragazze giovani. Credo che abbiano una sensibilità particolare in fatto di vestiti, di musica e anche per i libri!»

«Ragazze giovani, tipo quelle che lavorano da voi?»

«Uhm, vediamo... Per esempio quelle che leggono "Il club del romanzo"!»

«"Club del romanzo", e cosa sarebbe?»

«In pratica una specie di guida per avidi lettori, che ha come target principale le *otaku* al femminile!»

«*Otaku* al femminile?»

«Sí, le ragazze appassionate di *boys love*, o libri del genere».

«Ah, i *boys love*... Ma vorrei qualcosa che faccia un successo clamoroso, non qualcosa di nicchia!»

«Guarda che non sono affatto da sottovalutare. Quelle ragazze sembrano avere un fiuto particolare per i libri interessanti. E quelli che loro decidono di promuovere altroché se vendono! Gli autori che vanno per la maggiore in questo momento, come Asano Atsuko o Miura Shion, all'inizio sono state proprio loro a sostenerli!»

«Ma quelle scrittrici non hanno niente a che fare con i *boys love*, giusto?»

«Certo che no! Basta che quelle ragazze trovino gli elementi tipici dei *boys love* in romanzi che non sono stati scritti con quell'obiettivo. E sono davvero brave a scovarne. Anche quel libro uscito in edizione economica di cui parlavi prima, molto prima di diventare famoso era stato presentato con grande rilevanza in un numero del "Club del romanzo". Non credi che l'abbia proposto inaspettatamente un editor cui era capitato di avere sott'occhio la rivista?»

«Uhm, chi lo sa...»

Lui era di gusti piuttosto tradizionali e riteneva i *boys love* solo una moda passeggera. Probabilmente non teneva affatto in considerazione quella fascia di lettrici appassionate. Peccato che un'alta percentuale del pubblico femminile avesse proprio quei gusti. Inoltre, a differenza dei numerosi ragazzi fan sfegatati di *light novel*, la maggior parte di loro erano avide divoratrici di libri, e ne leggevano spesso anche di generi diversi dai *boys love*. Anche all'interno del panorama letterario generalista sceglievano i loro preferiti. Visualizzavano le storie in un contesto completamente diverso da quello pensato dall'autore e si divertivano a trovare con una loro ottica a senso unico rapporti tra maschi che andassero oltre l'amicizia. In pratica quel sofisticato gioco praticato da ragazze amanti dei libri si poteva forse definire «lettura in versione *boys love*».

«Allora, quando si tratta di esporre le nuove uscite a volte anch'io tengo conto del loro parere. Di recente, ad esempio, trovavano straordinario *Finché un giorno non mi arriverà la tua voce*, della N-Shobō. Cosí ho provato a metterlo in evidenza e ho avuto davvero un grande riscontro.

È una serie già al quarto volume, e se venisse pubblicato in edizione economica credo che venderebbe moltissimo».

«Qual è la storia?»

«Ha come protagonisti i ragazzi di un coro maschile, giovani che girano per il Giappone come professionisti. La loro quotidianità viene descritta nei minimi dettagli, è riuscita a interessare persino me! Poi le voci bianche sono qualcosa di particolare, no? È bello seguire le figure dei ragazzi appesi a quella fugacità, e i personaggi sono accattivanti. Il protagonista e il suo rivale, pur nel loro antagonismo, sviluppano un'amicizia... Mah, forse sarà anche un po' scontato, però...»

Riko non era un'appassionata di *boys love*. Ma veniva da una generazione cresciuta leggendo gli *shōjo* manga, destinati a un pubblico femminile tra gli ultimi anni dell'infanzia e la fine dell'adolescenza, e non le era difficile capire come le ragazze venissero psicologicamente attirate dal genere.

«Forse dovrei provare a parlarne con un editor. Se si tratta della N-Shobō, sarebbe facile opzionare i diritti per un'edizione economica».

Era stato quasi sei mesi prima. Da allora si era persino dimenticata di quel discorso. Pensava si fosse trattato di un semplice scambio di battute e in origine non aveva avuto alcuna intenzione di mettere becco su questioni che riguardavano il lavoro di lui, che invece ne aveva parlato davvero a un editor. In seguito, quest'ultimo aveva letto il libro e gli era piaciuto; aveva cosí preso ufficialmente contatto con la casa editrice e ottenuto i diritti di pubblicazione in edizione economica. Il lavoro di editing era ormai terminato e ora si stavano occupando del lancio pubblicitario. Una casa editrice concorrente aveva ottenuto grande successo pubblicando un romanzo di genere simile e pareva che ci puntassero molto. Avevano un budget inusuale per il lancio di un libro in una collana economica. E sulla fascetta in copertina volevano utilizzare il nome di Riko. Inoltre, l'addetto commerciale le aveva chiesto di collaborare al servizio di una rivista in cui si raccontava come si era arrivati a quella nuova edizione.

– È un bel problema. Volevamo assolutamente che lei comparisse, e l'avevamo anche promesso a quelli di «Vintage» per il loro articolo!

Alle parole dell'addetto commerciale, Riko tornò in sé. «Vintage» era una rivista di punta della stessa casa editrice, rivolta soprattutto a un pubblico maschile giovane, e in un momento in cui i periodici erano in crisi di vendite vantava una diffusione di piú di mezzo milione di copie. Se avessero potuto inserirvi la presentazione del libro come articolo, avrebbe di sicuro avuto un grosso impatto a livello pubblicitario.

– Fate presto a parlare, ma io non ho ancora... – iniziò a dire Riko, quando sentí esclamare: – Signora Nishioka! – Si era improvvisamente intrufolata Aki, con in mano una scatola rossa. – E questo cosa significa? – la incalzò, tendendo la scatola verso Riko.

– Ma che vuoi, non è il momento...

– Non credo ci sia un momento adatto per questo!

Forse per la rabbia o l'eccitazione, Aki era paonazza in volto.

– Se hai qualcosa da dirmi, ti ascolterò piú tardi.

Riko non voleva assolutamente che un addetto commerciale di una casa editrice assistesse a un alterco imbarazzante tra dipendenti della libreria.

– Ah, ha intenzione di scappare? – la pressò ancor di piú Aki. Il suo fervore appariva inarrestabile.

– Scusatemi, dobbiamo rimandare... – si ritrasse Riko, come per congedare i rappresentanti della casa editrice. Non voleva che la vedessero mentre la situazione degenerava e si accapigliava con Aki.

– Signora Nishioka, allora contiamo su di lei!

– Mi raccomando, abbiamo assolutamente bisogno della sua collaborazione! – L'addetto commerciale e l'editor fecero un profondo inchino all'unisono.

– Sí, sí, ho capito, ne riparliamo presto...

– Per i dettagli magari possiamo risentirci anche domani... – concluse il primo, con un'aria soddisfatta in volto. Sembrava che, senza colpo ferire, Riko avesse acconsentito a partecipare alla promozione del libro. Ma in quel momento doveva occuparsi di quella furia che si ritrovava davanti. La spinse verso la zona uffici sul retro.

– Questa è stata opera sua, vero? – Aki aprí la scatola rossa, mostrando a Riko i bicchieri danneggiati.

– Non so di cosa stai parlando!

– Se non è stata lei, allora qualcuna delle sue sottoposte! Non solo hanno buttato via i cioccolatini che gli avevo portato dal viaggio, hanno addirittura messo le mani su un regalo che qualcuno mi ha mandato! Che livello!

– Non urlare, o ti sentiranno anche nel reparto di vendita! – Riko proseguí in tono flemmatico: – Che è successo con quei bicchieri? È roba tua? – A quelle parole sembrò che la stessa Aki, che prima era in ebollizione, si fosse placata. L'espressione era quella di chi rimane spiazzato. – Come mai ce li avevi qui al lavoro? Dove li avevi messi?

– Me li aveva mandati a questo indirizzo Shibata, della Hitotsuboshi Shuppan, per scusarsi di non essere potuto venire al ricevimento di nozze. Ma a me non sono mai arrivati, li ho trovati buttati nell'area di deposito dei rifiuti –. La voce di Aki si era abbassata di tono.

– Davvero? E perché hai pensato che fossi stata io a romperli?

– Ecco... c'è qualcuno che l'ha vista. Mentre si dirigeva lí con la scatola in mano.

– Io? Sul serio? In effetti stamattina dovevo discutere di dove far lasciare le consegne prima dell'apertura del negozio e sono andata al posto di guardia al pianterreno, ma non mi sono spinta fino al deposito rifiuti.

– E quindi dice di non saperne nulla, di questi bicchieri?

– Certo che no! – Aki rimase in silenzio a fissare Riko, che sostenne imperturbabile lo sguardo. – Ti sembro una da azioni cosí infantili? E comunque se ne avessi avuto l'intenzione l'avrei fatto con un po' piú di scaltrezza, senza lasciare prove cosí evidenti! Avrei nascosto l'intera scatola in un posto dove nessuno avrebbe potuto trovarla, ti pare?

– E dove, per esempio?

– Nel mio armadietto, tanto per dirne una! Lí non sarebbe stato assolutamente possibile scoprirla, e non si sarebbe nemmeno capito se si fosse trattato di uno smarrimento o di un'azione deliberata.

Ascoltate le sue parole, per un attimo Aki prese a riflettere in silenzio, ma poi replicò: – Forse il colpevole l'ha lasciata lí con i bicchieri rotti per ferirmi...

– Forse. Non possiamo sapere che intenzioni avesse chi l'ha fatto, – chiosò Riko, stringendosi nelle spalle. Aki fece un'espressione indecifrabile, da cui non si capiva se si fosse convinta o meno. – E comunque, sono il tuo superiore. Dunque avrei avuto mille altri mezzi per crearti un dispiacere; perché avrei dovuto cacciarmi in una situazione tanto rischiosa? A proposito, chi ti ha detto che io mi trovavo lí?

Aki continuò a guardarla per un po', e poi se ne uscí dicendo: – Mi scusi. Sono stata avventata...

– In futuro sarà meglio che non ti scagli contro le persone accusandole senza la minima prova!

– Ecco, io...

– E la cosa peggiore è aver mostrato un simile atteggiamento in negozio, di fronte a tutti! C'erano clienti che guardavano, e chissà cos'avranno pensato i responsabili della casa editrice. Sai benissimo anche tu quanto vanno matti per i pettegolezzi, no?

Aki fece una faccia imbarazzata. Sembrava si rendesse conto per la prima volta di quello che aveva fatto. Probabilmente il racconto di quanto era successo si sarebbe diffuso in un baleno.

– È un peccato che ti abbiano rovinato un regalo di matrimonio, e capisco che per te possa essere stato uno shock, ma tu sei una dipendente della libreria e non si devono mettere in piazza questioni personali nelle zone aperte al pubblico. Esporre cosí il proprio privato è un errore madornale!

– Mi deve proprio scusare... – farfugliò Aki con aria depressa, ritornando verso lo spazio di vendita.

Una volta allontanatasi Aki, Riko tirò un grosso sospiro di sollievo. Si chiedeva se il suo comportamento non fosse risultato un po' innaturale, e se l'altra si fosse davvero convinta. Non pensava che qualcuno l'avesse vista mentre era al pianterreno. Ma a quel punto non aveva potuto che inscenare la commedia.

Riflettendoci, si chiedeva perché avesse fatto una cosa simile. Con tutta probabilità, nell'istante in cui aveva visto il nome del mittente, aveva perso le staffe. Quell'uomo, Shibata Shunsuke, era quello che l'aveva scaricata, come se si trattasse di qualcosa che lo disgustava alla sola vista. In quell'ultimo incontro con Shibata, Riko aveva finalmente capito cosa pensasse davvero di lei. Non voleva piú vederla nemmeno in faccia. Tuttavia, il giorno dopo aveva trovato il nome di Shibata scritto su un pacco indirizzato a Obata Aki. Dunque quell'uomo si premurava di fare un regalo di matrimonio ad Aki, mentre lei non voleva degnarla nemmeno di uno sguardo?

A quel punto Riko non era riuscita a trattenersi dal guardarne il contenuto. Aveva portato fuori il pacco di soppiatto e l'aveva scartato nella zona sul retro dell'edificio, dove non veniva mai nessuno. Pur rendendosi conto che c'era qualcosa che non andava in lei, non aveva potuto fare a meno di verificare che cosa quell'uomo avesse scelto per Aki, essendo rimasta incuriosita dalla grandezza e dalla forma dell'involucro. L'aveva quindi aperto e le sue previsioni si erano rivelate azzeccate, anche se avrebbe preferito che non fosse cosí. Era un set di due bicchieri da vino in cristallo. Lo stesso che Shibata le aveva regalato al suo primo compleanno dopo che avevano iniziato a frequentarsi.

Ma perché aveva scelto proprio quello, quando di bicchieri Baccarat ce n'era una varietà infinita? A un tratto aveva sentito un forte rumore. La porta che si era aperta col vento si era richiusa con fragore. Colta di sorpresa, a Riko era caduta la scatola dalla mani, e nell'impatto i bicchieri erano stati sbalzati fuori. Al contatto con il rigido pavimento di cemento, il delicato cristallo si era seriamente danneggiato.

Un brivido freddo le era corso lungo la schiena. Cosa aveva combinato?

Mentre era lí imbambolata, aveva avuto l'impressione che qualcuno stesse scendendo con l'ascensore. Aveva poggiato in tutta fretta il pacchetto con i bicchieri nell'area di deposito dei rifiuti e si era allontanata, con l'intenzione di tornare a prenderlo piú tardi.

Riko trattenne di nuovo un sospiro. Non c'era dubbio che nei rapporti tra lei e Aki fosse un pessimo tempismo a farla da padrone.

Andò nello spogliatoio accanto all'ufficio e aprí il proprio armadietto. Dentro c'era una confezione con gli stessi bicchieri Baccarat che si era procurata in un grande magazzino lí vicino uscendo di fretta durante la pausa pranzo. Se non fosse stata bloccata dai rappresentanti della Hitotsuboshi Shuppan, avrebbe dovuto rimettere a posto il pacchetto cosí com'era in origine, prima che arrivasse Aki, che aveva il turno pomeridiano. Ma ormai era troppo tardi per darglieli.

Pare che qualcuno mi abbia lanciato una maledizione..., pensò Riko con un profondo sospiro. Con quello che era successo, il rapporto tra lei e Aki sarebbe sicuramente peggiorato.

6.

– Ma che bassezza, non ho parole! – si lamentò Aki con il marito, che quel giorno era tornato finalmente a casa a un'ora decente. In quel periodo Nobumitsu era sotto pressione con i preparativi per il lancio della nuova rivista ed era raro che rientrasse prima di mezzanotte. Era da tantissimo tempo che non riusciva a mangiare a casa la sera in un giorno feriale.

– Per colpa di Nishioka, mi sono rovinata la giornata! – continuò a brontolare lei mentre preparava la cena.

Nobumitsu se ne stava seduto al bancone di fronte ai fornelli, bevendo una birra. Sopra vi erano disposti del salame affettato, dei sottaceti fatti in casa e del camembert che Aki aveva comprato sulla strada del ritorno.

– Nishioka, la vicedirettrice? Quella a cui ha risbattuto in faccia la busta coi soldi al ricevimento di nozze?

– Già, proprio lei! Forse vuole vendicarsi per quella volta...

Non aveva immaginato che Nobumitsu potesse rientrare presto e non aveva potuto preparare nulla di sofisticato. Lui aveva iniziato a bere birra e la cena poteva arrangiarla con qualcosa di leggero. Nel frigorifero aveva del pesto, cosí aveva pensato di cuocere della pasta.

– Però ha negato, giusto?

– Sí, ma una cosa del genere uno non la ammetterebbe mai. Non si è nemmeno alterata troppo, anzi, era quasi calma, e questo mi risulta sospetto. Per me è stata lei a romperli!

Continuando a mugugnare, Aki procedeva nella preparazione della cena. Il piano di lavoro era allo stesso livello del bancone a cui sedeva Nobumitsu. Privilegiando l'eleganza del design, il piano dell'isola era in marmo e anche i rubinetti erano di forma molto sofisticata. Ad Aki era piaciuta molto quella cucina che sembrava particolarmente adatta per organizzare festicciole fra amici, e proprio per questo si era trovata d'accordo nello scegliere quell'appartamento come casa per abitarci dopo il matrimonio.

– Mah, chiunque sia stato è davvero una carognata! Rompere le cose degli altri... Non credi che si possa considerare mobbing sul posto di lavoro?

– Mobbing, dici?

In effetti, nel sentirlo pronunciare l'impressione era che la situazione si potesse definire tale. Fino ad allora li aveva considerati dispetti o manifestazioni di antipatia, ma forse, vista la frequenza, era piú convincente usare un termine appropriato.

– Se dovessero continuare, non sarebbe meglio che cambiassi lavoro?

– Cambiare lavoro? – Aki rimase un po' interdetta. Non le era ancora mai capitato di prendere in considerazione una scelta simile. – Non è che lo posso fare cosí, su due piedi. E poi sono entrata alla libreria grazie alle conoscenze di mio padre, per poter dare le dimissioni dovrei avere un motivo valido...

– E il fatto che ti sei sposata, come scusa? Viene considerato un buon motivo, no?

– Che figura ci farei a lasciare il lavoro per via del matrimonio? E poi ne andrebbe anche della reputazione di mio padre, oltre al fatto che non riuscirei a farmi assumere in un'altra libreria, ti pare?

– Ma di lavori ce ne sono tanti, no? Non devi trovarlo per forza in una libreria! Sei giovane, potresti ricominciare... – replicò Nobumitsu, in tono di incoraggiamento.

– No, dev'essere per forza una libreria! – esclamò Aki a voce alta. Non riusciva a pensare a nessun altro tipo di occupazione.

– Ma come mai ci sei cosí attaccata? Lo stipendio è basso, e se avessimo dei figli non saresti in grado di continuare, giusto?

– A me piace lavorare in libreria! Non voglio fare nessun'altra cosa!

– Sei seria?

Nobumitsu era un po' sorpreso. Non pensava che Aki fosse cosí appassionata del proprio lavoro. E di quel lavoro, poi...

Anche lei era meravigliata di ciò che aveva appena detto. Da quando quella professione le piaceva cosí tanto?

Fin da quando era studentessa aveva sempre pensato di voler svolgere un'attività commerciale, a contatto con il pubblico. Amava incontrare le persone e preferiva fare qualcosa dove si potesse vedere subito il risultato del proprio impegno. Non era portata per un'occupazione in cui avrebbe dovuto stare seduta tutto il giorno in faccia a una scrivania. La scelta della libreria era stata mossa semplicemente dalla sua passione per i libri. Era pur vero che aveva potuto inserirsi rapidamente nel settore grazie alle sue conoscenze. Ma non c'era nessun altro motivo.

Poi, una volta iniziato a lavorare sul serio, si era resa conto di come fosse davvero portata per quello, molto piú di quanto avrebbe immaginato. Era straordinario come in campo editoriale venissero immesse continuamente sul mercato novità dei generi piú disparati. Ogni singolo giorno arrivavano libri nuovi e cambiavano i trend di vendita. Era perfetto per lei, una che tendeva a stancarsi subito delle cose. E poi, poteva osservare tutti i giorni le reazioni dei clienti. Se metteva mano in qualche modo al reparto vendita, ne aveva subito un qualche riscontro. Anche quello la gratificava.

– E poi, visto che ormai ho cominciato, vorrei ottenere qualche risultato importante. Visto che sono in ballo, mi piacerebbe creare un successo editoriale dal mio settore...

Grazie alle possibilità offerte dalla rete, in tempi recenti anche diverse librerie di provincia avevano allargato le loro attività e si erano create una solida reputazione suscitando piú vasta eco. Succedeva spesso che venissero presentate su giornali e riviste e anche in tv.

Ad Aki sarebbe piaciuto dedicarsi a qualcosa che le facesse ottenere simili riconoscimenti. Abbandonare tutto senza averci nemmeno provato non aveva senso.

– Non credevo che fossi cosí attaccata al tuo lavoro. Quando avremo dei figli, lo lascerai, vero?

Nobumitsu sembrava vagamente preoccupato.

– Mah, ancora non lo so...

Con un impiego part time sarebbe stato anche possibile, ma conciliare un lavoro dagli orari lunghi come quello in libreria con la cura dei bambini sarebbe risultato difficile. Alla Pegasus Shobō non c'era mai stata una dipendente a contratto con figli e nessuna aveva mai chiesto il congedo temporaneo di maternità. Aki non aveva mai pensato seriamente a cosa fare in quel caso, considerandolo ancora un problema futuro.

– Per te sarebbe meglio che lasciassi il lavoro e facessi la casalinga a tempo pieno?

– Non dico per sempre, ma quando i bambini sono piccoli non è meglio che la madre gli stia vicino?

– Non avevi detto che potevo tranquillamente continuare a lavorare anche da sposata?

Aki era convinta che Nobumitsu avesse un atteggiamento comprensivo nei confronti dei suoi impegni professionali, e aveva acconsentito al matrimonio anche per questo. Ora invece provava una certa delusione.

– Certo, finché non fossero nati dei figli. Se ora non lavorassi ti annoieresti a stare tutto il giorno a casa da sola, giusto? E le cose potranno soltanto peggiorare con il lancio della nuova rivista.

In silenzio, Aki prese un bicchiere dalla credenza e si versò della birra. Si sentiva come un peso nello stomaco. Sarebbe stato difficile allevare dei figli continuando a lavorare alla libreria, ma per qualche motivo non riusciva a immaginare sé stessa come casalinga a tempo pieno.

Finí di bere tutto d'un sorso e si girò verso Nobumitsu.

– Voglio continuare a lavorare in libreria, anche se avremo dei figli.

Era ciò che provava sinceramente in quel momento. Quando fosse venuta l'ora di allargare la famiglia avrebbe anche potuto lasciare temporaneamente l'impiego, ma non avrebbe smesso comunque di lavorare in libreria.

– Ma è impossibile, non credi? Anche adesso, quando hai il turno pomeridiano, rientri a casa quasi alle dieci. E io faccio ancora piú tardi. Oltretutto col tuo stipendio sarebbe difficile assumere una baby-sitter, no? Quello che guadagni finirebbe tutto lí. Non c'è bisogno che lavori a tutti i costi!

Basto io a portare a casa i soldi!, era il sottotesto. E in effetti Nobumitsu aveva un ottimo stipendio. Quando Aki aveva visto la sua busta paga era rimasta sorpresa. Era piú del doppio di quanto guadagnava lei. E a quanto si diceva, se fosse diventato caporedattore, la cifra sarebbe salita ulteriormente. Quando l'aveva sentito Aki era rimasta senza parole. Sapeva che nelle grandi case editrici gli stipendi erano elevati, ma non immaginava fino a quel punto. Com'era possibile che ci fosse una tale differenza con gli impiegati di una libreria, nonostante lavorassero in un ambito simile. Che il marito guadagnasse bene era una cosa positiva, ma quando pensava all'esiguità del proprio stipendio la cosa le risultava fastidiosa.

E ancora piú fastidioso era l'atteggiamento di Nobumitsu, che sembrava quasi voler affermare la propria superiorità in base alla paga, nonostante anche lei lavorasse con lo stesso impegno.

– Quando i bambini saranno piú grandi e avrai meno incombenze, potresti tornare in libreria con un part time, no? In questo settore scarseggia sempre il personale e per una persona brillante come te sarà semplice farsi riassumere, giusto? Potrai lavorare negli orari che preferisci e avrai meno responsabilità. Non ti sembra la soluzione migliore?

– Forse, ma trovo strano considerare naturale che una donna appena ha un bambino debba rimanere a casa. Non credevo la pensassi cosí, alla vecchia maniera!

– Vecchia maniera, ma in realtà...

– E poi, non ti sei innamorato di me proprio vedendomi lavorare? Non avevi detto cosí una volta? Per me il lavoro è qualcosa di naturale, non lo faccio come riempitivo finché non avrò dei figli! – esclamò lei con impeto.

– Sí, ricevuto, capisco benissimo come ti senti. Però finiamola di litigare per una questione che non è ancora in ballo! – si affrettò allora a replicare Nobumitsu.

– Ma...

– Insomma, è una discussione sterile, non ti pare? Ho solo detto che se non ti trovi bene al lavoro potresti anche lasciarlo, e lo dicevo per te. Non vorrei mai che rimanessi in un posto dove vieni vessata in continuazione. Non voglio vederti con quella faccia scura!

– Hai ragione, è stata colpa mia, – concluse lei, ma nel suo intimo non si era affatto pacificata. Le sembrava di aver finalmente capito come la pensava davvero Nobumitsu riguardo al fatto che lei lavorasse.

– Avevo detto che non mi piace parlare di lavoro a casa, no? – sottolineò lui, e continuando a borbottare allungò la mano verso il bicchiere di birra. Sarà stato il terzo o il quarto. – Ah, a proposito... Oggi mi ha mandato una mail Agachi.

Forse volendo alleggerire un po' quell'aria di tensione, Nobumitsu cambiò argomento.

– Agachi? E cosa diceva? – Aki mise la pentola sul fuoco e si versò il secondo bicchiere di birra. Era piuttosto resistente ai fumi dell'alcol, e anche se beveva mentre cucinava non rischiava di perdere il controllo delle mani.

– Si è scusato per aver dato forfait all'ultimo momento al ricevimento di nozze, avrebbe voluto assolutamente venire e gli dispiaceva.

– Be', pazienza! È un fumettista famoso! Avrà il suo da fare con le scadenze di consegna...

Agachi Nao era l'autore di cui si era occupato personalmente Nobumitsu. Dato che ora gli era stato assegnato il compito di creare la nuova rivista, era un altro editor a seguirlo, ma per lui rimaneva sempre una persona speciale. Tra tutte quelle di cui aveva curato la pubblicazione nella precedente rivista, a riscuotere il maggiore successo era stata *Fly High!*, una storia d'azione. Agachi aveva debuttato con un altro editore e non riusciva a decollare, Nobumitsu l'aveva contattato e aveva iniziato a fargli pubblicare delle puntate. Forse, anche grazie alla sintonia che c'era tra loro, ne era nato un successo e la storia era diventata l'elemento di punta della rivista; ne era stata tratta anche una serie tv, dandogli una popolarità clamorosa. Anche il successivo balzo in avanti nella carriera di Nobumitsu era dovuto in gran parte ai successi di Agachi. Ma non solo, nell'autunno dell'anno precedente, per festeggiare l'anniversario della serie tv, era stato organizzato un firmacopie alla Pegasus Shobō. Ed era lí che lui, che partecipava in quanto rappresentante della casa editrice, aveva conosciuto Aki. In pratica Agachi era l'autore che aveva creato l'occasione per il loro incontro.

Quando si era deciso il matrimonio, ne era stato quanto mai felice e nell'ambiente aveva sparso ai quattro venti la voce di essere stato lui il Cupido della situazione. Ovviamente doveva anche essere uno dei protagonisti al ricevimento di nozze ma il giorno stesso, due ore prima dell'inizio, al cellulare di Nobumitsu era arrivato un messaggio disperato. Non era riuscito a finire il lavoro e se non l'avesse consegnato entro l'indomani mattina sarebbe stato escluso dal numero in stampa. Perciò non avrebbe potuto partecipare al ricevimento. La rivista che si sarebbe trovata nei guai, dovendo tagliare una storia, era quella per cui lavorava Nobumitsu, che dunque non aveva potuto insistere per farlo intervenire a tutti i costi.

– Dice che il ritmo di lavoro si è un po' calmato e che vorrebbe venirci a trovare nella nuova casa e portarci il regalo. Credi di riuscire a trovare il tempo?

– Se è sabato non ho problemi. Tu, piuttosto, pensi di riuscirci?

Mentre lo diceva, Aki mise in tavola l'insalata. Era un misto di lattuga, cetrioli, fettine di cipolla e altro, con condimento preparato da sé. Per un *french dressing* non ci voleva poi molto.

– Mah, se fosse questo mese, in qualche modo riuscirei a organizzarmi. Visto che si tratta di Agachi e che verrebbe apposta da noi...

– Allora, data l'occasione, vuoi che invitiamo qualcun altro? Piú si è meglio è...

– Buona idea. Anche Takezaki e Miwa Seina mi avevano detto che avrebbero piacere di conoscerti. Pare che Agachi abbia favoleggiato di un'incantevole consorte...

– Un'incantevole consorte? E chi sarebbe, io?

Aki scoppiò a ridere. Ma chi usava piú un'espressione simile?

– Loro non hanno molta fortuna con le donne, e mi hanno un po' invidiato, per il matrimonio...

– Be', allora per corrispondere alle aspettative mi metterò in tiro! E vuol dire che mi darò anche da fare con qualche manicaretto. Devo dare l'immagine della bella moglie brava in cucina! – chiosò Aki, in tono volutamente scherzoso. Si era rabbuiata dopo aver scoperto cosa pensava davvero Nobumitsu, ma era inutile continuare a discutere in quel momento. Sui figli ci avrebbe riflettuto piú avanti.

– Cosa sarà meglio che prepari? Cucina italiana va bene? Ad Agachi piace la pasta?

Aki aveva ormai iniziato a pensare al menu per la loro festicciola.

– Sí, sí, va benissimo! E poi quelli si divorano qualsiasi cosa, basta che ne prepari tanta! Saranno felici solo per il fatto di mangiare qualcosa di preparato da una ragazza con le proprie mani...

– No, no, cucinerò una cena come si deve! Farò in modo che quei single un po' sfigati muoiano di invidia! – aveva ribattuto Aki, sfoggiando un sorriso radioso. Non le piaceva trovarsi ai ferri corti con Nobumitsu; in fondo si erano appena sposati. Voleva ritrovare il buonumore a tutti i costi. Riguardo alla questione dei figli, avrebbero potuto parlarne piú tranquillamente in futuro. La cosa ancora non li toccava direttamente. Cosí facendo, ricacciò in fondo all'animo tutti i pensieri che l'avevano turbata.

– Eccomi, sono rientrata! – disse Riko richiudendosi la porta alle spalle. Prendendo la linea Chūō da Kichijōji, a poco piú di una decina di minuti c'era la stazione di Musashi-Koganei. A una ventina di minuti a piedi dall'uscita sud, abbellitasi di recente con il sorgere di nuove costruzioni, subito dopo aver attraversato il fiume Nogawa, c'era la casa di Riko, all'angolo di una zona di villette a schiera costruite verso la fine degli anni Settanta. Accanto alla sua ce n'erano altre piú o meno della stessa dimensione, un centinaio di metri quadrati. Erano molte le persone che si erano trasferite lí nel bel mezzo della loro carriera lavorativa, tra i trenta e i quarant'anni, vi avevano allevato i figli, e ci erano rimaste anche dopo che questi si erano resi indipendenti. L'età media dei residenti della zona superava probabilmente la sessantina. Forse, proprio per i tanti anziani, a Riko sembrava fosse una zona poco animata.

Nello stretto ingresso erano state lasciate dal padre le scarpe un po' alla rinfusa e lei le riposizionò in bell'ordine. La luce era ancora accesa. La lampadina al neon si stava consumando e creava un effetto tremolante. Sotto la plafoniera c'era qualche insetto che svolazzava. Riko si ricordò di aver di nuovo dimenticato di comprarne una di ricambio e si ripromise di farlo assolutamente l'indomani.

Entrò in cucina, a sinistra dell'ingresso. Guardò in fondo a una pentola posata sopra ai fornelli. Dentro c'era ancora dello stufato di patate e le ali di pollo che aveva preparato lei la mattina. In piena estate il cibo si deteriorava facilmente e aveva detto al padre di metterlo in frigorifero se ne fosse rimasto. Si avvicinò col naso alla pentola per sentirne l'odore. Sembrava fosse ancora buono. Al padre la carne di pollo non piaceva, non l'aveva quasi toccata. Ma le ali costavano poco e questo contribuiva a una migliore gestione del bilancio familiare. Non poteva soddisfare sempre i suoi gusti. Quel giorno era particolarmente stanca e decise di arrangiarsi con quello per la cena. Il padre era già andato a letto?

Riko salí le scale e diede un'occhiata alla stanza sulla destra. Era quella del padre, Tatsuto, in stile tradizionale. Quella sulla sinistra, invece, era stata la sua fin da piccola.

Aprí il pannello scorrevole. Il padre si era addormentato con la faccia poggiata sul tavolino basso, con la bocca semiaperta. Il televisore nell'angolo era ancora acceso e un giornalista dell'emittente di Stato, la Nhk, stava parlando a proposito di qualcosa.

– Papà, papà! – lo chiamò Riko, scuotendolo. – Non dormire cosí! Ti prenderai un raffreddore!

– Uh, uhm...

Rispetto a una volta, al padre capitava piú spesso di cadere in catalessi sul posto. Tre anni prima aveva lasciato un lavoro trovato dopo essere andato in pensione, e si era ritirato definitivamente a vita privata. Ma aveva scarsi interessi e poche relazioni sociali, per cui ogni giorno si ritrovava a dover riempire il suo tempo. Ogni tanto, quando capitava, si occupava del minuscolo giardino, ma di recente anche quell'attività pareva essergli venuta a noia. Spesso rimaneva tutto il giorno davanti alla tv. Nonostante avesse appena compiuto sessantotto anni, sembrava essere invecchiato improvvisamente. Il posacenere sopra al tavolino era sempre pieno di mozziconi di sigaretta. Forse, a causa della noia, fumava molto piú di prima.

– Ma come, tutte queste sigarette? È pericoloso se ti addormenti fumando! – lo rimproverò Riko mentre svuotava il posacenere.

– Bentornata, che ore sono?

– Sono già le undici! Ti preparo il futon, perché non te ne vai a dormire?

– Ah, certo, certo...

Riko spense il televisore, spostò il tavolino nell'angolo e stese il futon sui tatami. Essendo piena estate, sopra al materassino non mise il piumone ma una copertina leggera di cotone, che però era ormai in condizioni penose. Doveva averla usata per piú di vent'anni. In origine era azzurra, ma a causa dei lavaggi era diventata quasi bianca. Anche la parte pelosa in superficie era piuttosto spelacchiata. Riko avrebbe voluto sostituirla con una nuova, ma il padre non se ne voleva disfare a nessun costo. Era sempre stato testardo, ma con l'età la cosa era andata ulteriormente peggiorando. Qualsiasi cambiamento, anche minimo, lo infastidiva. A proposito di quella copertina, insisteva sul fatto che si potesse ancora usare. Una volta Riko, per cercare di eliminarla di nascosto, l'aveva portata nel magazzino sul retro, ma un giorno si era accorta che era misteriosamente ritornata dove si trovava in origine, nell'armadio a muro.

– Allora, lavati i denti e cambiati per la notte!

Si sarebbe dovuta impegnare con lo stesso tipo di attenzioni se avesse avuto dei figli? Comunque fosse, di recente il padre faceva storie anche per lavarsi i denti. Diceva che ormai aveva quasi tutte protesi e che non aveva senso farlo. Forse proprio per questo a Riko sembrava che l'alito gli puzzasse molto piú di una volta. Come se non fosse bastato l'odore di fumo!

– Ah, però, è una rottura...

– Non devi dire cosí! Ti fa bene muoverti almeno un po'!

Probabilmente per lui scendere le scale e andare al bagno era ormai faticoso. Riko aveva persino pensato di installare un bagno al piano superiore, ma di sicuro al padre l'idea non sarebbe andata a genio.

Circa sei mesi prima aveva letto in un articolo che il Comune offriva degli incentivi economici per ristrutturazioni domestiche intese a eliminare le barriere architettoniche. Cosí era andata al municipio e aveva presentato la domanda, per la quale era stato necessario compilare una montagna di documenti. Aveva poi interpellato una ditta, si era fatta fare un preventivo e aveva ottenuto il benestare del Comune per iniziare i lavori, ma il padre si era opposto. Fino ad allora pensava di avergli riferito ogni cosa in dettaglio e che lui si fosse convinto, ma all'ultimo momento non aveva voluto saperne.

«Questa casa l'ho costruita io. E finché sarò vivo, devi lasciarmela cosí!»

Riko aveva cercato in tutti i modi di farlo ragionare, lo aveva anche minacciato, si era persino messa a piangere per commuoverlo ma non c'era stato nulla da fare. Aveva continuato a dirgli che non si trattava di una grossa ristrutturazione, che avrebbero solo cambiato un po' il pavimento e le pareti, ma lui non l'aveva ascoltata.

«Quando sarò morto, diventerà casa tua e potrai farci tutto quello che ti pare. Ma non adesso!»

Il padre era restato fermo sulle sue posizioni e a Riko alla fine non era rimasto che rassegnarsi. La sua testardaggine l'aveva lasciata profondamente irritata. Non riusciva a capire quanto tempo e fatica avesse dovuto spendere per le relative pratiche? E pensare che era corsa da una parte all'altra utilizzando il proprio tempo libero, convinta che fosse qualcosa che faceva per lui...

Riko tornò in cucina e riscaldò la pentola. Guardando dentro alla vaporiera vide che il riso bollito era stato mangiato tutto. E tra l'altro non aveva nemmeno la zuppa di miso. Facendo schioccare la lingua per il disappunto diede un'occhiata dentro al congelatore. Fortunatamente erano rimasti un paio di onigiri. Per quella sera si sarebbe fatta bastare quello che c'era. Non aveva voglia di mettersi a cucinare qualcosa solo per lei. Oltretutto erano passate molte ore da quando aveva pranzato; gli stimoli dell'appetito avevano già abbondantemente superato la fase acuta e al contrario ormai non provava piú nulla.

Sopra al tavolo c'era della posta. Il resoconto della carta di credito e un avviso di svendita di un negozio specializzato in abiti formali. Mentre li scorreva con gesti lenti, Riko infilò gli onigiri surgelati nel forno e regolò il timer. Aprí il frigorifero per tirare fuori del *mugicha* e trovò del surimi avanzato. Ma poi, osservando bene la data di scadenza, vide che era già passata da piú di un mese e ormai era da buttare. Doveva controllare con piú regolarità quello che conservava in frigorifero... da quanto tempo non lo puliva? Si chiese cosa avrebbe potuto trovare esplorando piú a fondo.

Si accasciò su una sedia del tavolo, pensando una volta di piú a come fosse esausta. Aveva le piante dei piedi doloranti, come se le si fosse bloccata la circolazione e avessero un principio di congelamento. Era convinta di essere allenata a lavorare tutto il tempo in piedi, ma in una giornata come quella la stanchezza si faceva sentire pesantemente.

Dato che non era felice, si irritava nel vedere le persone che invece lo erano. Quello era il motivo principale per cui detestava Obata Aki, e lo capiva benissimo anche da sé. In quel periodo, vedere una che sprizzava felicità da tutti i pori le era difficile da sopportare.

E comunque, come mai non aveva pensato di lasciare il lavoro? Non avrebbe dovuto avere problemi economici. Si sussurrava che subito dopo il matrimonio avessero acquistato un lussuoso appartamento da cinquanta o sessanta milioni di yen. E pensare che lei, pur avendo lavorato per vent'anni, una cifra del genere non sarebbe riuscita a metterla insieme in alcun modo. Aveva sempre creduto che sarebbe stato uno spreco pagare un affitto e cosí alla fine non era mai riuscita ad allontanarsi dalla casa paterna.

Suonò il timer per annunciarle che gli onigiri erano pronti. Li tirò fuori dal forno a microonde e li portò sul tavolo.

Comunque, quella Aki se l'era lavorato proprio bene Shibata.

«Non ho nessun problema anche con quelli piú grandi di me. Insomma, fino alla quarantina o giú di lí...» Era stata una palese adulazione, ma a Shibata sembrava aver fatto molto piacere quando gliel'aveva detto. Per una ragazza era facile far girare la testa a un uomo maturo. E a questo proposito, non aveva ventisette anni, proprio come Aki, anche quella che lui aveva sposato?

Riko si chiedeva con quali mezzi fosse riuscita a circuirlo. Al mondo non c'era proprio giustizia. Erano sempre quelle piú sveglie ad avere la meglio.

Comunque fosse, come aveva potuto Shibata regalare ad Aki quei bicchieri? Al solo pensiero a Riko andava il sangue al cervello. Le faceva rabbia, ancora piú di quando l'aveva evitata scappando via all'uscita della metropolitana. Era stato un comportamento davvero deplorevole.

Riko si alzò di scatto, dirigendosi verso la credenza, e tirò fuori la coppia di calici da vino Baccarat. Erano lo stesso modello di quelli che aveva rotto il giorno prima. Rimase ferma in piedi, stringendoli tra le mani. Si chiedeva se non fosse il caso di rompere anche quelli. Che se ne faceva dei ricordi di un uomo che ormai l'aveva lasciata?

Li sollevò come per scagliarli dentro al lavello, ma poi si bloccò. Non poteva farlo. Aveva ancora scolpite in mente la propria felicità nell'istante in cui li aveva ricevuti e l'espressione quasi imbarazzata di lui. Non riusciva a cancellare quelle sensazioni, non ne aveva il coraggio.

Riko rimise i bicchieri sopra al tavolo. Poi si allungò e tra alcune scatole riposte sopra alla credenza ne individuò una di un rosso vivido. Era quella in cui erano contenuti i bicchieri quando lui glieli aveva regalati. Anche la scatola stessa era bella e l'aveva conservata pensando fosse un peccato buttarla. Li ripose di nuovo, come in origine. Li aveva usati con estrema cura, e sembravano ancora nuovi.

Le parve di aver sigillato dentro quell'amore ormai finito. Strinse la scatola tra le braccia e si diresse verso l'uscita sul retro. La infilò con delicatezza in un bidone di plastica per i rifiuti inorganici che stava a fianco della porta e ne richiuse il coperchio, con le lacrime agli occhi.

Rientrata in cucina, vide che la pentola con lo stufato stava bollendo. Spense il gas, si diresse nuovamente verso la credenza e stava per estrarne un piatto, ma poi si bloccò.

Non era il caso di accumulare stoviglie da lavare. Tanto non la stava guardando nessuno.

Continuava a essere immersa nei suoi pensieri cupi. Di solito, tanto piú se si trattava di cenare da sola, faceva particolare attenzione a non sbracarsi troppo e usava anche i poggia bacchette e i sottobicchieri. Ma quella sera le era venuta voglia di fare qualcosa di diverso dal solito. Si era sentita stupida a essere sempre l'unica a osservare puntualmente le regole. Tutti gli altri si comportavano come piú gli piaceva.

Tolse lo stufato dal fuoco, lo posò sul sottopentola che stava sul tavolo e ci si sedette davanti. Vi infilò direttamente i bastoncini e iniziò a mangiare con avidità le patate.

7.

– Ma perché no? – Aki si scagliò contro Riko. – Mi dica almeno il motivo!

– Quante volte te lo devo ripetere? Questo progetto non è adatto alla libreria! Dovresti conoscere la nostra clientela! Abbiamo una lunga tradizione e i nostri clienti sono perlopiú anziani benestanti, direi quasi conservatori!

– Ma proprio per questo non dovremmo allargare la nostra fascia di pubblico? Per attirare una clientela piú giovane serve proprio un progetto simile!

La proposta che aveva presentato Aki riguardava l'organizzazione di un firmacopie con Katsura Nene, una fumettista che di recente aveva suscitato grande interesse nel settore dei *boys love*. Ma proprio in quanto autrice di quel genere, Riko, la vicedirettrice, aveva molto da obiettare.

– Ammesso che sia cosí, non è necessario farlo con qualcuno che ha un pubblico di nicchia! Per lei sarebbe piú adatto un negozio specializzato in fumetti, no? Se proprio volessimo farlo, non sarebbe meglio con un autore piú famoso?

– Ma Katsura Nene ha una grande popolarità ora e sarebbe il suo primo firmacopie. Verrebbe di sicuro un mucchio di gente!

In quel quartiere la Pegasus Shobō era la libreria piú grande ma in quanto a vendite di fumetti era ampiamente surclassata da un negozio specializzato che si trovava nei paraggi. E dunque, se si doveva organizzare un firmacopie per un autore in quella zona, la scelta sarebbe ricaduta innanzitutto su quel posto. Ma ad Aki non andava giú. Basandosi solo sulla grandezza dei locali, non avrebbe dovuto esserci una tale differenza nelle vendite.

– Hatakeda, quanto sta vendendo questa autrice? – chiese allora Riko. Lui, dopo aver controllato per un po' i dati sul computer, le rispose: – Per ogni titolo, dalle centoventi alle centocinquantamila copie. Visto che di recente i numeri delle prime tirature vanno aumentando, immagino si stia guadagnando una certa credibilità...

– Mah, per un fumettista è ancora difficile considerarli numeri particolarmente rilevanti. E lo stesso si può dire per i *boys love*. Verrebbero davvero cosí tante persone?

– Be', insomma, è difficile prevedere una partecipazione di massa...

Sia Riko che Hatakeda avevano espresso un'opinione negativa. Considerando le cifre e i casi precedenti, anche ad Aki era chiaro come non fossero incoraggianti. Ma c'era un motivo per cui voleva insistere.

– Il nostro obiettivo è quello di valorizzare un'autrice prima di chiunque altro.

La ragione per la quale Aki non voleva arrendersi cosí facilmente era molto semplice. Da quando aveva cambiato posizione sugli scaffali ai *boys love*, mettendoli piú in evidenza, le vendite erano leggermente aumentate. Tra le corsie le era anche capitato di sentire commenti da parte degli appassionati del genere che apprezzavano quanto la libreria fosse fornita. Era dunque convinta che si dovesse introdurre regolarmente quella politica e per questo aveva iniziato a interessarsi a quel genere. Voleva arricchire ulteriormente le disponibilità sugli scaffali e, organizzando un firmacopie con l'astro nascente del momento,

Katsura Nene, dare l'impressione che la Pegasus Shobō fosse all'avanguardia nel settore.

– Capisco l'intenzione, ma per questa autrice non è un po' troppo presto per un firmacopie? Se non ci fosse un adeguato afflusso di pubblico non solo ne andrebbe dell'immagine della nostra libreria, ma sarebbe imperdonabile anche nei confronti dell'interessata...

Non c'era nulla di piú deprimente che un firmacopie senza pubblico. Anche per la libreria andavano sprecati i soldi e le risorse impiegate per i preparativi, ma la conseguenza peggiore era il danno d'immagine che subiva l'autore. Ovviamente, giudicando in base alla distribuzione dei numeretti d'entrata, se si fosse ritenuta insufficiente l'affluenza di pubblico la casa editrice e la libreria avrebbero potuto assicurare in anticipo la presenza di una certa claque. A volte succedeva che i dipendenti stessi si prestassero a fare la parte dei lettori mettendosi in fila.

Ma a volte nemmeno questo bastava. A Riko era capitato di vedere un autore in piedi davanti a un banchetto a cui non si presentava nessuno. Era un episodio di una decina di anni prima, si trattava di un autore che amava e di cui aveva curato personalmente il progetto, tanto che era stato un duro colpo. Da allora in avanti si era ripromessa che non avrebbe mai piú organizzato con leggerezza un firmacopie.

– Verranno tante persone. Anzi, mi occuperò io stessa di radunarle! – continuò a insistere Aki. Per lei significava piú di un semplice evento. Era convinta che costituisse un punto di svolta per la reputazione della libreria.

– E oltretutto, sarebbe un firmacopie per fumetti dal prezzo di copertina piuttosto basso. Non c'è il rischio di non guadagnare abbastanza per ricoprire le spese e le fatiche?

Le librerie organizzavano quel tipo di eventi per incrementare gli incassi. Di solito erano dedicati a libri a copertina rigida dal prezzo piú alto, e la speranza era che l'interesse si riflettesse anche sulle vendite di altri volumi simili. Ma le pubblicazioni a fumetti costavano poco e il margine di guadagno era scarso. Inoltre, se il pubblico era composto soprattutto da fan appassionati, era frequente che avessero già le opere precedenti dell'autore. Perciò Riko sapeva bene che non ci sarebbe stato un ritorno extra sulla spinta del libro presentato.

– La casa editrice mi ha fatto sapere che daranno tutto il supporto possibile e che si occuperanno personalmente della gestione delle prenotazioni. Non ci sarà alcun disagio per noi...

C'era da dire che per le case editrici organizzare un firmacopie aveva un significato diverso. Anche se per un giorno le vendite in una libreria aumentavano, si trattava di numeri poco significativi rispetto al totale. In pratica, non ne sarebbe valsa la pena. Piuttosto, era importante per instaurare un rapporto di collaborazione piú stabile con la libreria e costruire un solido canale commerciale anche per il futuro.

Dal punto di vista dell'editor e dei redattori, poi, era una premura nei confronti dell'autore. Attraverso un firmacopie gli si dava la possibilità di incontrare personalmente i propri ammiratori e gli si faceva capire come la sua popolarità fosse tale da poter giustificare un evento del genere. In pratica, poteva essere un modo per stimolare e lusingare l'autore.

– Per un firmacopie bisogna mettere in piedi un battage pubblicitario e aumentare sia il personale interno sia quello part time. Si deve ricompensare in qualche modo l'autore, anche se non necessariamente in denaro, e se con gli incassi non si riesce a rientrare delle spese non ha senso fare l'evento. Se il prezzo di copertina di un volume di fumetti è, mettiamo cinquecentosessanta yen, il margine del negozio, cioè il venti per cento, sarà di centododici. Vendendone cento, guadagneremo solo undicimiladuecento yen. Non credi sia troppo svantaggioso?

Aki si morse le labbra. Messa di fronte ai numeri la sua proposta appariva insostenibile.

– In prospettiva futura avrebbe anche un senso, ma non andare in passivo per un semplice evento. Al momento non abbiamo i margini di manovra per farlo. Ricordati che non siamo qui per coltivare le nostre passioni...

Aki abbassò la testa, ma Riko rincarò la dose. – Questa autrice ha sicuramente una base di fan fedeli, ma quanti diventeranno clienti abituali della libreria? Una volta ottenuta la firma, la maggior parte di loro non ci metterà piú piede. Allora, a parità di sforzo, preferisco organizzare qualcosa per i nostri clienti affezionati.

Piú le parole di Riko suonavano sensate e piú Aki sentiva montare dentro di sé un impulso ribelle. Per quanto gli argomenti dell'altra apparissero validi, a lei non sembravano altro che scuse per non impegnarsi nel progetto.

– Se ragioniamo cosí, non faremo mai nulla di innovativo, non crede? Se si riuscisse a non andare in passivo perché non provare? Tirerebbe anche su il morale di tutti i ragazzi che lavorano qui in libreria!

– Tirerebbe su... il morale?

– Ma certo, ne sarebbero entusiasti, visto che di solito non hanno occasione di incontrare gli autori. Ci saranno anche i fan di Katsura Nene e i ragazzi stessi mi hanno detto di non vedere l'ora di farsi firmare un libro!

A quella risposta, Riko sbottò. Un vero professionista avrebbe dovuto privilegiare i gusti e le esigenze dei clienti, e non i propri.

Per Riko, essere considerata una professionista del settore era ciò di cui andava piú orgogliosa.

– Mi dispiace dirtelo, ma è una chiara ingerenza del privato nel pubblico! Noi non organizziamo gli eventi per voi. Non possiamo impegnare le nostre risorse per motivi del genere.

Stavolta fu Aki a inalberarsi. In realtà non lo stava facendo per soddisfare una propria passione, personalmente non era una fan dei *boys love*.

– Non fa parte del lavoro del responsabile di una libreria pensare a motivare i ragazzi che lavorano part time? Cosa ci sarebbe di sbagliato?

– È la forma che è sbagliata. Non bisogna soddisfare i vostri interessi personali coinvolgendo gli autori!

– Ma non è quello che intendevo!

– Ah, no?

Riko prese a fissare Aki, e lei a sua volta sostenne il suo sguardo.

– Su, su, non vi scaldate tanto! – intervenne a quel punto il direttore. – In effetti, come dice Nishioka, con questi numeri mi sembra un po' azzardato organizzare un firmacopie... Se andasse male, sarebbe un problema anche per l'editore.

– Ma...

– Non significa che valga per sempre. Se l'autrice dovesse aumentare le sue vendite, allora potremmo pensarci. L'intuizione non è male...

– Ma sarebbe proprio questo il momento in cui verrebbe piú gente. Facendolo adesso, avrebbe un grosso impatto tra gli appassionati di *boys love*!

– Insomma, la vuoi piantare? Se fosse un fiasco, saresti tu a prenderti la responsabilità?

Aki dovette fare uno sforzo per trattenersi. Le sembrava davvero scorretto. Alla parola «responsabilità» non c'era piú nulla da fare.

Da parte sua, Riko era irritata. Aki era una sottoposta, e non era responsabile del volume di vendite totale. Si occupava soltanto del proprio settore e non capiva che c'erano, al momento, delle priorità nella lista delle cose da fare per organizzare la libreria nel suo complesso.

– Se non sei in grado di prenderti la responsabilità, non pensare che si possano avallare le tue fantasie personali!

A quel punto Riko uscí dirigendosi verso i reparti di vendita.

– Insomma, se dovesse avere piú successo, vedrai che ci penseremo... – cercò di consolarla il direttore. Aki, ammutolita dalla rabbia, rimase lí a fissare con odio la porta da dove era uscita Riko.

– Te l'hanno bocciato di nuovo? – le chiese Mami dietro al bancone, in un tono di palese delusione. Aki, che le stava accanto, le diede una leggera gomitata. Un cliente che era lí davanti le guardò con aria interrogativa, e Aki allora gli sorrise in silenzio. Il giovane, che teneva in mano un volume di fumetti con in copertina una bella ragazza mezza nuda, distolse lo sguardo come imbarazzato.

– Grazie mille!

Dopo che ebbe pagato e se ne fu andato, davanti alla cassa non rimase piú nessuno. In quell'orario, subito dopo l'apertura, a volte c'erano dei momenti morti.

– Fa' che non mi ritrovi di fronte quella stupida! – sbottò con un sospiro Aki, dopo aver controllato che intorno non ci fosse nessuno. Alla libreria Pegasus c'era la cassa a ogni piano e quel giorno al bancone c'erano Mami, Aki e Nakamura Anna, una nuova arrivata che aveva preso servizio part time nel reparto fumetti dietro presentazione di Mami. Era una sua vecchia amica, anche lei appassionata di *boys love*. Makihara Minako, dopo essersi presa un congedo temporaneo per partecipare a un seminario universitario intensivo, con la scusa di doversi concentrare sulla ricerca di impiego non si era quasi piú vista. Cosí era stata presa in tutta fretta Anna.

– Nishioka sembra sempre un po' isterica... Non sarà la menopausa? – disse a bassa voce. Era il cinismo tipico dei giovani. Non pensava minimamente che anche lei un giorno avrebbe raggiunto quell'età.

– Mah, può darsi! – rispose Aki. In quei giorni l'atteggiamento di Riko nei suoi confronti era visibilmente freddo. Non c'era da meravigliarsi dato che la questione del ricevimento di nozze e quella dei bicchieri di cristallo erano rimaste in sospeso.

– È davvero dispettosa! Anche per il discorso dei Pop, poteva lasciar perdere... – convenne Mami. Pop stava per *point of purchase advertising*, e si riferiva ai materiali pubblicitari usati nei negozi per promuovere le vendite. Normalmente si trattava di stendardi o manifesti, ma nel caso delle librerie erano dei cartoncini con sopra impressi slogan accattivanti che si posizionavano a fianco di determinati libri. A volte succedeva che grazie ad essi le vendite di alcuni titoli salissero di parecchio. Si riteneva che quelli scritti a mano dagli addetti ai lavori risultassero piú efficaci. Con l'attuale crisi dell'editoria si diceva che i cartoncini esplicativi scritti a mano fossero uno strumento irrinunciabile per far aumentare gli acquisti.

– Lí ha davvero esagerato...

Anna, che si impegnava con entusiasmo nel nuovo lavoro, nella stessa settimana in cui aveva iniziato ne aveva scritti diversi per i volumi di fumetti che lei stessa voleva promuovere. Ovviamente, dato che lo faceva fuori orario, per quell'operazione non veniva nemmeno pagata. Aki, compiaciuta dell'entusiasmo di Anna, li aveva subito esposti nel reparto ma la vicedirettrice non li aveva apprezzati. Diceva che erano scritti con una pessima calligrafia e li aveva eliminati tutti quel giorno stesso. Makihara, che aveva realizzato fino ad allora i cartoncini per i fumetti, era quella che aveva la calligrafia migliore di tutti e aveva anche un ottimo senso estetico. A dire il vero, paragonati ai suoi, quelli di Anna erano effettivamente di livello molto inferiore. Ma erano pieni di trasporto e passione per i libri, e ad Aki non erano dispiaciuti.

Quella donna sembrava impermeabile alle emozioni della gente.

– Prego!

Un cliente si era avvicinato alla cassa portando un libro e Aki gli aveva rivolto la sua attenzione assumendo in automatico un'espressione sorridente. Una volta allontanatosi, era tornata a chiacchierare con le colleghe.

– Forse non le sono mai piaciuti quei cartoncini... – suggerí Mami.

– Dici davvero?

Anna fece una faccia stupita. Considerato il recente proliferare dei cartoncini pubblicitari nelle librerie, che si poteva quasi definire un boom, non riusciva a credere che ci fossero addetti a cui non piacevano.

– Insomma, al piano della narrativa praticamente non ce ne sono, giusto?

– In effetti...

Anna era lí da poco e non conosceva bene la situazione degli altri piani.

– Ma sí, ce ne sono giusto alcuni stampati dalle case editrici che ha esposto per dovere.

– Fosse per lei, non ne metterebbe neanche uno. Dice che i libri dietro ai cartellini finiscono per non essere notati.

Mentre parlava, Aki tirò fuori da uno scaffale sotto al

bancone la carta usata per mettere la sovraccoperta ai libri e la ripiegò nella misura adatta per applicarla a quelli in edizione economica. Anna la imitò. Mami, mentre riordinava le fascette identificative tolte dai volumi, portò avanti la conversazione.

– Ma quando si mettono i cartellini si innesca subito una maggiore attenzione! Le novità sono tante e la gente non sa bene cosa comprare. Sono proprio quelli a spingere i clienti verso l'acquisto di un libro o di un altro!

– A sentire la nostra vicedirettrice un eccesso di cartellini sarebbe indelicato... – chiosò Aki in tono ironico. Se ci si impuntava su simili questioni, non si sarebbe potuta gestire una normale libreria. Allora sarebbe stato meglio non vendere per nulla i *boys love*, che erano pieni di scene di sesso tra uomini.

– È proprio antica! Ormai tutti si aspettano di trovare i cartellini in libreria!

– Chissà come pensa di far aumentare le vendite dei libri da consigliare...

Le voci di Mami e di Anna erano echeggiate quasi all'unisono. Aki capiva bene le loro ragioni.

– E poi dice che vogliamo organizzare il firmacopie di Katsura Nene solo per soddisfare i nostri gusti!

– Be', in effetti non è del tutto sbagliato... – ammisero candidamente le altre due. A differenza di Aki, loro erano delle fan dell'autrice. Di certo erano mosse dal desiderio di volerla incontrare e anche per questo volevano che si organizzasse il firmacopie.

– E comunque, che c'è di male? – chiese Mami seria. – Il lavoro part time non è pagato cosí bene, e se non ci fossero almeno questi piccoli vantaggi...

Nella sua posizione non poteva esprimere il proprio assenso, ma Aki pensò che quella considerazione fosse del tutto giustificata. I dipendenti delle librerie, sia quelli regolari sia quelli part time, non erano certo dei privilegiati dal punto di vista economico. Anche paragonandole ad altre attività commerciali, le retribuzioni medie sembravano tra le piú basse. E dunque cosa c'era di male nel cercare delle motivazioni che compensassero la mancata gratificazione in termini di denaro? Se si trovava piacevole il proprio lavoro ci si impegnava di piú che per il semplice stipendio, e questo avrebbe costituito un vantaggio per la libreria.

– Cosa ci troverà di bello a lavorare cosí quella donna? – se ne uscí allora Aki.

– Dovrebbe prenderla con piú leggerezza e godersela! – convenne Anna.

– Uh, che noia! Mami, voglio fare qualcosa di divertente...

– Sí, davvero, pensiamoci!

– I cartoncini non vanno bene, il firmacopie nemmeno... Insomma, cosa potremmo fare?

– E pensare che sono cose che le altre librerie fanno normalmente!

– Anche noi dovremmo organizzare qualcosa in grande e far aumentare le vendite!

– Già, cosí gli autori ce ne sarebbero grati...

– E ci farebbero l'autografo!

– Magari verrebbe anche la stampa o la tv a intervistarci...

Il dialogo tra Mami e Anna continuò in un tono sognante. Il lavoro di piegatura della carta si era completamente interrotto.

– Ma a lei non piace nulla di tutto questo! È convinta che i dipendenti non debbano mettersi in mostra piú del necessario, – ribadí Aki con una punta di amarezza.

– Non dobbiamo farci piegare!

– Ormai è passato il tempo in cui chi lavora in libreria deve solo pensare a vendere i libri!

Le argomentazioni delle altre due ragazze colpivano nel segno. Anche Aki avrebbe voluto prendere piú iniziative.

– Ma forse, finché c'è lei, non ci sarà nulla da fare! – sbottò alla fine Aki, rimettendo nello scaffale sottostante le sovraccoperte di carta ormai piegate e pronte per l'uso.

8.

– Buongiorno!

– Oh, Riko, benvenuta! Oggi sei di riposo?

L'anziano gestore del negozio, che stava leggendo un libro seduto alla cassa, sollevò lo sguardo e le sorrise amabilmente. Il locale misurava piú di una sessantina di metri quadri, ma non c'era nemmeno un cliente.

– Sí, è da stamattina che mi occupo delle pulizie e di altre faccende di casa, e cosí sono venuta per prendermi un attimo di respiro...

Il giorno prima aveva avuto quell'accesa discussione con Aki ed era ancora emotivamente turbata. Oltretutto, si sentiva in colpa per l'episodio dei bicchieri di cristallo e lo stress provocato dai contrasti con l'altra era piú pesante del solito. Per cercare di distrarsi, durante la sua passeggiata era entrata lí..

– Be', sei davvero incorreggibile! Almeno nei giorni di riposo dovresti andare in qualche posto che non abbia a che fare con i libri, e invece eccoti in questa libreria scalcagnata!

Era entrata all'Isshindō, un negozietto che si trovava vicino a casa sua, a una decina di minuti a piedi. Era solita andarci fin da quando frequentava le scuole elementari. Era figlia unica, i genitori lavoravano entrambi ed era stata abituata fin da piccola a starsene spesso da sola. Cosí Riko era diventata quasi naturalmente un'appassionata di libri. I suoi non le lesinavano affatto i soldi per acquistarli e dunque in quella libreria ci si recava spesso.

– Era tanto che non passavo e avevo voglia di vedere il mio zietto! Ah, vedo che hai l'ultimo romanzo di Ogawa Yōko... Da noi è andato esaurito in un attimo, stiamo aspettando la seconda edizione.

Il gestore si chiamava Shimizu, ma lei era abituata a usare l'appellativo «zietto» fin da bambina e ormai non le sembrava piú il caso di cambiarlo.

– Be', ho dei clienti a cui credo interessi e non potevo fare a meno di averlo in mostra...

– E quindi, sei andato fino a Kanda?

– Ovvio! Anche se l'avessi ordinato, figurati se mi avrebbero mandato subito la nuova uscita di un'autrice cosí famosa...

I libri esposti nel negozio se li era procurati ordinandoli direttamente alla casa editrice o a un distributore. Oppure andava a comprarli di persona a Kanda, da un grossista. Riko si rendeva conto dell'enorme differenza esistente tra lí e la Pegasus, dove ogni giorno, anche senza che loro se ne interessassero, arrivavano novità editoriali fino alla nausea.

– Allora questo posso prenderlo? Avevo già intenzione di comprarlo, ma per le copie arrivate da noi avevano la precedenza i clienti, perciò non c'ero ancora riuscita...

– Prego, figurati! In questa libreria non sei la vicedirettrice, sei una cliente speciale! Per tutti gli altri, farò in modo di procurarmelo di nuovo...

– Grazie! Però fammi dare un'occhiata anche al resto...

– Ah, certo! Tanto non ho granché da fare, altri clienti non ce ne sono, e quindi guarda pure con comodo!

Riko iniziò dal bancone della narrativa. La superficie disponibile era limitata e pochi i libri esposti in orizzontale con la copertina rivolta verso l'alto, ma erano tutte novità. Non era una selezione troppo sofisticata, e non c'erano solo best seller; agli angoli erano inseriti anche un paio di romanzi amati dai bibliofili e a Riko erano sembrate tutte ottime scelte.

Piú in fondo c'erano altre recenti pubblicazioni e i tascabili, anche se lo spazio era piuttosto ridotto. Il tutto si riduceva a una fila con quattro coppie di piccoli tavolini con rialzo posteriore addossati l'uno all'altro. Alla Pegasus arrivavano puntualmente dai diversi editori tutte le nuove uscite delle collane economiche, ma lí non era cosí. Erano volumi ordinati direttamente dal gestore. Nonostante frequentasse la libreria da sempre, Riko aveva fatto caso a quel particolare solo dopo aver iniziato lei stessa a lavorare.

– Zietto, ma tu ordini personalmente anche le edizioni economiche?

Fino ad allora aveva pensato che, a parte i libri in copertina rigida, almeno le nuove uscite di quella tipologia le grandi case editrici le mandassero comunque. Ma in quella libreria persino fra le collane a prezzo ridotto della Shinchōsha o della Kōdansha non apparivano che due o tre novità.

– Ma è ovvio! Altrimenti chi lo farebbe per me?

– Ma se lo chiedessi ai rappresentanti...

– Impossibile! Non vengono nei negozi piccoli come questo. E poi, se mi facessi arrivare tutte le novità, non avrei spazio! – ribatté con una sonora risata.

Riko rimase perplessa. Alla Pegasus i rappresentanti delle case editrici, dalle grandi alle piccole, si facevano vedere praticamente tutti i giorni. Quando lei era molto occupata desiderava persino che si togliessero dai piedi. Quella libreria si trovava, come la sua, nell'area metropolitana di Tōkyō, eppure la situazione era del tutto diversa.

Ma il fatto che da bambina non si fosse accorta che lí le

novità non venissero scaricate regolarmente non dipendeva solo dalla sua scarsa conoscenza del mondo editoriale. In seguito aveva capito il motivo principale: lui le faceva trovare sempre i nuovi titoli che per lei erano importanti.

Sia i libri esposti sul bancone sia quelli sugli scaffali erano frutto di un'accurata selezione. Non c'erano le edizioni economiche piú vendute e non c'era nemmeno uno di quei best seller che in passato avevano goduto di grande popolarità ma che ora nessuno degnava di uno sguardo. Ovviamente c'erano le opere piú significative di scrittori di grande successo come Higashino Keigo, Miyabe Miyuki, Saeki Yasuhide e Arikawa Hiro, ma si trovavano anche romanzi minori molto apprezzati dai lettori forti.

Anche se pochi, c'erano alcuni romanzi tradotti da lingue straniere. Riko ne prese in mano uno, *The End of Youth*, di Rebecca Brown. Aveva sempre voluto leggerlo, ma poi le era mancata l'occasione di comprarlo. Di recente, con la scusa del lavoro, finiva per privilegiare libri di cui si parlava molto. Questo perché le veniva richiesta una conoscenza approfondita dal punto di vista professionale. Per leggere le opere straniere tradotte che le interessavano serviva tempo e alla fine venivano sempre messe da parte.

Ma quando si trovava in quella libreria, aveva l'impressione che il tempo scorresse lentamente e piú che i best seller dalla fama passeggera, voleva scegliere i libri che le erano sempre piaciuti e che avrebbe potuto leggere in qualsiasi momento.

– Prendo anche questo...

Quando Riko portò alla cassa quel volumetto in edizione economica, la guardò con un'espressione felice.

– Grazie per i tuoi acquisti. Avrei proprio voluto che questo lo comprassi tu...

– Davvero?

– Ricordo che ti era piaciuto *I doni del corpo*, della stessa autrice. Cosí ho immaginato che avresti voluto leggere anche questo.

– Che memoria!

Riko non ricordava nemmeno di avergliene parlato. Di sicuro era rimasta colpita da quel romanzo, ma ormai erano passati diversi anni.

– Mah, un po' di istinto commerciale... avresti potuto procurartelo alla tua libreria, ma in ogni caso ho preferito tenerlo in vendita per te.

– Ma è cosí che fai le acquisizioni, pensando a ogni singolo cliente?

– Esatto. I libri che ho qui li ho scelti pensando: questo piacerà a Tizio, quest'altro a Caio, e via dicendo...

– Sei proprio incredibile! Non riuscirò mai ad avere un'attenzione simile per i clienti! Quando metto i libri sugli scaffali a volte mi capita di pensare che uno potrebbe piacere a quella data persona, ma cosí...

– È naturale! Avete un numero infinitamente superiore di clienti! Operate su scala diversa, io lavoro soprattutto con le consegne a domicilio e con i residenti dei dintorni.

In effetti quella libreria era piuttosto distante anche dalla stazione. Grazie alla presenza in zona di una serie di negozietti e di un piccolo supermercato forse qualcuno finiva anche per passarci, ma di base l'afflusso di pubblico era costituito quasi esclusivamente da clienti abituali.

– Vorrei poter lavorare anch'io come fai tu, zietto...

L'aveva detto un po' per fargli un complimento ma anche un po' sul serio. Il vero approccio con la clientela avrebbe dovuto essere quello. Non bisognava promuovere a tutti costi determinati libri, ma essere consapevoli dei gusti dei singoli e far in modo che ciascuno fosse il destinatario dell'opera a lui piú adatta. Quello era l'ideale.

Anche i clienti probabilmente erano felici di quel trattamento speciale.

Certo, in una libreria come la Pegasus, dove negli orari di punta si faceva fatica a smaltire la fila alla cassa, non sarebbe stato possibile.

– Ma non dire stupidaggini! Sei la vicedirettrice della libreria di una grande catena nazionale! Qui non si guadagna quasi nulla e si fa fatica a sbarcare il lunario. Si tira avanti giusto perché ho costruito il negozio sul mio terreno, non devo pagare l'affitto e come personale ci arrangiamo in famiglia. Sono io, al contrario, che vorrei almeno una volta lavorare in una libreria di centinaia di metri quadrati. Cosí potrei avere i tutti i best seller o qualsiasi altra cosa, compresi un po' di libri che mi piacciono.

– E cosa ci metteresti se dovessi seguire i tuoi gusti?

– Ovviamente libri dove si parla di ferrovie!

– Già, che a te piacciono tanto...

Qui e là nel negozio erano esposte foto di treni, tutte scattate dal libraio. Anche vicino alla cassa c'era un modellino. Pareva fosse la sua locomotiva preferita, che si chiamava D51 o qualcosa del genere. Sugli scaffali, però, non c'era quasi nessun libro sull'argomento. Le aveva raccontato di come una volta avesse provato a metterne qualcuno ma poi nessuno aveva mostrato interesse e cosí aveva smesso di farlo.

– Se avessi tanto spazio a disposizione potrei soddisfare quella mia passione maniacale, ma con un locale cosí piccolo...

– Uhm, capisco...

La libreria Pegasus aveva una superficie complessiva di quasi mille metri quadrati, e rispetto alle dimensioni poteva vantare di avere una vasta selezione di letterature straniere. Ma questo non dipendeva semplicemente dal fatto che Riko ne fosse appassionata, ma perché erano molti i clienti interessati. In effetti, rispetto a Koganei, Kichijōji era una zona piú centrale e la libreria era anche vicina alla stazione, per cui attirava un pubblico dagli interessi variegati. Insomma, era in una posizione privilegiata.

– Però, dato che ormai sono abituato a questi ritmi, non riuscirei mai a tenere il vostro passo. E non potrei nemmeno leggere mentre sono al lavoro, come faccio adesso. Certo non si guadagna molto, ma per uno anziano come me va bene anche cosí.

Il libraio parlava sempre lentamente, a voce bassa, in un modo che a Riko suonava quasi taumaturgico. L'atmosfera rilassata che permeava quel negozio non dipendeva solo dalla sparuta affluenza di clienti. Era soprattutto la sua presenza a crearla.

– Be', allora anch'io, una volta andata in pensione, potrei aprire una libreria come questa...

– Magari avessi qualcuno come te che possa pian piano prendere il mio posto!

– Non c'è nessuno dopo di te?

– Già. I miei figli hanno tagliato i ponti con un'attività dove si guadagna poco e si sono impiegati in grandi aziende. Sarò l'ultima generazione a tenere in piedi la libreria.

– Ma puoi continuare ancora per un bel po', no?

– Mah, per il momento. E poi ci sono ancora dei clienti che contano su di me...

– Cerca di resistere il piú possibile! Tornerò di sicuro a comprare qualcosa.

Riko si sentiva molto piú serena rispetto a quando era entrata. Per lei quel luogo era una specie di oasi segreta. Quando uscí dal negozio, si voltò indietro a guardare verso la cassa. Incrociò lo sguardo del libraio, che le rivolse un sorriso. Era evidente come lui accompagnasse con gli occhi i clienti che si allontanavano. Era sempre stato cosí, da quando lei era una ragazzina delle elementari.

Riko ricambiò il sorriso e si ripromise di tornarci presto.

9.

– E questa che stanza è? – chiese Agachi Nao, l'autore di manga, aprendo la porta di un vano accanto al soggiorno.

– Ehi, non mettere le mani dappertutto senza chiedere! La usiamo come ripostiglio, al posto dell'armadio a muro.

Nobumitsu si affrettò a bloccargli il passaggio, ma Agachi e gli altri fumettisti si infilarono comunque dentro.

– Ma è molto piú in ordine di casa mia! – ribatté Agachi, e Miwa Seina, un altro degli autori, aggiunse quasi con ammirazione: – Si vede che sei un editor di fumetti! Sui muri ci sono solo librerie!

Nella stanza accanto al soggiorno, tutte le pareti, a eccezione di quella con la finestra, erano occupate da librerie scorrevoli. Metà dei testi era di narrativa, e un'altra metà erano fumetti.

– Uhuum... Quale stai leggendo? Ah, ci sono anche i miei! – esclamò Miwa con aria compiaciuta.

Era arrivato il fatidico giorno della festicciola a casa Obata. Oltre ad Agachi, si erano presentate altre sette o otto persone, fumettisti che non avevano potuto partecipare al ricevimento di nozze e qualche collega d'ufficio di Nobumitsu. Essendo nel pieno delle vacanze di Obon, anche gli autori non erano sotto pressione da parte degli editor, e gli risultava probabilmente piú facile assentarsi dal lavoro. Quelli che lui aveva invitato erano tutti presenti.

All'inizio anche i fumettisti si erano messi a chiacchierare amabilmente ma con compostezza, poi però, dopo una mezz'ora, essendosi ambientati, avevano iniziato a curiosare nelle credenze, a mettere su i cd di loro gradimento e a fare un po' quello che gli pareva.

– Eh, ma questo te lo puoi permettere? È vietato ai minori! Tua moglie non ti dice nulla? – esclamò a un certo punto Agachi, tirando fuori con prontezza un volume di fumetti per adulti. Era magro e piccolo di statura, una struttura fisica piuttosto fragile, tanto da non poter quasi immaginare la potenza che esprimeva nei tratti dei suoi disegni. Ma a dispetto dell'apparenza esteriore, Nobumitsu pensava che avesse un carattere deciso e ostinato.

– Ah, quello non è mio. È di mia moglie...

A quelle parole, Miwa rimase interdetto.

– Ehh? Ha questi gusti? – commentò poi a voce alta. Nonostante il nome d'arte che si poteva scambiare tranquillamente per quello di una donna, Miwa Seina era un omone: alto un metro e ottanta, pesava quasi un centinaio di chili. Anche guardandolo in viso dava un'impressione arcigna, con le sopracciglia folte e gli occhi spiritati. Ma poco in consonanza con quella struttura fisica imponente, i suoi disegni avevano tratti delicati, come quelli tipici delle fumettiste. Non si faceva mai vedere in pubblico e girava addirittura voce che fosse una donna.

Dato il volume dell'esclamazione di Miwa, anche Aki, che stava in soggiorno, lo sentí e si affacciò alla porta.

– Ma no, si tratta di lavoro! Era tra i dieci libri piú venduti nella nostra libreria e ho voluto dargli un'occhiata –. Mentre lo diceva, Aki lo prese in tutta fretta dalle mani di Miwa e lo rimise a posto sullo scaffale.

– Ecco, esattamente. E comunque i libri in questa stanza sono quasi tutti di Aki, e non miei!

Alle parole di Nobumitsu, Agachi diede uno sguardo d'insieme alle scaffalature.

– In effetti, rispetto ai romanzi, di fumetti ce ne sono di tutti i tipi. Manga per ragazzini e per giovani, *boys love*, strisce erotiche...

– Già, io sono responsabile del settore fumetti, ma quand'ero a scuola non ne leggevo affatto e praticamente è come se li stessi studiando adesso. Mi sento in dovere di dare un'occhiata almeno a quelli piú letti.

Aki era leggermente in imbarazzo nel dare spiegazioni. Le sembrava che stessero spiando il suo lavoro da dietro le quinte.

– Ah, persino questi titoli da cultori del genere! Non si trovano nelle normali librerie, o sbaglio? – Miwa tirò giú alcuni volumetti dagli scaffali piú alti.

– Sí, però ne parlavano bene in rete e ho pensato che sarebbe stato il caso di averli anche da noi. Cosí ho provato a comprarli in un negozio specializzato.

– Uhm, ci tieni davvero! – commentò Agachi, quasi in tono di ammirazione.

– Sentite un po', che ne direste di finirla qui? Usciamo da questo bugigattolo e andiamo di là!

Sollecitati dal padrone di casa, si diressero tutti di nuovo verso il salotto. Una volta seduti sui divani, Agachi chiese a Nobumitsu: – Ma se quelli di là sono tutti libri di Aki, dove sono i tuoi?

– Non ne ho!

– Come sarebbe a dire? Ma fai l'editor, o sbaglio?

– Non mi interessa conservarli, e quelli che mi servono per lavoro li tengo in ufficio. Per il resto, Aki ne compra tanti e di solito ne leggo qualcuno dei suoi, – spiegò Nobumitsu, come se dovesse giustificarsi.

– Però non leggerai soltanto per lavoro, giusto? Non dài

un'occhiata ai best seller, per renderti conto di cosa va tra i lettori? – lo incalzò Agachi, e Nobumitsu ribatté quasi con arroganza: – Ma no! Tenete conto di una cosa: chi lavora in libreria legge molti piú libri degli editor!

– Oh, davvero?

– Insomma, prova a pensarci! Se uno lavora a stretto contatto con i fumettisti, è sempre impegnato e non ha mai il tempo di leggere! Ovviamente si documenta sui materiali di riferimento che gli servono per il lavoro, ma è il massimo che può fare. Quando si avvicinano le scadenze di consegna non si contano le notti in bianco. Piuttosto che leggere libri, preferisco vedere dei film: mi è molto piú utile professionalmente, e in quello cerco di tenermi aggiornato.

Anche Nobumitsu aveva già iniziato a bere, e il tono era molto piú franco del solito. Aki si chiese se fosse il caso di parlare cosí a quelli che erano i suoi referenti diretti di lavoro.

– Uhm, sarà come dici tu... – replicò Agachi con aria insoddisfatta.

– Però per gli editor di romanzi è diverso, no? – chiese allora Miwa. A quel punto si inserí nella conversazione Konno Satoru, un altro editor di fumetti, che fino a quel momento era rimasto ad ascoltare.

– C'è un collega che è entrato in casa editrice insieme a me e lavora in redazione. Dice che da quando ha iniziato non riesce piú a leggere libri. Ovviamente rivede le bozze dei romanzi di cui si occupa, o dà un'occhiata a quello che deve leggere per lavoro, tipo le opere candidate a qualche premio o quelle pubblicate per un'altra casa editrice da un autore che ama, ma già cosí ne ha fin sopra i capelli.

Konno era di due anni piú giovane di Nobumitsu e pareva fosse un tipo un po' nervoso. Si era trasferito di recente dall'amministrazione e non si era ancora ben ambientato nella redazione dei fumetti. Nobumitsu gli aveva anche passato Agachi come autore di cui occuparsi ma tra i due non c'era grande sintonia e la cosa lo impensieriva. Durante quella serata a casa sua sperava che i rapporti tra Konno, che aveva preso il suo posto, e Agachi migliorassero.

– Davvero? Leggerà almeno i romanzi degli esordienti promettenti usciti per altre case editrici... – replicò subito Agachi. Aki, intanto, mentre ascoltava la conversazione, si chiedeva se non fosse il momento di servire le portate principali.

– Sí, pare che in azienda si tengano regolarmente anche delle sessioni di lettura. Ma quelli che si occupano di narrativa prendono in considerazione solo gli autori di potenziali best seller, insomma, giapponesi in attività che hanno in qualche modo a che fare con l'intrattenimento. La nostra casa editrice non punta molto sulle opere piú seriose. Al mio collega piacciono molto i classici e in particolare la narrativa straniera, e invece si deve occupare di gialli e romanzi d'azione. Di gialli, ad esempio, ne esce una quantità spropositata, perciò si lamenta di non riuscire a leggere i libri che gli piacerebbero.

– Uhm, ma pensa! Ero convinto che gli editor fossero degli avidi lettori.

– Rispetto alle persone normali leggono di piú, ma hanno la precedenza le cose di lavoro. Nonostante questo, si tratta lo stesso di una quantità di libri notevole. E comunque in una casa editrice non è che siano tutti appassionati di romanzi. Di recente pare che siano in aumento quelli che desiderano entrare nel mondo dei fumetti. Anche a me, al colloquio di lavoro, non hanno chiesto affatto che esperienza avessi in quanto a lettura. E a proposito dei colleghi, non c'è quasi nessuno che si possa definire un avido lettore. Ci sono tanti che dicono di aver fatto questa scelta per entrare nel mondo dei media e perché lo stipendio è buono.

Nobumitsu era completamente ubriaco. I fumettisti invece, non avevano bevuto quasi nulla, con la scusa di avere dei problemi fisici. Sembrava che il padrone di casa e gli altri editor si stessero scolando anche la loro parte.

– Be', io sono un appassionato di libri! Quand'ero studente mi chiamavano «il letterato»... – dissentí Konno. In effetti a guardarlo bene aveva un'aria delicata, un po' da giovane Holden.

– Bugiardo! Non ti ho mai visto leggere!

– Solo perché non lo faccio al lavoro...

Sotto l'effetto dell'alcol, i due si stavano stuzzicando a vicenda in un dialogo insulso.

– Mah, che delusione... – sfuggí a un tratto ad Aki. Nella considerazione generale, gli editor delle case editrici avevano l'immagine di lettori impegnati, molto piú delle persone comuni. Era tutta apparenza? Solo quelli che si occupavano specificamente di narrativa facevano eccezione?

– Non sono quelli che lavorano nelle librerie a essere piú fissati? Anche quando vanno fuori a bere insieme si infervorano a parlare di libri. Se ci vado con i miei colleghi non è certo un argomento di conversazione! – proseguí Nobumitsu. In effetti anche nelle conversazioni tra marito e moglie non aveva mai tirato fuori discorsi che riguardassero i libri.

– Non succede spesso che siano le librerie a promuovere determinati titoli? Con dei premi ad hoc, per esempio. Ma se cosí facendo il libro vende, ai dipendenti che se ne sono occupati va qualche riconoscimento in denaro? – chiese Agachi, in tono quanto mai interessato. Già da prima aveva iniziato a rimpinzarsi di fette di torta e dolcetti. Pareva fosse molto goloso, forse per compensare il fatto di non poter bere alcolici.

– Ma figuriamoci! – si schermí subito Aki. Lavorare all'organizzazione del premio di una libreria era su base volontaria. Se un determinato titolo diventava un best seller, i profitti andavano a vantaggio di ciascuno dei punti vendita, ma per coloro che mettevano in piedi l'evento o per i dipendenti che votavano non c'era alcun tornaconto economico.

– Sí, è proprio lodevole! I libri candidati se li procurano comprandoli a proprie spese, vero? E pensa alla fatica solo per leggerli! – commentò Nobumitsu ammirato.

– Esatto. I dipendenti che votano acquistano i libri candidati e poi li devono leggere, e già questo comporta un impegno notevole. Però anch'io se fossi stata addetta al reparto narrativa probabilmente avrei partecipato.

– Ma come, se non sei di quella sezione non puoi partecipare?

– In realtà sí, ma è davvero una fatica leggerli tutti! Ogni anno mi riprometto di cimentarmi anch'io, ma poi mi rendo conto che non posso dedicare tutto quel tempo alla lettura dei vari romanzi...

Alla Pegasus Shobō dovevano aver preso parte ogni volta alle votazioni del premio della libreria sia Ozaki, che era addetta alla sezione narrativa, sia Mita, che era invece responsabile del reparto dei libri specialistici. Mentre Riko, che era piuttosto esperta di letteratura, al contrario non era inclusa tra i votanti. Forse non gradiva l'atmosfera animata dell'evento, e in ogni caso ne aveva preso le distanze.

– A proposito, una volta i dipendenti di alcune librerie non avevano creato addirittura un fan club per una serie a fumetti? – chiese Miwa, come se gli fosse di colpo balenato in mente. Tempo addietro, per promuovere una serie di *shōjo* manga intitolata *Honey and Clover*, le responsabili del reparto fumetti di numerose librerie avevano fondato un fan club. Prendendo spontaneamente l'iniziativa con la casa editrice si erano impegnate in una campagna pubblicitaria che andava anche oltre i confini dei negozi stessi. Si poteva affermare senza alcun dubbio che a creare il successo clamoroso della serie, da cui era stato tratto ben presto anche un film, fosse stato lo sforzo congiunto di quei dipendenti.

– Sí, che invidia! Si sono dati da fare anche se la casa editrice non si muoveva granché. Hanno persino fatto stampare delle magliette a proprie spese e creato spazi particolarmente ampi per quel titolo sui banchi di vendita. Che figata! Qualunque editor sognerebbe un trattamento simile nelle librerie per i volumi da lui curati! – chiosò Konno, che editor di fumetti lo era realmente.

– Piú che gli editor, ci spereremmo noi autori, giusto? – ha ribattuto Miwa, lanciando uno sguardo ad Agachi, che con la bocca piena di pop corn ha annuito in silenzio.

– Be', certo, se ci fosse qualcosa per cui valga la pena... – puntualizzò Aki. Di manga davvero spettacolari, per i quali tutte le librerie avrebbero potuto impegnarsi in una campagna di promozione in modo disinteressato, ce n'erano davvero pochi. Se non soddisfacevano determinate condizioni, e cioè che sia l'autore sia l'opera fossero poco conosciuti, che fossero comparsi solo su media di scarsa rilevanza ma che nonostante questo avessero colpito chi lavorava in libreria, probabilmente nessuno si sarebbe mosso. Tuttavia, nel caso dei fumetti, rispetto ai romanzi, chiunque li poteva leggere con piú facilità, e la fascia di utenza era molto piú ampia. Anche in rete se ne parlava molto e il passaparola si creava con maggiore facilità. In definitiva, una creazione di valore finiva per essere sponsorizzata quasi naturalmente.

– Per noi editor però, il successo delle opere che curiamo migliora anche la nostra reputazione. Guadagniamo prestigio all'interno della casa editrice e magari ci dànno anche qualche premio. Ha un effetto rilevante sulla nostra carriera. Ma chi lavora in una libreria, cosa ci guadagna a impegnarsi tanto? – obiettò Nobumitsu, rivolto alla moglie.

– Uhm, io per esempio sarei felice se gli autori si mostrassero soddisfatti e riconoscenti. Ma anche se non lo fossero, di sicuro sarebbero contenti gli addetti commerciali delle case editrici e questo mi faciliterebbe il lavoro sotto diversi punti di vista. Mi capiterebbe anche di venire intervistata, incontrerei altre persone che lavorano in libreria e si allargherebbe la cerchia di conoscenze.

– E questo ti basterebbe? Sul serio? Leggere bozze, scrivere cartellini esplicativi impiegando il proprio prezioso tempo libero e tutto per quel misero tornaconto?

Aki si sentí offesa dalle parole di Nobumitsu. Sembrava quasi considerarla un'ingenua.

– Però se si riuscisse a creare un best seller anche le entrate della libreria aumenterebbero, giusto? Credo che anche noi godremmo dei benefici! – ribatté Aki con fermezza. Agachi e Miwa assistevano con aria divertita alla disputa della coppia.

– Mah, sarà anche come dici tu...

– Una casa editrice grande come la tua forse avrà a disposizione fondi illimitati per la pubblicità, ma ce ne sono altre che non hanno un centesimo. Anzi, in realtà sono la maggioranza. Eppure pubblicano un sacco di cose di qualità e i loro addetti commerciali ce la mettono tutta. È umano che a uno venga voglia di dargli una mano, no?

– Sei proprio una perfetta libraia! La prendi molto seriamente... – se ne uscí allora Nobumitsu, in un tono vagamente canzonatorio. Ma Aki era pronta a ribattere colpo su colpo.

– E allora? È il nostro lavoro! Trovare libri validi e presentarli al pubblico. E visto che ci siamo, ci viene voglia di promuovere i titoli che ci piacciono. Che c'è di male?

– Ma no, non c'è nulla di male. È che è meglio fare in modo che tutta quell'energia positiva non venga sfruttata furbescamente da altri. Ci sono persone che mirano a utilizzare i dipendenti delle librerie per le proprie promozioni senza spendere un centesimo. Quando leggete delle bozze e gli mandate le vostre impressioni, non è che vi paghino, giusto? E se poi usano qualcuna delle vostre frasi nella pubblicità non vi dànno certo i diritti d'autore, no?

– Be', a volte capita che ci facciano qualche regalo o che ci diano dei buoni acquisto. E poi a me non piacerebbe avere dei diritti d'autore per questo! Se dovessi farlo per soldi, non riuscirei a essere del tutto sincera. Del libro dovrei per forza scriverne bene, o sbaglio?

– Ma se ingaggiassero un copywriter si tratterebbe di pagare centinaia di migliaia di yen a riga! Loro sono bravi ad approfittarsi di voi dipendenti! E ai libri che consigliate, poi, viene riservato ampio spazio nella vostra libreria, immagino. Per le case editrici, servirsi di voi per la promozione è come prendere due piccioni con una fava!

Nonostante lavorasse lui stesso in una casa editrice, Nobumitsu si era lanciato in affermazioni del tutto irresponsabili.

– Uhm, tu dici? Ma noi non ci sentiamo sfruttati, ci divertiamo! Il mondo è pieno di libri ed è difficile che si facciano notare. Cosí ci piace scegliere quelli che pensiamo valga la pena segnalare. Vogliamo fargli avere il giusto successo, creare un movimento di opinione. Certo, capita anche di fare fronte comune con le case editrici, ma piú che muoverci per loro, l'intenzione è quella di vendere dei libri di qualità.

In un momento in cui, pressate dalla concorrenza delle vendite on line, le librerie vedevano ogni anno diminuire gli introiti, non potevano certo starsene con le mani in mano.

– Noi dobbiamo essere un vero e proprio show room. Arricchire l'esposizione con cartellini illustrativi e altro, in modo che i libri risultino il piú attraenti possibile. Quello è il nostro lavoro!

– Brava, Aki! Mi piace questo spirito positivo! – esclamò compiaciuto Agachi, allungando la mano per stringergliela. Mentre pensava a quanto i fumettisti fossero strani, lei gliela porse a sua volta. Anche Miwa si mise ad applaudirla.

– Vogliamo promuovere certi libri perché ci piacciono. E siamo felici se ottengono un successo di vendita. Non perché ce ne venga un vantaggio economico, ma perché quel consiglio che abbiamo dato in tutta sincerità è stato tenuto in grande considerazione dal pubblico.

– Mah, sarà... Solo che suona ironico, non ti pare? Dopo tutti i vostri sforzi, a guadagnarci sono le case editrici e gli autori, ma a voi personalmente non ne viene nulla. Certo, magari è proprio per questo che i clienti si fidano dei vostri giudizi e questo ovviamente si riflette sulle vendite... – continuò a borbottare Nobumitsu.

– Insomma, alla fine non si tratta solo di soldi. Vogliamo che il nostro sia un lavoro piacevole e divertente!

Vedere il risultato del proprio impegno. Ottenere un riscontro. Creare nuovi rapporti con la clientela, con le altre librerie, con le case editrici, con gli autori, con tante persone. Erano soddisfazioni difficilmente barattabili con qualsiasi altra cosa.

– Fantastico, Aki, sei proprio la libraia modello! Ormai sono un tuo fan! Contattami pure per qualsiasi cosa, sarò sempre disponibile a collaborare. Ah, a proposito, sei su Twitter, vero?

– Sí, ci sono...

Tra i dipendenti delle librerie, erano molti quelli che usavano Twitter o Facebook. Lí si scambiavano informazioni sulle nuove uscite di cui si parlava, o di libri che stavano andando bene. C'era qualche titolo in edizione economica che aveva avuto successo di vendite grazie a una promozione congiunta fatta da utenti di Twitter che lavoravano in diverse librerie. Un esempio significativo era stato *La scuola n. 4* di Miyashita Natsu.

– Allora lasciami l'indirizzo del profilo! Ti do il mio...

– Eh, non è con il tuo nome d'arte?

– Ne ho anche uno con quello, ma lo uso per lavoro. Quello privato è segreto.

– Ah, allora dàllo anche a me! – si mise in mezzo Nobumitsu, e al che intervenne subito anche Konno: – Anche a me, ti prego!

– Quello faccio in modo di non darlo agli editor. A volte scrivo cose che non voglio che loro leggano. Quindi anche se mi mandi una richiesta, Obata, non la accetterò!

– Ehh, ma perché? A me puoi darlo, non sono nemmeno piú il tuo editor! – protestò Nobumitsu, con aria contrariata.

– Però fai ancora l'editor di fumetti, giusto? E lavori allo stesso piano di Konno. No, non te lo do!

– Ma che palle! – Nobumitsu mise il broncio proprio come un bambino, ma Agachi non ci fece minimamente caso.

– Ad Aki posso darlo perché non è una editor. Ma mi raccomando, tienilo segreto con tuo marito!

– Ma certo, è ovvio! – lo rassicurò lei, con una punta di orgoglio nella voce. L'aveva conosciuto grazie a Nobumitsu, ma Agachi aveva mostrato un interesse personale per lei.

– Aki, il tuo scrivimelo qui. Appena torno a casa mi registro come follower!

Agachi tirò fuori un bloc-notes dalla borsa. A Nobumitsu non rimase che osservare la scena, commentando: – Uffa, che invidia! – Il tono, piú che da editor, fu da ubriaco.

10.

– Ehi, hai visto il numero di questo mese di «Vintage»? Pazzesco! C'è Nishioka, con tanto di foto!

– Dove, dove? Ehh, incredibile, davvero. Una pagina intera!

Mami e Anna tenevano in mano la rivista tutte eccitate. Anche Aki, dietro di loro, buttò un occhio al giornale.

L'articolo si intitolava *Sono i librai a creare i best seller. Le ultime notizie sulle tendenze di mercato*, ed era uno speciale di sei pagine. Nella prima c'era una grande foto di Riko.

Aki si chiese quando fosse stata scattata. Nella foto la vicedirettrice appariva davanti alla cassa del secondo piano, tutta sorridente e con in mano un libro in edizione economica. La didascalia riportava «Una figura carismatica tra i librai, Nishioka Riko. È il suo intuito a far nascere i futuri best seller, dalla libreria Pegasus Shobō a Kichijōji». Nell'articolo si parlava di come di recente i dipendenti delle librerie avessero a che fare con la nascita dei successi editoriali. Dopo aver presentato, corredati dalle relative fotografie, i cartellini esplicativi e qualche indiscrezione sui possibili aspiranti al «Gran premio della libreria», l'articolo continuava cosí:

> Si può dire che questa volta *Finché un giorno non mi arriverà la tua voce*, pubblicato da una piccola casa editrice, sia il titolo che ha dato ulteriore conferma di questo fenomeno. Era uscito inizialmente per la collana N-Shobō, specializzata in letteratura per

l'infanzia, vendendo circa ventimila copie, cifra davvero notevole per il genere. Ma in quanto opera di nicchia, non era originariamente in programma di farne un'edizione economica. Ciò che l'ha portato a essere preso in considerazione è stato proprio il suggerimento di un libraio.

C'erano una breve presentazione di Riko e della Pegasus Shobō, e i retroscena che avevano condotto alla riedizione. In pratica, era una semplice pubblicità della nuova uscita della stessa casa editrice della rivista sotto forma di articolo.

– Ma come... Questo non era il libro che avevamo consigliato noi? – esclamò Mami.

In effetti, *Finché un giorno non mi arriverà la tua voce* era il libro che piú di sei mesi prima Mami, Makihara e le altre ragazze appassionate di *boys love* avevano ripetutamente elogiato. Mami ne aveva fatto addirittura una fanzine. Avendone sentito parlare, Riko ne aveva piazzato delle copie non solo al quarto piano, nel reparto libri per l'infanzia, ma anche al secondo, dedicato alla narrativa, e pareva avesse ottenuto un risultato di vendite parecchio maggiore di quanto avrebbe immaginato. Ma in origine, a scoprirlo e valorizzarlo erano state Mami e le altre. Peccato che cosí fosse diventato un merito esclusivo di Nishioka Riko. Non solo. L'articolo ne esaltava la figura, soffermandosi su quanto fosse competente come libraia e come i clienti si fidassero di lei. Il tono era in tutto e per tutto adulatorio.

– Quella dice a noi che non bisogna mettersi in mostra e poi fa il contrario!

– Non è che vuole essere lei l'unica a distinguersi?

– A proposito, domani pare che verranno dei giornalisti a intervistarla...

– Non so, ma mi fa proprio rabbia!

– Quando si comporta cosí ci fa sentire stupidi!
– Davvero, che donna ignobile!
Mami e Anna, in preda al risentimento, continuarono a inveire contro Riko, e anche Aki non riusciva a dargli torto.

L'articolo su «Vintage» aveva avuto un'ampia risonanza. In ogni caso, era una rivista che vendeva mezzo milione di copie. E considerate le foto, non era possibile che per Riko l'articolo non avesse avuto conseguenze positive. In libreria diversi clienti le rivolgevano la parola e aveva ricevuto telefonate dagli amici. Se ne parlava anche tra i responsabili commerciali delle case editrici. «Riko, che brava!» le aveva detto persino una sua vicina di casa.

Solo il padre, come al solito, anche mostrandogli l'articolo, aveva commentato con un misero «Uhuum...», e non si era nemmeno messo a leggerlo con attenzione. Quella sua indifferenza non la irritava, ma al contrario la faceva quasi sentire sollevata. Se anche si fosse messo a criticarla, si sarebbe sentita ancor piú depressa. Comunque, ciò che la preoccupava maggiormente era che dopo l'articolo, o magari dietro pressione della Hitotsuboshi Shuppan, stava ricevendo continue richieste di interviste da parte di giornali e televisioni.

«Non è un argomento su cui fare tutto questo clamore, e poi di riprese televisive non se ne parla nemmeno» aveva ribadito con fermezza, ma la sua volontà non era stata affatto ascoltata. Aveva ricevuto ordini dall'alto di fare tutto il possibile per pubblicizzare il nome della libreria.

Quando erano arrivati gli incaricati di «Vintage», aveva puntualizzato con sincerità che quello non era merito suo, ma che dietro richiesta di un membro della casa editrice aveva soltanto suggerito un titolo di cui le ragazze che lavoravano lí parlavano molto bene. Peccato che nell'articolo la sua versione dei fatti fosse apparsa in modo del tutto differente. Al giornalista aveva parlato per quasi un'ora, ma il suo commento era stato ridotto a un paio di righe.

«In libreria, ogni giorno, veniamo a contatto con tutte le novità editoriali, e abbiamo spesso l'intuizione che un certo titolo venderà molto. Ci sono libri che emanano una propria aura, e ho avuto la sensazione che questo fosse uno di quelli».

In effetti a Riko sembrava di aver anche detto che i libri destinati a diventare dei best seller avevano una certa aura. Tuttavia, l'ultima riga era pura invenzione del giornalista. La infastidiva molto l'idea che l'intervista non fosse stata finalizzata a presentare il suo pensiero, ma a farle dire astutamente in modo forzato le cose che desiderava il giornalista.

Oltretutto, la impensieriva la reazione del direttore e di Hatakeda al fatto di passare solo lei agli onori della cronaca e di venire continuamente citata dai media. Di recente, non poteva fare a meno di pensare che in qualsiasi loro frase fosse presente una sottile punzecchiatura nei suoi confronti. Tsujii, il responsabile del terzo piano, se ne usciva spesso dicendo «... perché tu, Nishioka, sei una che si dà da fare...», espressione in cui si poteva cogliere una celata ironia. Non era forse dettata dall'invidia che fosse lei l'unica a farsi notare? Aveva l'impressione che l'atteggiamento del direttore fosse diventato piú distaccato. Pareva che la sera prima fosse uscito con Hatakeda per una bevuta solo tra uomini, senza invitarla. Fino ad allora non era mai successo.

– Signora Nishioka, guardi che ho visto l'articolo sulla rivista!

Mentre era assorta nei suoi pensieri, qualcuno la chiamò da dietro. Era una tal Kurihara, un'assidua frequentatrice della libreria. Probabilmente doveva aver già superato la sessantina. Si faceva vedere diverse volte al mese e comprava sempre un bel po' di libri. Era una tipologia di cliente tipica di quel quartiere, adiacente a una zona residenziale di lusso: una persona colta alla quale non mancavano certo i soldi e il tempo a disposizione. Amava leggere opere di scrittori stranieri. Piú che i best seller, preferiva i classici e le opere di grande spessore letterario.

Nei giorni feriali i clienti di quel genere erano la maggioranza e si vendevano piú i testi presi dagli scaffali che non quelli esposti in bella mostra sui banconi. Il fine settimana, invece, erano molti di piú i giovani che si recavano a Kichijōji attirati dalla vivacità del quartiere, per cui andavano a gonfie vele i best seller e quelli di cui si parlava. Quindi la clientela si differenziava molto nelle due fasce settimanali, influendo sulla tipologia dei libri venduti rispettivamente. In quest'ottica, la preparazione degli scaffali era quanto mai difficoltosa. Riko, da un punto di vista emotivo, avrebbe voluto privilegiare i vecchi clienti che frequentavano la libreria nei giorni feriali. Chi ci andava occasionalmente il sabato o la domenica spesso non ci tornava piú, mentre quelli residenti in zona si facevano vedere con frequenza, e non badavano a spese. Il fatto stesso di non voler esporre troppi cartellini esplicativi era per discrezione nei loro confronti, visto che molti non gradivano la pubblicità eccessiva. Inoltre, tra loro erano molti i bibliofili con gusti ben definiti. C'era anche chi pensava che dare troppa importanza ai cartellini scritti in base ai pareri degli addetti interferisse con la propria libertà di scelta. Riko era convinta che piú che dare alle pubblicazioni esagerata evidenza riempiendo i cartellini di parole suadenti, si dovessero allineare con sobrietà quelli consigliati sui banconi, lasciando al cliente la scelta di ciò che preferiva, e che quello fosse il metodo di vendita piú elegante. Oltretutto, se si piazzava un cartellino vicino a un libro, si toglieva automaticamente evidenza a quello dietro. Nell'intento di mettere in luce qualcosa, si finiva per far scomparire qualcos'altro. E una tale selezione era giustificato che la operassero i dipendenti?

Quelli che lavoravano in libreria non erano critici letterari, non facevano una lettura sistematica paragonabile alla loro e non leggevano una quantità rilevante di libri. Era tanto se riuscivano a finirne una decina al mese. Leggevano con una certa rapidità solo quelli che gli piacevano. Il loro standard di lettura non si poteva dunque considerare all'altezza di quello di un professionista. Alla Pegasus si vedevano spesso non solo critici letterari, ma anche studiosi e traduttori. Cosa dovevano pensare vedendo quei pretenziosi cartellini di presentazione?

– A mio marito piace molto «Vintage», e quando l'ha letta è venuto subito a mostrarmela dicendo che parlavano della vostra libreria! Poi ho visto che c'era lei in foto ed è stata una vera sorpresa! Non avevo la minima idea che fosse cosí famosa...

Ci risiamo!, pensò Riko. Ne aveva ormai fin sopra i capelli di quei discorsi. Ma chi le stava parlando era una cliente affezionata, e cosí le rispose tutta sorridente: – No, ma si figuri! Sono solo esagerazioni del giornalista!

– Be', però bugie non ne scrivono di certo, le pare? Sono stata felicissima. Lei è molto gentile con me e ho sempre pensato che fosse una persona squisita. Mi sono vantata di conoscerla anche con mio marito!

Aveva un modo di parlare un po' affettato, da signora altoborghese, ma si percepiva la sua sincera contentezza nel raccontarlo. Di fronte a quel sorriso cosí naïf Riko, al contrario, si innervosí.

– Mi mette in imbarazzo! Come libraia ho fatto solo il mio dovere, eppure mi hanno incensata in quel modo...

Non lo faceva per falsa modestia, lo pensava veramente. Considerava del tutto ovvio che un dipendente di una libreria cercasse dei libri validi e li consigliasse ai clienti. Non c'era nulla per cui sollevare tanto clamore. Erano cose che un addetto serio faceva quotidianamente.

Eppure, alla fin fine, il lavoro che si faceva nei negozi veniva conosciuto all'esterno soltanto quando le case editrici vi puntavano i riflettori e veniva utilizzato a scopi pubblicitari. Se capitava che un addetto commerciale se ne servisse per la propria campagna promozionale, dicendo: «Da quando gli hanno dato ampio spazio in quel punto vendita, quel titolo ha avuto un boom di vendite!» la voce iniziava a diffondersi. Dato che in fondo quello era il loro compito, e lo scopo non era farsi pubblicità personale, a Riko non sarebbe importato, ma d'altro canto non trovava giusto che si pensasse che solo chi diventava famoso svolgeva bene il proprio lavoro.

– Ma cosa c'è di male? Dopotutto è un bell'articolo! E a proposito, ce l'avete quel libro che consigliava?

– No, sarà in vendita dalla prossima settimana.

– Oh, non vedo l'ora! Quando vi arriva me ne metta da parte una copia, mi raccomando!

– Ma certo! Solo che può darsi non incontri il suo gusto... – si affrettò a rispondere Riko. Lei conosceva bene le preferenze dei clienti affezionati. Alla signora Kurihara piacevano le scrittrici, in particolare le autrici di chiara fama come Jane Austen o Karen Blixen. Aveva gusti un po' all'antica.

– In origine era un libro per bambini, forse è piú adatto per lettori principianti. Piuttosto, ce ne sono altri che volevo consigliarle! – Cosí dicendo, Riko la invitò a seguirla verso gli scaffali di letteratura straniera.

In realtà, *Finché un giorno non mi arriverà la tua voce* non era il genere che piaceva a Riko. Tuttavia la storia era accattivante e i personaggi avevano un loro fascino; avrebbe probabilmente avuto un sostegno entusiastico da parte di una certa fascia di pubblico, e dal punto di vista commerciale c'erano ampie possibilità di successo. Cosí aveva fatto in modo che si notasse. Certo, dentro di sé pensava che il tema fosse banale e che né lo stile né i contenuti avessero un particolare spessore. Insomma, non era proprio nelle sue corde.

Però la vera abilità del libraio consisteva nel presentare qualsiasi titolo riteneva potesse vendere, indipendentemente dai propri gusti. In questo era diverso dal critico letterario, di cui si valutava il livello in base ai libri che recensiva. Loro pubblicavano articoli a propria firma, prendendosi la responsabilità di quanto affermavano. Ma per chi lavorava in una libreria non era cosí. Nei cartellini esplicativi sui banconi non c'era alcun nome e dunque si poteva scrivere a proprio piacimento. Si diceva che di recente alcuni dei dipendenti li preparassero senza nemmeno aver letto il libro.

Per Riko e gli altri l'importante era che un libro vendesse. Se nonostante gli sforzi non succedeva, si puntava subito su un altro. Lei era convinta che quel tipo di leggerezza fosse la qualità migliore per un libraio. Ma manipolati in quel modo, probabilmente tutti avrebbero creduto che un certo libro riflettesse il suo gusto personale. E lei non voleva che i suoi clienti affezionati lo pensassero.

Avrebbe dovuto rifiutare di essere coinvolta in quell'operazione pubblicitaria. Se ne pentiva amaramente, anche se ormai troppo tardi.

11.

– Ehi, hai sentito? Dicono che Nishioka passerà direttrice!
– Davvero? E il direttore che abbiamo adesso?
– Pare che sia stato promosso a un ruolo manageriale alla sede centrale.
– In effetti ha senso! È imparentato con il presidente, prima o poi doveva succedere...

Mentre ascoltava i pettegolezzi delle ragazze che lavoravano part time nello spogliatoio, Aki si sentí abbattuta. Il giorno prima i dipendenti erano stati convocati nel suo ufficio e Nojima aveva fatto l'annuncio. Non ne era stata ancora data comunicazione ufficiale ma entro il mese ci sarebbe stato l'avvicendamento. E si era accomiatato chiedendo loro di impegnarsi per rendere ancora piú importante la libreria sotto la guida di Nishioka. La Pegasus Shobō contava su una catena di circa venti punti vendita, concentrati soprattutto nell'area metropolitana di Tōkyō, ma era la prima volta che una donna diventava direttrice. Forse aveva influito sulla promozione anche il fatto che *Finché un giorno non mi arriverà la tua voce*, dopo la sua segnalazione e la pubblicazione in una collana economica, era diventato un best seller?

Se fosse stato davvero cosí, ad Aki pareva ingiusto. Mami e le altre ragazze, che l'avevano scoperto, continuavano a guadagnare come sempre la loro misera paga oraria. E in piú, una volta assunto il ruolo di direttrice, Riko avrebbe forse trovato il modo di vendicarsi di Aki, che fino ad allora era stata cosí critica e insofferente nei suoi confronti. Probabilmente il fatto che fosse riuscita a conservare il suo posto nonostante le liti furibonde era stato grazie alla protezione che le aveva dato Nojima. Ma una volta avvenuto il cambio al vertice, non avrebbe piú avuto nessuno che prendesse le sue parti.

– Vado, ci vediamo... – disse Aki dopo essersi cambiata, lasciando lo spogliatoio. Salí in ascensore dalla porta di servizio e uscí all'esterno. Era già oltre la metà di settembre ma faceva ancora molto caldo. Appena fuori dall'edificio si sentí avvolgere da una vampata afosa. Quel giorno aveva fatto il primo turno e non erano ancora le cinque del pomeriggio. Era incerta sul da farsi, non aveva niente in programma. Ma anche tornando a casa non avrebbe trovato nessuno. Nobumitsu, con tutta probabilità, sarebbe rientrato tardi. Quel mese era sempre arrivato a notte fonda, verso le due o le tre. Quando si ritrovava da sola, Aki non aveva nulla da fare. Preparare la cena solo per sé stessa non era divertente. Pensò che fosse meglio comprarsi un *obentō* da portar via in qualche ristorantino della stazione.

Aki e Nobumitsu vivevano a Nishi-Ogikubo, appena una fermata piú in là di Kichijōji, dove si trovava la libreria, su una linea delle JR, le ferrovie nazionali. A differenza dei dintorni del suo posto di lavoro, caratterizzati da una delle aree commerciali piú animate della città, viveva in un quartiere residenziale, e anche intorno alla stazione non c'era granché. Una volta superati i tornelli, ci si ritrovava di fronte una piccola rotatoria, circondata da banche, agenzie immobiliari e qualche caffè. Da lí si dipartiva la vecchia zona commerciale che vi aveva sempre fatto capo. Si notavano in particolare qualche locale alla moda, visto che nel quartiere abitavano anche molti studenti, e dei negozi di antiquariato. A circondare il tutto, si estendeva una vasta area residenziale. C'erano sobrie abitazioni in legno che richiamavano tradizioni perse nel tempo, ma anche case ipermoderne costruite sul design di qualche architetto, ed era piacevole anche solo guardarle.

Nel periodo in cui Nobumitsu aveva ancora del tempo libero, erano andati spesso a passeggiare nei dintorni, fermandosi ad ammirare le case piú belle. Era un quartiere comodo per andare a far spese ed era bello girarci a piedi.

Forse proprio perché Aki si era espressa in questo senso, a Nobumitsu era venuto in mente di comprare casa in zona. Un giorno le aveva detto: «Vado a vedere un appartamento, perché non mi accompagni?» L'aveva portata lí in macchina senza nemmeno anticiparle la destinazione, e quella era diventata la casa dove abitavano al momento. Vedendo che ad Aki era piaciuta molto, lui le aveva sussurrato: «Perché non ci veniamo insieme?» In pratica, quella era stata la sua proposta di matrimonio, nonostante fossero passati solo tre mesi da quando avevano cominciato a frequentarsi.

Quando era iniziata la relazione con Nobumitsu, erano girati diversi pettegolezzi. Parevano tutti convinti che fosse stata lei a circuirlo, ma in realtà non era cosí. Fin dal loro primo incontro era stato lui a prendere l'iniziativa. In occasione di un piccolo rinfresco dopo un firmacopie, l'aveva invitata a rivedersi per andare a bere qualcosa, dicendo che gli sarebbe piaciuto scambiare informazioni con qualcuno che lavorava in libreria. Per Aki non era male intrattenere rapporti con un esponente di una casa editrice e oltretutto aveva raramente occasione di poter parlare con un editor, cosí aveva accettato. Inizialmente avevano organizzato una serata insieme a qualche collega di Nobumitsu, a Mami e a Mita. Aki aveva portato il fidanzato anche per evitare avance da parte dell'altro. Ma poi Mita aveva partecipato solo la prima volta, non mostrando alcuna intenzione di prendere parte ad altre. Aki si era chiesta perché, visto che era evidente che Nobumitsu avesse delle mire nei suoi confronti. Sia lui che i suoi colleghi erano piú o meno suoi coetanei, e anche per interessi lavorativi la conversazione si animava quando parlavano di fumetti. Mita era il piú anziano della compagnia, e i fumetti non gli interessavano affatto; forse si trovava a disagio nel seguire il discorso?

Le prime due volte, comunque, si erano ritrovati quasi tutti insieme ma alla fine, con la scusa di un concerto o di un film, Nobumitsu aveva iniziato a invitare Aki da sola. Era chiaro che avesse un debole per lei. Nobumitsu era un tipo solare, perennemente di buonumore. Sembrava sempre sul punto di ridere e la cosa rendeva un po' difficile che si creasse un'atmosfera romantica, ma Aki poteva starsene rilassata senza usare troppi riguardi, come se si fosse trovata in compagnia di un vecchio compagno di scuola. In quella fase, tuttavia, era ancora innamorata di Mita. E quindi, di fronte alle avance di Nobumitsu, rideva e non vi dava seguito. Faceva sempre in modo di evidenziare come lei stesse insieme a Mita, e manteneva il suo rapporto con l'altro entro i limiti di una buona amicizia. Ma una volta era capitato che avesse dovuto subire lamentele insistenti da parte di un cliente molesto, e proprio mentre era demoralizzata era arrivata una telefonata da parte di Nobumitsu. Cosí si era sfogata con lui: «Sono proprio sfinita! Vorrei fare qualcosa che mi distragga...» gli aveva detto. «Perché non ce ne andiamo a fare una gita al mare?» gli aveva proposto allora Nobumitsu, in tono spensierato. Quel giorno lei aveva fatto il turno pomeridiano ed erano già le nove di sera. Perciò aveva declinato l'invito, spiegando che avrebbe terminato il lavoro alle dieci passate. Ma lui si era presentato lo stesso in macchina, e l'aveva portata a Odaiba. Avevano guardato il panorama della baia da Umihotaru, cenato in uno dei ristoranti e alla fine Nobumitsu l'aveva riaccompagnata a casa, dov'erano arrivati alle tre di notte passate. Lui tuttavia non l'aveva invitata ad andare in un qualche albergo, ma l'aveva semplicemente salutata con un sorriso: «Ci vediamo...» Aki aveva provato una genuina contentezza. Gli era semplicemente grata di essere stato tanto gentile, di averla consolata con discrezione mentre era cosí stanca.

In seguito aveva saputo da un collega di lui che quel giorno era rimasto sveglio praticamente tutta la notte, per poi recarsi di nuovo al lavoro la mattina dopo senza aver quasi chiuso occhio. All'epoca Nobumitsu abitava a Nishi-Kasai, vicino a Chiba, in direzione diametralmente opposta a quella di casa di Aki, a Kunitachi. Quando ne era venuta a conoscenza, si era sentita in colpa. Forse si stava innamorando di lui, e cosí ne aveva parlato con Mita.

«Secondo te cosa dovrei fare? Obata è sempre piú esplicito nei suoi approcci. Mi piace come persona, e continuando cosí finirò per cedere!»

In realtà sperava che Mita le chiedesse di smettere di incontrarlo. Se lui gliel'avesse detto con chiarezza, lei non avrebbe piú visto Nobumitsu. Ma Mita era rimasto zitto. Non solo, aveva preso a evitarla. Aki non capiva il motivo, poteva solo pensare di non piacergli piú. E d'altro canto, da allora in avanti Nobumitsu aveva continuato a corteggiarla con maggiore insistenza. Cosí lei non si era tirata piú indietro. In realtà, sperava segretamente che Mita prima o poi avesse una qualche reazione in merito.

Da quel momento aveva iniziato a circolare la voce che Aki tenesse il piede in due scarpe. Lei continuava a uscire con Nobumitsu, mentre da parte di Mita continuava a mancare una qualsiasi reazione. Alla fine Nobumitsu le aveva chiesto di andare a fare un viaggio insieme. Anche per lei era stato chiaro come in quell'invito fosse mascherato il desiderio di trasformare il loro rapporto in qualcosa di piú di una semplice amicizia.

Determinata a risolvere la situazione, Aki aveva dato appuntamento a Mita in un caffè. Continuava tuttora a ricordare chiaramente la scena. Lui era apparso al loro locale di sempre, il *Kugutsusō*, con venti minuti di ritardo rispetto all'orario convenuto. Era il posto che Mita preferiva e vi si fermava spesso a leggere un libro di ritorno dal lavoro. Pareva che ne apprezzasse la tranquillità, e il fatto che si poteva fumare.

«Scusa il ritardo!» aveva detto sedendosi su un divanetto di fronte ad Aki, pallido in volto. Sembrava ancora piú nervoso e scorbutico del solito. «Un caffè americano forte!» aveva poi ordinato laconicamente e in tono brusco, continuando a guardare di fronte a sé, alla cameriera che gli si era avvicinata. Aki era stata tutto il tempo a pensare a cosa dirgli, ma poi, una volta guardatolo in faccia, si era decisa.

«Obata mi ha chiesto di andare a fare un viaggio insieme, tu che ne pensi?» gli aveva chiesto apertamente, senza troppi preamboli. Come se avesse previsto quello che lei aveva da dirgli, Mita si era acceso tranquillamente una sigaretta. Aki era rimasta pur involontariamente affascinata dal gesto con cui lui l'aveva stretta tra le dita lunghe ed eleganti, e dal modo in cui soffiava fuori il fumo dalla bocca quasi in una specie di sospiro, aggrottando la fronte.

Alla libreria le ragazze commentavano con enfasi quanto lui fosse bello quando fumava, e in effetti era cosí. In un giorno malinconico come quello, la sua delicatezza risaltava ancor di piú. Anche dopo che gli avevano messo davanti la tazza di caffè, Mita aveva continuato a fumare senza nemmeno toccarla. Sembrava quasi sul punto di annullarsi, confondendosi nella penombra del locale.

«Insomma, cosa dovrei fare?» lo aveva incalzato nuovamente Aki, innervosita da quel silenzio.

«Perché non fai come ti pare?» aveva replicato secco lui, come se gli stessero tirando fuori le parole di bocca.

«Ma invitare qualcuno a fare un viaggio insieme capisci cosa significa, no? A te sta bene?» aveva chiesto lei di rimando. In preda all'emozione, la voce le era andata leggermente in falsetto. «Pensavo che noi avessimo una relazione, a te non importa che mi butti nelle braccia di un altro?»

«Insomma, tu cosa hai voglia di fare? Vuoi partire? Oppure no?»

«Ecco, veramente...» aveva farfugliato allora Aki. Se lui le avesse detto di rinunciare, non ci sarebbe andata. Cosí aveva pensato, ma non era riuscita a esprimerlo a parole. Come se le avesse letto nel pensiero, Mita l'aveva incalzata chiedendo: «O vorresti semplicemente che ti fermassi?»

«Esattamente!» avrebbe voluto rispondergli, ma il tono di lui era stato fin troppo gelido, tanto che non le erano uscite le parole di bocca.

«In realtà ci vuoi andare, vero? Solo che non vuoi ferire me, perché ti senti in colpa!»

«No, non è cosí!» aveva esclamato Aki istintivamente, ma dentro di lei si era chiesta se non fosse quella la verità. Forse era proprio come aveva detto Mita? Dato che era un locale tranquillo, pareva che la sua voce fosse echeggiata piuttosto sonoramente. Una coppia seduta in fondo, in apparenza studenti universitari, aveva lanciato fugaci occhiate nella loro direzione.

«O vorresti farmi litigare con Obata? Che lo affrontassi fisicamente, intimandogli di non avvicinarsi a te?»

«Ma no!»

Stavolta era riuscita a rispondere decisa. Non era quello che avrebbe voluto da lui. Voleva solo verificare che cosa provasse davvero. In quei tre anni in cui erano stati insieme, non le aveva mai detto di amarla. Quando erano a letto aveva provato per scherzo a farglielo dire, ma lui non aveva mai pronunciato quelle parole. Per questo si sentiva insicura. Nonostante la relazione durasse già da alcuni anni, non era certa di nulla.

Lui la amava davvero, oppure si era messo con lei per inerzia, solo perché lei glielo aveva chiesto?

«È comodo cosí, facendo decidere me! È un problema tuo, o sbaglio?»

«Un... problema mio?»

«Devi decidere tu se continuare a stare con me o lasciarmi e metterti con Obata!»

«Ma tu cosa provi? Per te sono importante? Perché non cerchi di fermarmi?»

«Che cosa provo io? Questo non c'entra nulla! Se tu avessi provato qualcosa per me, avresti dovuto rifiutare fin dall'inizio le avance di Obata! E non ci sarebbe stato bisogno di testare il nostro rapporto mettendolo su una bilancia. Questa tua incertezza è dovuta al fatto che sei attratta da lui. E la cosa ti ha creato un senso di colpa nei miei confronti. Perché sei tu che hai voluto iniziare una relazione con me, e invece adesso ci hai ripensato!»

Le parole di Mita avevano colpito nel segno. In effetti, Aki aveva usato Nobumitsu per misurare i suoi sentimenti. Ma l'aveva fatto perché lei era davvero innamorata di Mita.

«Io ti amo, ma non capisco cosa pensi tu, e questo mi ha sempre creato ansia. Cosa provi per me? Perché hai accettato di metterci insieme?»

Finalmente Aki aveva espresso a parole quello che non era mai riuscita a chiedere a Mita. Aveva sempre avuto timore di ottenere una risposta definitiva. La mano con cui reggeva la tazza di caffè aveva iniziato a tremare.

«Che importanza ha, ormai?» aveva ribattuto lui, con aria irritata.

«A me sí che importa! Sono stata sempre in pena per questo!»

A ripensarci, Mita si era comportato come un gatto pauroso, piú cercavi di avvicinarti e piú si allontanava. Anche volendo sapere cosa pensasse veramente, non si sbottonava mai.

«Insomma, ti sei invaghita di Obata?» aveva detto Mita a un certo punto, con fare distaccato. Aki era rimasta per un attimo col fiato sospeso. Avrebbe voluto ribattere qualcosa, ma non era riuscita ad articolare parola. Forse era proprio come diceva lui. Peccato però non fosse quello che avrebbe voluto sentirsi dire.

«Dài, fammi capire come ti senti tu, piuttosto che continuare a parlare di me!» se ne era uscita di nuovo, con le poche energie che le erano rimaste.

«Qualsiasi siano i miei sentimenti, sono i tuoi a essere cambiati. Ormai è finita, giusto?» aveva chiosato allora Mita in tono pacato.

Aki ne era rimasta prostrata. Lui era lontano. Nonostante fosse lí davanti ai suoi occhi, il suo spirito era distante. Dentro di lui, lei faceva ormai parte del passato.

Una lacrima le aveva rigato il volto. Stupito nel vederla, Mita aveva commentato: «Ti sembra il momento di piangere? Sei tu che hai detto di volerti mettere insieme a un altro! Sono io quello che viene mollato. Tu non dovresti essere triste. Vattene dall'uomo che ti piace tanto!»

«Sei arrabbiato con me?»

Quanto avrebbe desiderato che si infuriasse, che si mettesse a urlare, perfino che la picchiasse. Sarebbe stato meglio di quella gelida indifferenza.

«No. Sono solo infastidito dal dover parlare di questo in un posto del genere». La voce di Mita era calma e composta. «Ormai è inutile continuare, giusto?» aveva aggiunto, prendendo lo scontrino e dirigendosi verso la cassa. Aki era rimasta seduta sul divanetto, incapace di alzarsi in piedi.

Il palazzo dove abitavano era caratterizzato da una copertura esterna di piastrelle in cotto, che gli conferivano un certo calore. La proprietà era circondata da un'inferriata nera in stile rétro. Le pareti dell'atrio d'ingresso erano arancioni, e per far entrare la luce erano state utilizzate delle finestre fisse a vetrata. Anche la porta dell'ascensore era in stile vintage, con dei vetri trasparenti. Il loro appartamento si trovava al terzo piano, sulla destra in fondo al corridoio cui si accedeva uscendo dall'ascensore.

Aki aprí la porta ed entrò. All'interno aleggiava un'aria fredda. Lei si diresse subito verso il soggiorno. Sul tavolo era poggiata una tazza ancora mezza piena di caffè e c'era un giornale buttato sul pavimento. Probabilmente Nobumitsu quella mattina era uscito di corsa. Aki raccolse il giornale, lo ripiegò e lo infilò nel portariviste.

Nobumitsu diceva di aver voluto affrettare il matrimonio, in quanto sapeva già di dover cambiare incarico e che sarebbe stato molto piú impegnato col lavoro.

«Dopo che tutto era andato cosí bene, avevo paura che non riuscissimo piú a vederci e che mi potessi mollare...» le aveva detto. Girava voce che anche un suo collega piú anziano, che per un periodo non era rientrato mai a casa preso dai preparativi per il lancio di una nuova rivista, tornandovi dopo diverso tempo, avesse scoperto che la moglie se n'era andata portandosi via ogni cosa. «Pare che casi del genere siano cosí frequenti in questo ambiente...» aveva aggiunto buttandola sullo scherzo. Ma in realtà, sotto sotto temeva che nel periodo in cui lui non sarebbe piú riuscito a vedersi con Aki a causa del lavoro, avrebbe potuto riaccendersi la fiamma della relazione che aveva avuto con Mita. Probabilmente aveva voluto tranquillizzarsi con il matrimonio. Aki allora aveva accettato, apprezzando la sua franchezza. Dopo le ferite lasciatele dalla separazione con Mita, si era sentita sollevata di fronte alla semplicità di quel rapporto. Trovava carino anche quel voler attirare la sua attenzione con ogni mezzo. La inteneriva, come un cagnolino che si avvicinasse sbattendo la coda. Aveva la sensazione che con Nobumitsu avrebbe potuto condurre una vita gioiosa e felice. Per Mita provava una specie di adorazione, ma erano molti i momenti in cui non capiva assolutamente che cosa pensasse. Anche se la cosa in fondo la eccitava.

Con Nobumitsu rideva o si arrabbiava sempre per le stesse cose. Si trovava a suo agio, come se stesse insieme a un vecchio amico dei tempi della scuola. Per un partner con cui trascorrere la vita forse era la caratteristica piú adatta.

Tuttavia, i ritmi di lavoro di lui si erano rivelati piú intensi del previsto. Le aveva assicurato che non avrebbe fatto come quel suo collega il cui matrimonio era naufragato, che sarebbe rientrato a casa comunque, anche facendo molto tardi. In effetti in parte era stato cosí. Nonostante alla casa editrice pareva fossero molti quelli che si fermavano a dormire lí, quello di Nobumitsu, che rientrava anche quando si era fatta quasi mattina, era forse da considerare un grande sforzo. Peccato però che i loro orari ormai non si incastrassero piú.

All'inizio anche Aki si alzava alla stessa ora e la sera

aspettava il suo ritorno. Oppure andava a dormire prima, e quando lui rientrava si alzava di nuovo per fargli compagnia. Si erano appena sposati e pensava di dover dedicare almeno un po' di tempo alle conversazioni tra marito e moglie. Ma ben presto Nobumitsu le aveva confessato che immaginarla sveglia tutto il tempo ad aspettarlo gli creava, al contrario, una pressione psicologica. Non sopportava di dover lavorare tenendo sempre un occhio sull'orologio, ed era anche preoccupato che Aki si potesse rovinare la salute per causa sua. Cosí lei aveva iniziato ad andarsene a dormire senza far caso al suo rientro.

E cosí la sera andava a letto prima e la mattina si preparava per andare al lavoro guardando lui che dormiva. Quando faceva il turno pomeridiano a volte capitava che avessero un po' di margine per chiacchierare, ma normalmente conducevano una vita a orari differenziati. Durante il fine settimana, per Nobumitsu era raro avere un'intera giornata libera e pur rimanendo a casa, la maggior parte del tempo la passava a dormire. La comunicazione tra di loro si era ridotta ai minimi termini e per Aki la cosa era frustrante. Piú che una coppia sposata, sembravano dei coinquilini.

Anche se il loro rapporto era recente, Aki era convinta di poterlo rendere piú profondo dedicandovi maggior tempo. Peccato che non riuscissero a vedersi molto piú di quando non erano ancora sposati. Anzi, le occasioni andavano assottigliandosi. Nobumitsu sosteneva che se avesse finalmente terminato gli impegni per il lancio della nuova rivista la situazione si sarebbe normalizzata, ma lei si chiedeva se fosse stato il caso di credergli.

Aki si abbandonò sul divano. Era giusto continuare cosí? Si potevano davvero considerare una coppia sposata, nonostante la quasi inesistente frequentazione?

Se almeno avesse trovato piacevole il proprio lavoro la

cosa l'avrebbe un po' distratta, ma la situazione lí non era certo l'ideale. Mentre proseguivano le abituali vessazioni da parte dei colleghi, sembrava che ogni sua iniziativa fosse ostacolata. E quando Nishioka Riko avrebbe assunto il nuovo incarico, le cose sarebbero andate peggiorando. Forse era il momento di pensare a trasferirsi in un'altra libreria.

Tuttavia, alla Pegasus ci era entrata grazie alle conoscenze di suo padre e a meno che non ci fossero delle ragioni valide ed evidenti, difficilmente le avrebbero concesso il trasferimento. Era tutto cosí complicato... Si sentiva ormai in un vicolo cieco.

Piú ci pensava, piú si deprimeva.

Aki si mise a faccia in giú sul divano e socchiuse gli occhi.

12.

L'ultima settimana di settembre, Riko aveva ricevuto l'incarico di direttrice. Quella mattina, Nojima l'aveva convocata in sala riunioni e le aveva letto il comunicato. Sarebbe stata ufficialmente promossa dal primo di ottobre.

«Sei il primo direttore donna in una libreria della Pegasus Shobō. Mi raccomando, fatti onore!» le disse Nojima, nel suo solito tono pacifico.

«Ti ringrazio...» rispose Riko, ma in cuor suo era chiaramente agitata. Aveva lavorato lí part time per cinque anni, e poi per altri quindici come regolare dipendente. Non aveva mai aspirato a fare carriera ma in fondo quella promozione era un riconoscimento per tutto quello che aveva fatto fino ad allora, e poi le avrebbero aumentato lo stipendio. Inoltre, proprio considerando il suo percorso all'interno della libreria, per una volta avrebbe potuto provare ad averne il pieno controllo. Desiderava vedere cosa sarebbe davvero riuscita a fare.

Finalmente ci era arrivata. E da allora in avanti avrebbe avuto la possibilità di operare su un livello inedito e ancora piú elevato. Sembrava che la sensazione di disagio in cui era sprofondata di recente si fosse dissolta. Pensava di poter affrontare il lavoro da una nuova prospettiva, con un diverso stato d'animo.

«Bene, allora nella riunione mattutina lo comunicherò a tutti quanti».

«Sí, la prego di farlo...» rispose Riko con un inchino. In contemporanea alla promozione di Riko, era stato deciso anche il trasferimento di Nojima al dipartimento informatico della sede centrale. Riko era sempre stata in quella libreria, da quando aveva iniziato a lavorare. Si è chiesta quanti direttori si fossero avvicendati da allora. Alcuni erano persone splendide, ma altri li aveva detestati. Nojima lo considerava uno piuttosto bravo.

Chissà se lei stessa sarebbe stata in grado di diventare una brava direttrice, una che tutti avrebbero apprezzato. Quella sarebbe diventata la sua sfida da allora in avanti.

– Congratulazioni!

Ozaki Shiho propose un brindisi, e tutti fecero tintinnare i bicchieri. Qualche giorno dopo l'annuncio della promozione di Riko, era stato organizzato un piccolo festeggiamento al *Momokichi*, un ritrovo che tutti conoscevano bene. Oltre a lei, erano presenti cinque delle ragazze che lavoravano direttamente alle sue dipendenze e con le quali era piú affiatata. A Kichijōji erano molti i locali un po' pretenziosi ma al *Momokichi* si mangiava bene pur essendo economico. Era aperto fino a mezzanotte, e dunque comodo per andarci al ritorno dal lavoro. Insomma, per Riko e le altre, che badavano piú alla sostanza che all'apparenza, era il posto ideale.

– Grazie...

– Scusi, possiamo ordinare?

Cosce di pollo alla griglia aromatizzate all'aglio e alle spezie, cartilagini fritte, *menchi katsu* di maiale, insalata mista, tartare di *umeboshi* con cetrioli e zenzero *myōga*... Gli ordini si susseguivano. Per chi lavorava in libreria la condizione fisica era determinante, e le ragazze radunatesi quella sera non si tiravano certo indietro quanto a mangiare e a bere.

– È la prima donna a essere promossa direttrice di libreria, vero? È come una stella polare per le nostre aspirazioni! – se ne uscí a un certo punto Ozaki, rivolta a Riko.

– Cosí la nostra libreria continuerà a migliorare, sotto la sua direzione! – si uní al coro Yamane Shōko. Pur consapevole che si trattava di commenti adulatori, a Riko non davano fastidio.

– A proposito, ma visto che lei è stata promossa direttrice, chi diventerà responsabile del secondo piano? – le chiese Ozaki con aria preoccupata. Prendendo la palla al balzo, Yamane aggiunse: – Non è possibile che lo diventi Ozaki, vero, visto che non è una dipendente fissa? E quindi? Forse Obata?

I dipendenti assunti con contratto a tempo indeterminato erano tre, oltre a Riko: Tsujii, che era responsabile del terzo piano, Hatakeda, che lo era del quarto, e infine Obata Aki. Fino ad allora era stata Riko ad assumere quell'incarico, ma era difficile che potesse conservarlo dopo essere stata promossa a direttrice. Normalmente avrebbe dovuto far subentrare Aki al suo posto, l'unica altra dipendente fissa.

– Obata non ha ancora abbastanza esperienza per assumersi una simile responsabilità. Chiederò il trasferimento di qualcuno da un'altra sede, oppure lo farò fare a Hatakeda, – rispose Riko, dopo aver visto la faccia preoccupata di Ozaki. Nel sentirlo, quest'ultima parve sollevata. Ozaki odiava Aki, e per lei sarebbe stata una catastrofe se fosse diventata responsabile del secondo piano e avesse dovuto lavorare alle sue dipendenze. Ma Riko stessa, che si era spesa cosí tanto per il successo di quel piano di vendita, non aveva alcuna intenzione di affidarlo ad Aki.

Nel frattempo erano state servite le pietanze ordinate. Distribuiti i piatti e le bacchette, cominciarono a dividersi il cibo e per un po' la conversazione si interruppe. Ma appena tutte ebbero avuto la loro parte, Yamane tornò immediatamente a rinfervorare gli animi.

– A proposito, chi sarà vicedirettore? Non mi pare ci sia stato nessun annuncio in merito...

– Infatti, non so cosa stia bollendo in pentola... – Anche Riko era un po' preoccupata. Di solito la nomina veniva comunicata insieme a quella di direttore, ma stavolta si era parlato solo del suo nuovo incarico e di quello di Nojima. – Lo chiederò, oltre alle promozioni per i dipendenti con contratto transitorio.

A quelle parole Ozaki si fece rossa in volto, e non a causa dell'alcol. Si diceva che a ottenere eventualmente un passaggio di categoria tra quei ranghi avrebbero potuto essere lei o Mita Takahiko. Tuttavia il discorso dell'avanzamento di grado per i dipendenti a contratto era rimasto in sospeso da diversi anni. E proprio in un momento in cui, dopo il trasferimento di Nojima, il numero dei dipendenti fissi era diventato ancora piú esiguo, Riko sperava che uno dei due, o magari tutti e due, potessero essere inseriti definitivamente nell'organigramma aziendale.

– Dalla direzione centrale nessuna notizia in proposito? – chiese allora Yamane, con l'aria di essere particolarmente interessata.

– Già. Pare che per certe questioni si faranno sentire piú avanti...

Riko aveva già iniziato il passaggio di consegne con Nojima. Gli aveva chiesto lumi anche riguardo alla nuova inquadratura del personale, ma lui aveva continuato a insistere perché trattasse le questioni piú specifiche direttamente con la sede centrale dopo essersi insediata come direttrice. In quel periodo Nojima passava quasi tutti i giorni al quartier generale e forse aveva captato anche qualche indiscrezione in merito alla gestione del personale, ma non aveva mostrato alcuna intenzione di parlarne con Riko. E questo a lei, sentendosi in qualche modo coinvolta, aveva trasmesso una certa inquietudine.

– Be', comunque pare che domani si farà vedere Yamada dalla sede centrale, e immagino che potrò discutere con lui di tante cose...

Oltretutto l'atteggiamento di Nojima nei suoi confronti, dopo che gli era stato comunicato in modo ufficiale il trasferimento, si era fatto stranamente freddo e distaccato. E cosí era successo anche da parte di Tsujii e Hatakeda. Dovevano di sicuro essersi parlati tra di loro. Negli ultimi tempi non veniva piú invitata quando la sera uscivano insieme a bere. In precedenza ogni mese si ritrovavano puntualmente una o due volte per quelle che chiamavano «riunioni dei responsabili di piano», dove si discuteva di lavoro mangiando e bevendo in qualche locale. In tali occasioni si parlava della gestione della libreria e si facevano commenti su questo o quel dipendente. Era anche un modo per scambiarsi amichevolmente informazioni.

Ma come mai non la invitavano piú? Eppure lei stava per diventare direttrice, ed era proprio quello il momento in cui avrebbe avuto piú bisogno della loro collaborazione. Quel giorno pareva che Ozaki, che aveva fatto un po' da organizzatrice, avesse chiesto anche a loro di unirsi ma che avessero rifiutato adducendo il pretesto degli eccessivi impegni di lavoro. Anche questo fatto aveva messo Riko in agitazione.

– Vuole un'altra birra? – le chiese subito Ozaki, quando vide che aveva il bicchiere vuoto.

– Sí, grazie... – rispose, e l'altra la ordinò subito al cameriere.

– Sarebbe bello se promuovessero anche te! – disse allora Yamane, guardando in direzione di Ozaki. Riko in realtà non aveva fatto nomi per caldeggiare la promozione a dipendente fisso, ma tutti credevano tacitamente che si trattasse di Ozaki.

– Ma dài, finiscila! – reagí quest'ultima, dandole una leggera pacca con la mano.

– Sí, davvero, – convenne anche Riko, sorridendo. Per lei non importava che si trattasse di Ozaki o di Mita, ma avrebbe comunque voluto che venisse promosso qualcuno che diventasse suo alleato, o magari di piú, anche il suo braccio destro. Quella era la sua speranza.

Versato il caffè nella tazza, attese che l'acqua bollisse. Pensò che poi si sarebbe comprata una barretta energetica o qualcosa di simile a un chiosco. Quel giorno si era svegliata tardi. La sera prima c'era stato il festeggiamento anticipato per la sua promozione e alla fine aveva bevuto troppo. Sembrava avvertire ancora un po' i fumi dell'alcol.

Ma era il suo primo giorno da direttrice e non poteva arrivare in ritardo. E poi alle undici sarebbe arrivato un funzionario dal quartier generale della casa editrice, proprietaria della libreria. Doveva parlargli della carica di vicedirettore, della possibile promozione dei dipendenti con contratto a tempo determinato e di altro ancora; insomma, bisognava rimboccarsi le maniche.

Di solito era il padre a darle una voce quando si faceva tardi, ma pareva che quella mattina anche lui avesse dormito oltre l'orario consueto della sveglia. Il giorno prima era uscito con i suoi vecchi colleghi, cosa per lui insolita, ed erano andati a fare un'escursione da qualche parte, a Ōme o al monte Takao. Che uscisse e facesse un po' di moto era una cosa positiva, ma la sera quando l'aveva visto a casa aveva una faccia molto stanca. Di recente le aveva detto di avere la pressione alta, e quindi probabilmente aveva esagerato con lo sforzo.

Riko avrebbe voluto lasciargli la cena pronta da scaldare ma non aveva tutto quel tempo. Si mise un foulard intorno al collo e finí di vestirsi in gran fretta. Bevve il caffè tutto d'un sorso, nero com'era. – Allora vado! – esclamò rivolta in direzione della stanza del padre, al piano superiore sopra le scale. – Oggi faccio il primo turno, sarò di ritorno entro sera!

Dall'alto si sentí provenire un mormorio incomprensibile, e Riko fece un sobbalzo. Ma che razza di voce era? Davvero quella di suo padre?

– Che c'è, papà? – gridò affannata, risalendo di corsa le scale. – Papà!

Aperta la porta della stanza, le mancò il respiro. Il padre era riverso sul futon a faccia in giú, con lo sguardo appena rivolto nella sua direzione. Probabilmente stava per cambiarsi, della giacca del pigiama si era sfilato solo una manica.

– Ra... Ri... Riko! – riuscí a malapena a dire alla fine con grande sofferenza, come se non riuscisse ad articolare le parole.

– Papà! – si lanciò di corsa al suo fianco, abbracciandolo. – Che ti è successo? Stai bene?

– Non... non... – Erano stati gli unici suoni prodotti, anche se pareva volerle comunicare a tutti i costi qualcosa. Ma il corpo non si muoveva, come se fosse paralizzato.

– Che c'è? Cosa vuoi dirmi?

Riko gli prese la mano. Gliela strinse forte, ma lui non riuscí a ricambiare. Sembrava gli mancassero del tutto le forze.

– Non... non riesco a muovermi! – disse solo alla fine, come raccogliendo disperatamente le ultime energie rimastegli.

– Cosa devo fare? Dimmi cosa devo fare!

Riko era in stato di shock. La testa le si era improvvisamente svuotata, e non sapeva come comportarsi.

– Do... ta... – farfugliò il padre.

– *Dota*, che significa?

– mi... clinica...

– Ah, il dottor Takami, della clinica?

Il padre non rispose, ma fece un'espressione sollevata.

Il dottor Takami era il suo medico curante. Lo seguiva ormai da piú di trent'anni, era gentile e disponibile e, quando aveva qualcosa, il padre di Riko si rivolgeva a lui. Era specializzato in chirurgia, ma anche se si trattava di influenza, di mal di stomaco o di altri sintomi per cui normalmente avrebbe dovuto farsi visitare da un internista, la maggior parte delle volte il padre si affidava al dottor Takami. Ripensandoci, doveva esserci andato anche un paio di giorni prima per farsi dare delle pasticche per la pressione.

– Ora gli telefono!

Riko scese di corsa avvicinandosi al telefono e cercò il numero nella rubrica. Il padre era un tipo piuttosto preciso e i recapiti delle persone con cui aveva dei rapporti vi erano puntualmente riportati. Vicino al dottor Takami, oltre al numero della clinica era segnato anche quello di casa.

Per sua fortuna il medico le rispose subito. Riko gli descrisse in breve le condizioni del padre, al che si sentí rispondere: – Chiami immediatamente l'ambulanza. Credo ci sia un problema ai vasi sanguigni del cervello...

– Ehhh... – Un problema ai vasi sanguigni del cervello poteva significare ischemia, ictus, emorragia cerebrale o subaracnoidea... Alla mente di Riko si affacciò una sfilza di termini inquietanti.

Erano tutte patologie che mettevano il paziente in pericolo di vita. E anche in caso di guarigione, potevano permanere effetti come una paralisi parziale, perdita di memoria o altro. Lei non riusciva a distogliere il pensiero da simili immagini catastrofiche. Se fosse successo a suo padre...

– L'altro giorno, quando è venuto qui, gli ho misurato la pressione e aveva piú di centosessanta di massima. Gli avevo consigliato di fare un po' di attenzione... – continuò il dottor Takami. Una volta tornata in sé, Riko rispose: – Ho capito, chiamo subito l'ambulanza... – La voce le tremava.

– Ti ricordi il numero? Prova a dirmelo!

– Dunque, ecco...

Per un attimo si sentí presa in giro e invece non riusciva davvero a ricordarlo. Cos'era, il 110? Oppure quello era della polizia?

– È il 119. Non farti prendere dal panico, calmati e poi chiama!

Anche lei lo conosceva da quando era bambina. Probabilmente il medico aveva capito dal tono di voce quanto fosse agitata. Riko riattaccò dopo averlo ringraziato.

Salito in ambulanza gli venne subito praticata un'iniezione. Il padre sudava copiosamente ed era preda dei conati di vomito. Quella mattina, non essendosi alzato, aveva lo stomaco vuoto, e perciò emise soltanto dei succhi gastrici giallastri. Una volta giunti in ospedale, venne portato con la barella in astanteria, dove gli applicarono una flebo al braccio. Un medico fece una breve spiegazione a Riko, dicendole di rimanere in attesa finché non avessero ultimato i preparativi per eseguire la Tac.

– Papà, tutto bene?

Lui non rispose, ma si girò verso di lei e stese leggermente le ginocchia. Riko provò un certo sollievo, pareva che avesse ripreso a muoversi.

– Mi scusi, vado un attimo a telefonare in ufficio, – disse all'infermiera che se ne stava occupando, e uscí dalla stanza. Essendosi precipitata fuori di casa in gran fretta, aveva dimenticato il cellulare, cosí chiamò da un telefono pubblico davanti al banco informazioni. Erano già passate le nove, l'orario in cui chi faceva il primo turno era ormai al lavoro. Dopo qualche squillo, qualcuno rispose: – Sí, è la Pegasus Shobō...

Dalla voce capí che si trattava di Aki Obata, la persona con cui non avrebbe voluto parlare.

– Sono Nishioka. C'è Tsujii, o Hatakeda?

– Hatakeda è nei reparti di vendita, vuole che glielo passi?

– Sí, per favore.

Dopo un po' il collega le rispose.

– Hatakeda, scusa per il ritardo. Stamattina mio padre si è sentito improvvisamente male e ho dovuto chiamare l'ambulanza. Ora sono ancora in ospedale...

– Oh, che guaio, mi dispiace! Di cosa si tratta? – chiese lui nel suo solito tono monocorde.

– Ancora non si è capito. Sospettavano si trattasse di un ictus ma poi ha cominciato a muoversi e dicono che forse non è degenerato fino a quel punto. Comunque, pare che nel giro di ventiquattr'ore si possa chiarire meglio la situazione.

– Mi dispiace tanto. Quindi oggi non vieni?

– Esatto. Sono cosí in imbarazzo, avrebbe dovuto essere il mio primo giorno da direttrice...

– Ma è un caso di emergenza, che ci vuoi fare!

– Vi richiamo terminati gli accertamenti, ma credo ci vorrà del tempo.

– Ah, alle undici dovrebbe venire il funzionario dalla sede centrale, vero? Come facciamo?

– Scusa se lo chiedo a te, ma potresti telefonare a

Yamada, il direttore del personale, e chiedergli se è possibile rimandare? Qui con me non ho il recapito e sono uscita senza cellulare...

– Ho capito. Ma se l'incaricato fosse già uscito?

– In quel caso, pazienza! Potresti scusarti e chiedere tu quali siano le questioni sul tavolo?

– Certo, lo farò.

– Allora richiamo piú tardi...

Dopo queste ultime parole Riko riattaccò. Per il momento aveva risolto. In realtà avrebbe voluto fare un discorso di insediamento durante la riunione del mattino, ma la rinuncia era stata inevitabile. I suoi pensieri erano tutti per la salute del padre. Sperava non ci fossero gravi conseguenze. Con quel peso nel cuore, si diresse nuovamente verso l'astanteria.

– Senti, senti, Aki... Mi è arrivata all'orecchio una voce incredibile! – Mentre stava riordinando le riviste uscite quel giorno, Mami le si avvicinò con aria esultante.

– E di cosa si tratterebbe? – replicò Aki, continuando nella sua operazione. Lo spazio espositivo per le riviste era limitato, e sistemare quelle nuove che uscivano quasi tutti i giorni era un'impresa ardua.

– Conosci Shibata, vero, quello della Hitotsuboshi Shuppan che di recente si è sposato con una sua sottoposta molto piú giovane che era rimasta incinta?

– Ma certo! Mi ha fatto un sacco di favori... – Era il vicedirettore del reparto commerciale della stessa casa editrice in cui lavorava il marito, e prima di sposarsi aveva sempre avuto molte attenzioni nei suoi riguardi.

– Be', che gli è successo?

Mentre rispondeva, Aki continuò a pensare a cosa lasciare in esposizione tra un'antologia di storie incentrate sull'eterno conflitto tra nuore e suocere e una rivista a target femminile con strisce ispirate alle favole. Erano entrambe piú o meno dello stesso spessore.

– Pare che Shibata, prima di sposarsi, avesse una relazione con Nishioka!

– Ehh! Nishioka, la nostra direttrice?

– Già, proprio lei! Che sorpresa, vero?

– Possibile?

Aki rimase talmente stupita da bloccarsi nei movimenti. Shibata e Nishioka. Era una combinazione a cui non aveva affatto pensato. Nessuno dei due aveva mai dato segni di reciproco coinvolgimento.

– Pare fosse un segreto. Ma alla fine sarebbe stata lei a essere scaricata... – aggiunse a sua volta Anna, che stava lí accanto, con aria compiaciuta.

– E da chi l'hai sentito? – chiese allora Aki con apparente nonchalance, mentre riprendeva il lavoro interrotto. Anche Mami e Anna, l'una di fianco all'altra, stavano riordinando le riviste.

– In rete c'è un thread che riguarda il mondo editoriale, l'ho letto lí. Pare che la voce stia circolando parecchio! Di recente la nostra direttrice è diventata piuttosto famosa...

– Ma è una storia vecchia, no?

– No, non cosí vecchia! Dicono che Shibata, anche se ha quella faccia da angioletto, tenesse il piede in due scarpe. E che Nishioka, quando ha scoperto la storia del «matrimonio riparatore», si sia decisamente infuriata. Pare che si sia messa addirittura a fare la stalker...

– La stalker? – Proprio Riko, che era cosí orgogliosa? Ad Aki sembrava impossibile.

– E questo sarebbe successo nel periodo in cui c'è stato il tuo matrimonio, capisci? Per questo lei avrebbe fatto quel casino al tuo ricevimento!

– Già, ecco perché in quei giorni sembrava cosí nervosa! Era stata scaricata da un uomo! – Anna si aggiunse al coro, ridendo sotto i baffi.

Ad Aki era apparso un episodio crudele. Essere scaricate dal partner perché faceva il doppio gioco e aveva una relazione con una ragazza giovane, per una donna orgogliosa come Riko doveva essere stata un'umiliazione. Di sicuro non avrebbe voluto che lo sapesse nessuno.

Ma proprio per questo, per chi amava spettegolare era un boccone prelibato. L'infelicità degli altri suonava come musica alle loro orecchie.

– Voi due, è meglio che non ne parliate troppo in giro! E poi, una cosa uscita in rete non si sa se sia vera o meno. Se lei venisse a sapere che siete voi a diffondere la voce, di sicuro ne sarebbe furiosa! – le ammoní Aki con aria seria.

– Ah, già, può darsi... – convenne Mami, con l'aria abbattuta di un bambino a cui avevano scoperto una marachella. Pareva si fosse attesa una reazione divertita da parte sua.

Peccato che ad Aki non fosse venuto affatto da ridere, anzi, l'aveva trovato molto sgradevole. Riko era il superiore che lei detestava, ma dileggiarla per una storia sentimentale le sembrava scorretto. Lei stessa era rimasta amareggiata per tutte le dicerie di cui era stata oggetto a proposito della relazione con Mita. E dunque non voleva fare lo stesso nei riguardi di qualcun altro, anche se si trattava di Nishioka Riko.

In quel momento, iniziò a diffondersi negli spazi espositivi una musichetta, segno che era ormai giunto l'orario di apertura.

– Uh, si è fatta ora!

– Appena in tempo! – commentò Aki, mettendo un ultimo volume su uno scaffale.

– Ah, vado a rimettere a posto questo... – Mami cominciò a spingere verso la zona degli uffici il carrello, che era rimasto in mezzo al corridoio.

– Benvenuto! – disse Anna rivolta al primo cliente della giornata, arrivato quasi contemporaneamente all'uscita di Mami. Era un ragazzo, in apparenza uno studente. Portava degli occhiali con una montatura argentata e un giubbotto sopra a una T-shirt di taglio semplice, che poteva aver comprato da Uniqlo. *Di nuovo lui...*, pensò Aki tra sé e sé. Si presentava in libreria una o due volte a settimana, e se ne stava tutto il tempo in piedi a leggere. Il suo obiettivo non erano i fumetti ma le *light novel.* Arrivava la mattina presto e rimaneva lí fino a sera.

– Be', allora vado in cassa... – disse Anna allontanandosi.

Anche Aki si avviò nella stessa direzione, pensando a come avesse dovuto iniziare la giornata ascoltando una storia sgradevole.

13.

– Che è successo a Nishioka? – chiese con voce seccata Watanabe Takayuki, il dirigente arrivato dalla sede centrale. Teneva il mento sporto in avanti, con fare supponente.

– Cosa le è successo? – ripeté Yamada Nobuo, il direttore del personale che gli stava accanto, anche lui con aria scocciata e il mento proteso.

I due si erano presentati lí alle undici come da programma, e una volta saputo dell'assenza di Riko si erano subito messi di cattivo umore.

– Pare che oggi non verrà, – rispose loro Hatakeda, in tono mortificato. Sapendo che dalla direzione sarebbe arrivato Watanabe, si erano preparati a dargli il benvenuto tutti e tre i dipendenti fissi della libreria, e cioè Hatakeda, Tsujii e Aki.

– E per quale motivo? Eppure dovrebbe essere il suo primo giorno da direttrice! Come è potuta mancare proprio oggi? Oltretutto, doveva sapere benissimo che sarei venuto. Non ha mandato nessun messaggio? – continuò a chiedere Watanabe, sempre piú irritato. Era una voce che al solo udirla un dipendente timoroso si sarebbe sentito rimpicciolire. Watanabe era il tipico dirigente odioso, di quelli che tenevano un basso profilo con i superiori e facevano la voce grossa con i sottoposti.

– Allora? – li incalzò Yamada come per mettergli pressione, ma a differenza dell'altro aveva una voce stridula, che non suonava affatto minacciosa.

– No, non ho sentito nulla. Tsujii, tu ne sai niente?

– No... Obata, a te ha detto qualcosa? – le chiese Tsujii, e Aki scosse la testa. Riko faceva di tutto per evitarla, perciò riteneva del tutto improbabile che si sarebbe affidata a lei anche per trasmettere un messaggio.

– Ma che diavolo sta combinando, Nishioka? È una cosa che succede spesso?

– Non proprio spesso, ma... – rispose Hatakeda, lasciando in sospeso la frase. Era come a voler significare che ogni tanto capitava.

– Ieri c'è stata una piccola festa anticipata per la promozione a direttrice, magari sarà un po' in ritardo... – suggerí Tsujii. Non si capiva bene se l'intenzione era quella di giustificarla o di metterla in cattiva luce.

– Uhm, avrà bevuto troppo? Che bella vita che fa la signora! – sibilò Watanabe. – L'avevo detto, che un direttore donna non avrebbe funzionato! Sono sfrontate e invadenti, non hanno il minimo senso di responsabilità!

– Proprio cosí! – convenne Yamada con ampi gesti di assenso, come a voler avallare senza riserve ciò che aveva detto l'altro. Lui era una specie di ombra di Watanabe. I due si muovevano sempre in coppia.

Né Tsujii né Hatakeda avevano profferito parola, ma erano sembrati sorridere sotto i baffi. Ad Aki parve che fossero compiaciuti della pessima figura che stava facendo Riko.

– A proposito, stamattina è arrivata una telefonata da parte di Nishioka. Ho risposto io e te l'ho passata, Hatakeda... Non ti ha detto nulla? – gli domandò Aki a muso duro. Si era indispettita per i commenti misogini di Watanabe, e le avevano dato fastidio anche i sorrisini di Hatakeda.

Quest'ultimo fece un'espressione apertamente contrariata. Appariva confuso, e per un attimo rimase senza parole; poi, come se se ne fosse improvvisamente ricordato, replicò: – Già, è vero! Stamattina mi aveva comunicato lei stessa che non sarebbe venuta. Ma sembrava agitata, la linea si è interrotta subito, e non mi ha spiegato i motivi...

Anche se fosse stato vero, si sarebbe comunque trattato di un'omissione da parte di Hatakeda, pensò Aki tra sé e sé, ma nessuno era sembrato dar peso alla cosa.

– Sembra proprio che sia stato per i postumi di una sbornia! – esclamò Watanabe in tono di disprezzo.

– Pare non ci sia altra spiegazione... – confermò anche Yamada. Pareva volessero mettere alla gogna Riko a tutti i costi.

– Ma se fosse cosí, credo che almeno quello sarebbe stata in grado di dirlo. Oggi avrebbe dovuto essere il suo primo giorno come direttrice e ci sarà di sicuro una ragione valida per non venire al lavoro. Che una scrupolosa come lei fosse talmente agitata da non riuscire a dire nemmeno i motivi dell'assenza, probabilmente significa che si è trovata in una situazione di estrema emergenza. Posso provare a chiamarla al cellulare... – propose Aki, cercando di mediare. Si chiedeva lei stessa con stupore come mai stesse cercando di difenderla. Le era venuto l'impulso di controbattere all'arroganza di Watanabe, che riteneva le donne inadatte a ricoprire ruoli direttivi.

A quelle parole, Hatakeda, con faccia compassata, si disse subito d'accordo: – Ma certo! È la cosa migliore...

Senza lasciare a Watanabe alcun margine per obiettare, Aki estrasse il proprio cellulare e compose il numero di Riko. Ma dopo alcuni squilli, era scattato il messaggio della segreteria telefonica. Stava per riprovare, ma Watanabe la bloccò.

– Basta cosí! Qualsiasi cosa sia successa, se non riesce a spiegare da sola almeno i motivi per cui non può venire al lavoro come direttrice è un fallimento. Diteglielo da parte mia, a Nishioka!

Pronunciate queste ultime parole, Watanabe si alzò con aria piccata dalla sedia.

– Vedete di riferirglielo, capito?

Ribadito il concetto con la sua voce stridula, anche Yamada si accodò a Watanabe.

– Insomma, non ti sembra una carognata? – disse Aki rivolta a Nobumitsu, che dopo tanto tempo era rientrato a casa presto. – Con il padre in quelle condizioni! Ci vuole davvero un bel coraggio a fare una cosa del genere a una persona in difficoltà che non sa nemmeno se il padre sopravvivrà! Ma che ha in mente Hatakeda? Chissà come si sentirebbe se lo facessero a lui, nel caso uno dei suoi genitori si sentisse male all'improvviso. Non ti pare?

Aki era sinceramente arrabbiata. Nel tardo pomeriggio in libreria era arrivata un'altra telefonata, ed erano risultati chiari i motivi per cui Riko non si era presentata al lavoro. Conoscevano tutti bene la sua situazione familiare, e il fatto che le fosse capitata una simile disavventura appena promossa a direttrice aveva mosso a compassione tutte le ragazze che lavoravano lí. Erano molte le single, e la salute dei genitori e la loro assistenza non erano certo argomenti cui fossero estranee.

Ma anche dopo averlo sentito, Hatakeda e Tsujii avevano continuato a far finta di nulla. Aki, che aveva ancora davanti agli occhi la scena con Watanabe, era ormai certa che avessero inscenato una commedia pur sapendo benissimo com'erano andate le cose.

– Sono strasicura che Hatakeda abbia fatto apposta a

fingere di essersi dimenticato della telefonata. Quando gliel'ho fatto presente, si è molto agitato.

– Uhuum... – replicò Nobumitsu, in tono poco coinvolto.

– E poi, anche quel Watanabe, della direzione, è davvero un tipo odioso. Ma chi si crede di essere? Si comporta con i sottoposti proprio come quelli che in realtà non valgono nulla. «Una donna non è in grado di fare la direttrice...» Ma in che secolo crede di vivere?

Nobumitsu ascoltava con aria annoiata, bevendo una birra, il monologo di Aki. Lei stava preparando la cena in cucina e quindi non se n'era accorta.

– Però sono tanti i tipi cosí! Ce ne sono dappertutto, di quegli idioti che appena fanno carriera credono di essere superiori a chiunque. E sono molti anche quelli che gli ronzano intorno, leccandogli il culo! – Alla fine Nobumitsu, mentre prendeva una fettina di cetriolo sottaceto con le bacchette, si era deciso a intervenire nella conversazione.

– Mah, sí, è vero, però...

– Insomma, il fatto che quella Nishioka sia stata promossa direttrice non gli dev'essere andato giú a quella combriccola, giusto?

– Ah, lo pensi anche tu?

– Ma certo! Non troveranno di sicuro piacevole avere una donna come superiore!

Nobumitsu l'aveva detto come se fosse una cosa ovvia.

– Già, immagino sia cosí. Però capisco uno anziano come Watanabe, ma Hatakeda e Tsujii hanno poco piú di trent'anni, perché una mentalità tanto ristretta?

Cosí dicendo, Aki serví a Nobumitsu un piatto con degli *shishamo* che aveva appena grigliato.

– Non c'entra l'età! La maggior parte degli uomini vede con fastidio il fatto che una donna li sopravanzi di ruolo. Forse se è molto piú anziana magari lo accettano piú facilmente, ma quando sono quasi coetanei non se ne fanno una ragione...

– Ehh, davvero? – chiese Aki di rimando, con una certa sorpresa nella voce. – E sei anche tu di quel parere?

– Non sono contrario ad avere una donna come superiore, ma se succedesse, penso comunque che incontrerei qualche difficoltà sul lavoro. Oltretutto, finora non ho mai avuto un'esperienza del genere... – rispose Nobumitsu, infilando le bacchette in uno degli *shishamo*, che erano il suo piatto preferito.

– Anche se fosse particolarmente brava nel lavoro? E di buon carattere?

– Non si tratta di questo! Come ti posso spiegare... Le donne hanno una mentalità un po' diversa dalla nostra, no? Per me si tratterebbe di porre maggiore attenzione a cose cui normalmente non faccio caso, insomma, mi risulterebbe piú faticoso! Non sarebbe una situazione di cui uno ha molti esempi intorno a sé, e quindi mi troverei spesso in difficoltà su come comportarmi... – replicò lui con nonchalance, mentre sgranocchiava uno dei piccoli pesci croccanti a partire dalla testa.

– Tu credi? – ribatté Aki poco convinta. – Ma il lavoro si basa sulle capacità professionali, no?

– Sí, in teoria si parla tanto di meritocrazia, di parità uomo-donna, ma è tutta apparenza! Anche da noi, di recente, il vicedirettore donna di una rivista femminile, che girava voce fosse sul punto di essere promossa, è stata declassata senza alcun valido motivo. Si dice che qualcuno di nascosto le abbia fatto le scarpe proprio perché era donna. Quando una fa carriera, si scatenano le gelosie. C'è chi non esita a diffondere apposta voci diffamatorie su di lei per screditarla. Io non approvo che si arrivi a tanto, ma...

A quelle parole, Aki si era improvvisamente ricordata

delle voci che circolavano su Riko a proposito della relazione con Shibata. Anche il fatto che fossero state diffuse su internet, forse costituiva un tentativo di denigrazione nei suoi confronti?

– Che storia disgustosa!

– Mah, in effetti... La mia casa editrice in questo periodo è anche in crisi, e si mormora addirittura di un possibile ridimensionamento, per cui credo che parlare male dei colleghi sia diventato ancora piú frequente e pesante, rispetto alle altre.

– Però personalmente non ho mai subito angherie da parte degli uomini. Anzi, sono le donne quelle piú odiose!

Mentre parlava, Aki mise in una ciotola il tofu freddo che aveva preparato e tritò finemente del cipollotto e dello zenzero.

– Ma quello è ovvio! Sul lavoro gli uomini non ti considerano una rivale, perché sei ancora giovane.

A quelle parole, che Nobumitsu aveva pronunciato in tono molto tranquillo, Aki era rimasta un po' interdetta. Dunque significava che alla libreria lei era considerata del tutto insignificante? Oppure che non veniva presa di mira solo perché non era in una posizione dirigenziale?

– Quindi se mi impegnassi a morte sul lavoro arrivando a minacciare le loro carriere, prima o poi farebbero le scarpe anche a me?

Esattamente come stava succedendo a Nishioka Riko.

– Be', forse sí. Quando appare all'orizzonte un rivale donna, anche uomini che fino ad allora erano stati in conflitto tra loro finiscono per coalizzarsi. È davvero una brutta bestia, l'invidia maschile! – rispose Nobumitsu, facendo poi un grosso sbadiglio.

Aki sembrava come scioccata.

In definitiva, anche lei era una donna, proprio come

Riko. Quello che era successo all'altra prima o poi, forse, sarebbe successo anche a lei stessa. Ebbe per la prima volta consapevolezza del legame che comunque loro due avevano.

– Quindi è per tutti cosí importante, la carriera?

– Be', insomma... Gli uomini sono esseri viventi che hanno già in origine l'istinto di combattere, e non gli piace perdere. Tra di loro ce ne sono di quelli che vogliono vincere a qualsiasi costo, anche ricorrendo a mezzi subdoli.

Mentre lo diceva, Nobumitsu afferrò il braccio di Aki, che si era avvicinata per porgergli la ciotola col tofu, e la attirò verso di sé con forza. Lei riuscí a malapena a poggiarla sul tavolo, quindi perse l'equilibrio e finí riversa tra le braccia di lui.

– Insomma, che t'importa? Tanto al momento la cosa non ti tocca. Piuttosto, perché non lasciamo perdere la cena e ci andiamo a distendere un po' nell'altra stanza? – le sussurrò Nobumitsu, tenendola abbracciata da dietro le spalle e baciandola sulla nuca. Il suo alito sapeva di pesce, e Aki fece una smorfia.

– Lascia perdere, non sono dell'umore. Non mi va proprio...

Aki si rimise in piedi liberandosi dalla stretta di Nobumitsu, e ritornò in cucina.

– Ma che c... – sibilò lui, con un lieve sospiro.

Quella sera, Riko era rimasta a dormire in ospedale. Dopo il loro arrivo con l'ambulanza, i medici le avevano spiegato che le ventiquattr'ore successive sarebbero state quelle cruciali.

«Se non ci sono stati sintomi inequivocabili fino a ora, non dovrebbe trattarsi di ictus, ma della fase precedente, un attacco ischemico transitorio. Tuttavia, non possiamo ancora esserne certi. In ogni caso, dobbiamo monitorare la situazione per ventiquattr'ore. Non credo ci sia pericolo di vita, ma se entro questo periodo si verificassero attacchi parossistici o paralisi, la cosa potrebbe andare per le lunghe».

Trovandosi il padre sotto completo controllo medico non c'era alcun bisogno di vegliarlo, ma pur sentendosi dire cosí Riko non aveva avuto cuore di tornare a casa. Si era fatta portare una brandina nella stanza e aveva dormito lí. Ma una volta sdraiatasi, in realtà non era riuscita a prendere sonno. Come si sarebbe evoluta la situazione?

Le era ben noto il termine «assistenza agli anziani», ma non aveva la minima idea che la questione avrebbe riguardato cosí presto anche lei. Il padre aveva sessantotto anni e fisicamente era in salute; quindi Riko aveva pensato che ancora per diverso tempo non ci sarebbero stati problemi.

In realtà, quella era una sua semplice speranza. Non voleva nemmeno immaginare che il padre potesse cadere malato da un momento all'altro, desiderava che continuasse a rimanere eternamente in salute.

Si chiedeva cosa sarebbe successo nel caso la paralisi si fosse rivelata irreversibile. Sarebbe riuscita a prendersi cura di lui pur continuando a lavorare? Era figlia unica, e avrebbe dovuto occuparsene lei inevitabilmente. Forse alla fine non le sarebbe rimasto altro che affidarlo a una residenza per anziani? Ma anche farlo entrare in una struttura del genere pareva non fosse affatto facile.

Le si erano riaffacciati alla mente i racconti sofferti sull'assistenza ai genitori sentiti da qualche amica, o articoli drammatici che aveva letto sui giornali in merito all'argomento.

Forse avrebbe dovuto usare una maggiore attenzione nei suoi riguardi? Ma comunque fosse, di tutti i momenti possibili, doveva sentirsi male proprio nel giorno in cui lei prendeva servizio come direttrice?

Chissà se la doveva considerare una punizione per essersi immersa troppo nel lavoro e aver trascurato il padre... E se si fosse sposata, le cose non sarebbero andate meglio? In un momento simile, avere qualcuno accanto con cui parlare le sarebbe stato almeno di conforto.

La sua testa era un vortice di pensieri, che la rendevano quanto mai lucida. Verso l'alba le era sembrato finalmente di potersi addormentare, ma poi si era resa conto che stava arrivando l'orario di misurazione mattutina della temperatura.

Avvertí un cigolio di ruote provenire dal corridoio.

– Buongiorno! – Una giovane infermiera aveva aperto la porta della stanza, salutandoli affabilmente.

– Buongiorno... – Anche Riko si era affrettata ad alzarsi dalla brandina. Non era in pigiama, indossava una tuta; dunque era presentabile, ma non voleva si pensasse che se ne stava tranquilla a dormire.

– Come si sente? – chiese l'infermiera avvicinandosi al letto.

– Buongiorno! – rispose il padre di Riko a tono.

– Oh, sembra che stia bene! Ha anche un bel colorito. Se è cosí siamo a cavallo...

Anche Riko si avvicinò al letto, scrutando la sua espressione.

– Tutto a posto?

– Sí... – le rispose brevemente lui.

Sembrava perfettamente lucido. Pareva anche che, pur con una certa goffaggine, riuscisse a muoversi.

– Dev'essersi trattato di un episodio temporaneo. Al momento non c'è alcun pericolo di vita. Se non subentreranno altre paralisi, potremo dimetterlo in una settimana, – disse sorridendo a Riko il medico di turno, passato in corsia dopo la colazione.

– Quando si potrà capire con certezza se rimarranno strascichi della paralisi?

– Piú tardi effettueremo degli esami, ma a vederlo ora sembra che si muova; probabilmente credo che per questa volta non ci saranno conseguenze.

A quelle parole del medico, Riko avvertí finalmente la tensione scivolare via. Era stata una fortuna. Se quella era la situazione, avrebbe potuto continuare con la vita di sempre ancora per un po'. Venne pervasa da una sensazione che non sapeva se definire di gratitudine o di sollievo, e trasse un profondo sospiro.

14.

Il pomeriggio stesso, Riko si recò al lavoro. Si era assentata proprio nel giorno del suo insediamento, e pensando che avrebbe dovuto almeno farsi vedere, dopo le tre lasciò l'ospedale. Ad attenderla c'era il resoconto da parte di Tsujii della visita di Watanabe il giorno precedente, che se n'era andato infuriato. Dopo aver capito che Hatakeda non aveva affatto gestito la situazione avrebbe voluto fargli le sue rimostranze, ma sfortunatamente quel giorno era di riposo. Piuttosto che cercare di mettere lui sotto torchio, pensò di telefonare prima alla sede centrale per scusarsi.

– Signor Watanabe, sono davvero desolata per ieri... – iniziò a dire quando l'altro rispose.

– E pensi che si risolva tutto con una telefonata? Se ti vuoi scusare vieni qui personalmente! – replicò secco lui, buttandole giú il telefono.

– Tipico di Watanabe... – sospirò Riko. Anche tra i dirigenti, lui era noto per i suoi atteggiamenti tirannici e il modo brusco di esprimersi. Si rese conto di come avesse urtato la suscettibilità proprio della persona meno indicata.

Eppure almeno in questo caso, trattandosi di un grave problema di salute del padre, avrebbe potuto mostrare un po' di comprensione. Mentre ci rifletteva, chiese poi a Tsujii, che le stava seduto di fronte: – Ho come l'impressione che Watanabe sia di pessimo umore. Ti dispiace se mi assento?

– Qui in libreria va tutto come al solito, non credo ci siano problemi...

– Allora faccio un salto alla sede centrale. Sembrava fuori di sé, vado subito a scusarmi.

– Magari gli saranno girate le scatole per qualcosa. Watanabe è un tipo lunatico, no?

– Già, in effetti... Spero sia cosí, comunque ci vado subito, – rispose Riko, iniziando a prepararsi.

Quando aprí la porta della direzione Affari generali, all'interno trovò una decina di persone che lavoravano in silenzio. Riko ebbe l'ulteriore conferma di come l'atmosfera di quella stanza fosse perennemente asettica, tanto da renderne imbarazzante l'ingresso. In fondo c'era la postazione del direttore, da dove si poteva avere una visione d'insieme; Watanabe stava parlando al telefono, poggiato allo schienale della sedia e con i piedi sul tavolo.

– Io sono Watanabe, e tu chi diavolo sei? – stava chiedendo bruscamente al suo interlocutore. La voce era l'unica a echeggiare nel silenzio della stanza. – Come sarebbe a dire, di dove? Non lo capisci, sono io! Il direttore Affari generali della Pegasus Shobō! – Pareva che la telefonata fosse indirizzata a una qualche ditta esterna. – Esattamente! Insomma, c'è Kamiya? Ah, è fuori? In trasferta? Allora niente da fare! Quando torna digli di chiamarmi. Sí, sí, basta questo...

Riattaccò bruscamente, quasi sbattendo la cornetta. Nel vederlo, Riko si era fatta tesa in volto. Al lavoro si raccomandava sempre con insistenza di chiudere le conversazioni telefoniche con gentilezza, e quindi aveva avuto una reazione istintiva. Come poteva esserci una tale differenza tra i comportamenti in libreria, dove si faceva attenzione anche al telefono a non dare una cattiva impressione all'interlocutore, e quelli alla direzione generale?

– Ah, sei arrivata! – esclamò Watanabe in tono ironico.

– Sono davvero desolata per ieri. In realtà mio padre si è sentito male all'improvviso... – iniziò a spiegare Riko, ma l'altro la interruppe all'istante.

– Non voglio sentire scuse! Vieni da questa parte! – le intimò, alzandosi in piedi e dirigendosi verso la porta. Poi si voltò indietro come se si fosse ricordato improvvisamente di qualcosa: – Yamada! – chiamò, facendo un cenno col mento. L'altro, che gli stava seduto a fianco nel posto piú vicino al suo, si alzò subito come se fosse rimasto in attesa, accodandosi. Anche Riko li seguí rassegnata.

– Mancare al lavoro proprio nel primo giorno da direttrice per i postumi di una sbornia mi pare davvero troppo! – esordí senza preamboli Watanabe, appena furono entrati in sala riunioni.

– Se mi permette, non si è trattato di postumi di sbornia. Ieri mattina mio padre si è sentito male in casa all'improvviso, e l'hanno trasportato in ospedale con l'ambulanza. Ci sono solo io in famiglia, quindi l'ho accompagnato e sono rimasta lí... – prese a giustificarsi Riko, ma Watanabe la fermò con un gesto della mano.

– Basta cosí, queste sono tutte faccende private! Il problema è che non ti sei presentata al lavoro senza nemmeno avvertire!

– Ma come? Ho telefonato dall'ospedale e riferito la situazione. Ho chiamato anche in direzione, chiedendo che mi facessero spostare l'appuntamento...

– A noi non risulta!

– Ha davvero avvertito?

Anche Yamada, che stava di fianco, si era inserito nella conversazione.

– Ma certo, ho parlato con Hatakeda. Erano passate da poco le nove e mezza.

– Hatakeda?

Watanabe e Yamada si scambiarono un'occhiata.

– Se non vi è stato detto, credo sia una sua mancanza, – puntualizzò Riko. Non avrebbe voluto dare la colpa a un suo sottoposto, ma trattandosi della verità era inevitabile.

– Quindi sarebbe stato Hatakeda a dimenticarsi di riferirlo?

– Esatto.

– Hatakeda ci ha detto che aveva ricevuto una chiamata da parte tua in cui dicevi solo che non ti saresti presentata al lavoro, tutto qui, e che non sapeva altro, – ribatté Yamada.

– Non è possibile! Gli ho telefonato dall'ospedale! – insisté Riko. – Perché ha dovuto tenerlo nascosto, nonostante fosse una ragione valida?

– Allora, il problema, piú che nell'omissione da parte di Hatakeda, sta nella sua incapacità di gestire i dipendenti! – se ne uscí allora Watanabe, con l'aria di quello a cui si è accesa di colpo una lampadina.

– Come?

– Là da voi i rapporti con i sottoposti non funzionano a dovere, giusto? Ecco perché i messaggi non arrivano a destinazione!

– Proprio cosí! Tu non piaci molto ai dipendenti, vero? – rincarò la dose Yamada, in perfetta sintonia con l'altro.

– Insomma… Ho appena assunto l'incarico di direttrice e per quanto riguarda la stima dei dipendenti…

Riko era rimasta spiazzata e confusa dalla piega imprevedibile che aveva preso il discorso. Si era resa conto che l'averla condotta lí in sala riunioni pareva non avere solo l'obiettivo di farla scusare per quanto era accaduto il giorno prima.

– Già da prima della nomina a direttrice, su di te giravano delle voci...

Watanabe aveva abbassato il tono di voce, come se volesse imprimere un senso di gravità a quello che stava per dire.

– Di cosa si tratta?

– Non credi di esserti messa un po' troppo in mostra? Ti avevamo dato il permesso di concedere un'intervista, ma l'intento non era quello di farti diventare una star dei mass media! Era solo per pubblicizzare la Pegasus Shobō. E come risultato, cosa salta fuori? Che ti pavoneggi come «libraia carismatica»!

Yamada aprí davanti a Riko la rivista che teneva in mano. Vi era pubblicata con grande rilievo una foto in cui era ritratta sorridente insieme all'autrice di *Finché un giorno non mi arriverà la tua voce*.

– Quella non è stata una mia idea! Sono stati quelli della Hitotsuboshi Shuppan a... – iniziò a controbattere Riko, ma Yamada, ignorandola, proseguí: – In realtà abbiamo ricevuto i commenti di tante persone convinte che tu abbia problemi caratteriali per rivestire l'incarico di direttrice...

– Ehh?

– «Troppo severa». «Moralista». «Emotiva, tratta in modo ingiusto i dipendenti che non le vanno a genio», – snocciolò Yamada in tono pacato.

– E questo chi l'ha detto? – domandò Riko, non riuscendo a contenere il tremolio nella voce. – Forse Obata Aki...

Era stato quello il nome ad affacciarsi di colpo nella sua mente.

– No, non è stata lei. Anche se pare che tu ti sia mostrata piuttosto esagitata nei suoi confronti. Dicono che vi siate addirittura accapigliate in libreria...

Nel tono di Yamada c'era uno strano compiacimento.

– Ma quello...

– Però non è stata lei a lamentarsi. Si vede proprio che è la nipote del presidente Kitamura! A segnalarci la cosa è stato un altro dipendente. Ha detto che non sopportava di vedere le vessazioni a cui è sottoposta da parte tua.

– Ma ci hanno detto anche molto altro. Che sei brava, ma poco flessibile. E che ti piace metterti in mostra –. Di fronte a quel tambureggiante elenco delle proprie mancanze, Riko impallidí. – Che non sei generosa con i dipendenti e che spacci come tue anche le loro proposte valide, – proseguí Yamada, senza curarsi del suo aspetto sofferente.

– Ma allora perché mi avete promossa a direttrice? Se c'erano tutti questi problemi, potevate evitare di sceglierе me, no? – ribatté Riko, colta da un impulso irresistibile. Per la sorpresa e l'umiliazione, si sentiva sul punto di scoppiare a piangere.

– Be', se fosse dipeso solo da noi, forse l'avremmo anche fatto... – chiosò a quel punto Watanabe, con aria di rimpianto.

– Ma al nostro presidente ogni tanto prendono delle fantasie... Ti ha visto su quella rivista, e se ne è uscito dicendo che forse non sarebbe stato male pensare a un direttore donna.

– Yamada! – Watanabe lo fulminò con lo sguardo, come se avesse appena detto una parola di troppo. L'altro si ritrasse immediatamente.

Dunque era cosí... La sua promozione era dovuta soltanto alla volontà del presidente. Riko ne veniva a conoscenza per la prima volta.

– Insomma, c'erano diversi pareri contrari in merito, ma alla fine il presidente si era espresso in quei termini, e poi si poteva fare un tentativo approfittando delle circostanze... Cosí è stata presa la decisione.

– Circostanze? Quali circostanze?

Watanabe si girò verso Yamada, e protese il mento come per far intendere che voleva lo dicesse lui. Con un cenno di intesa, l'altro si schiarí la voce e iniziò lentamente a parlare: – In realtà, a seguito della recente diminuzione dei profitti, abbiamo dovuto valutare l'eventuale ottimizzazione di alcune situazioni a livello aziendale. In tale contesto, si è considerata anche la chiusura di qualche libreria. E la prima a essere stata presa in considerazione in questo senso è quella dove lavori tu.

Riko era abbattuta. I discorsi che si era sentita fare in direzione le giravano vorticosamente in testa.

La libreria sarebbe stata chiusa nel giro di sei mesi. Lei avrebbe ricoperto l'incarico di direttrice in quel periodo transitorio. Era un vero shock, ma ancora piú sconvolgente era l'essere considerata inadatta per la nuova posizione, e che questo venisse dato per scontato ancor prima del suo insediamento. E che, oltretutto, tale convinzione della dirigenza fosse originata dalle accuse di qualcuno che lavorava nella libreria stessa.

Chi mai aveva potuto farlo? Era davvero cosí odiata? E pareva anche che non si trattasse di una o due persone. Il fatto che Yamada, il direttore del personale, non avesse voluto fare i nomi le creava una crescente inquietudine. Chi erano i suoi nemici? Hatakeda, che aveva volutamente omesso il suo messaggio a Watanabe, doveva esserlo di sicuro. Ma oltre a lui? Forse anche Tsujii, che con Hatakeda andava cosí d'accordo? Inoltre, Yamada lo aveva negato, ma anche Obata Aki era sospetta. Ma di quel passo, avrebbe allora dovuto considerare l'intero personale come ostile?

Senza rendersene conto, era tornata in libreria. Aveva pensato di recarsi di nuovo in ospedale e invece pareva che inconsapevolmente avesse mosso i suoi passi in quella direzione.

– Signora Nishioka, va tutto bene? È pallida in viso! – le disse Ozaki incrociandola, con aria preoccupata. – Sarà esausta di dover assistere suo padre?

– Grazie. Forse è cosí... – rispose lei, accennando un sorriso. Quelle attenzioni le facevano anche piacere, ma in quel momento non voleva parlare. Chi erano i suoi nemici? Anche Ozaki, era davvero una sua alleata?

Riko salí al quarto piano ed entrò in ufficio. C'era solo Mita Takahiko, che stava controllando qualcosa al computer. Si sedette al suo posto in fondo alla stanza. Lui continuò a digitare, senza farci troppo caso. D'improvviso venne assalita dall'impulso di parlargli. Mita era un tipo serio, appassionato del suo lavoro. Pareva che occuparsi di libri fosse la sua unica gioia e non si sarebbe mai coalizzato con qualcun altro per spettegolare. Con tutta probabilità non avrebbe mai fatto fronte comune con Hatakeda e Tsujii per scalzarla dalla sua posizione. Se sapeva qualcosa, gliel'avrebbe riferito senza problemi.

Avendo terminato la sua ricerca, Mita si alzò dalla sedia e fece per uscire dalla stanza.

– Mita... – lo richiamò da dietro Riko, con voce rauca.

– Sí, che c'è? – rispose lui, avvicinandosi.

– Ecco, c'è qualcosa che vorrei chiederti...

Mita fece una faccia insospettita, e Riko ebbe un attimo di esitazione.

– Senti, c'è nessuno che a proposito di me... abbia detto che il mio atteggiamento crea problemi, o cose del genere?

– Di cosa sta parlando, in particolare?

Visto che Mita sembrava tranquillo, Riko decise di dirgli senza esitazione tutta la verità.

– Che rimanga fra me e te, ma pare che qualcuno si sia

lamentato con la direzione del personale per questioni relative a miei comportamenti. E che sostenga che non sia adatta a ricoprire la posizione di direttrice. Mi hanno riferito soltanto che si tratta di piú persone, ma non hanno voluto fare i nomi. La cosa mi preoccupa...

– Vuol dire che la direzione del personale prenderà dei provvedimenti nei suoi confronti?

Mita si avvicinò ulteriormente, sedendosi accanto a lei e facendo in modo di guardarla dritta in faccia.

– No, non si tratta di questo... – Riko evitò di approfondire il discorso, ma ora che le avevano comunicato che la sua posizione di direttrice era transitoria, la promozione stessa le appariva come una punizione. – Me l'hanno riferito come ammonimento, ma personalmente la cosa mi colpisce. Non avrei mai pensato di sentirmi rivolgere accuse simili!

Riko gli aveva parlato con molta franchezza, perché si fidava di lui. Conosceva Mita da quando era entrato a lavorare in libreria e da allora gli aveva insegnato diverse cose. Lo aveva seguito nella sua crescita professionale, convinta che potesse diventare un eccellente libraio. E dunque, anche una volta messo al corrente della situazione, probabilmente non ne avrebbe approfittato per parlarle alle spalle o usare la cosa per qualche macchinazione contro di lei.

– Me ne potresti parlare, se sapessi qualcosa?

– Pensandoci bene... – cominciò a dire Mita, come se avesse avuto un'improvvisa illuminazione. – Circa un mese fa, il direttore, cioè Nojima, mi ha fatto una domanda. Mi ha chiesto se pensassi che lei fosse adatta a ricoprire il ruolo di direttrice. E pare che la stessa domanda l'abbia fatta non solo a me, ma anche a diverse altre persone.

– E tu cos'hai risposto?

– Io... Che dal punto di vista professionale lei era molto capace, ma che forse era un po' emotiva. E che non mi sembrava corretto farsi influenzare sul lavoro dalle proprie simpatie o antipatie personali.

Mita aveva parlato lentamente quasi scandendo le parole una per una, come se volesse controllare le reazioni del suo interlocutore. Riko non era riuscita a nascondere il proprio sconcerto. Non avrebbe mai immaginato che Mita avesse una tale opinione di lei.

– E... perché?

– Mi deve scusare, ma a me non piaceva l'atteggiamento che avevano tutti nei confronti di Aki, cioè, di Obata. E mi pareva che fosse proprio lei a istigarlo.

Mita sembrava finalmente pacificato. Forse avrebbe voluto dirglielo da tanto tempo.

– Ma era perché si comportava in modo troppo superficiale... Nonostante i trascorsi che aveva con te...

Che Mita le dicesse una cosa del genere, poi! Pensava dovesse essere senza alcun dubbio lui la persona piú risentita per il voltafaccia di Aki, e non avrebbe mai immaginato che potesse prendere invece le sue parti.

– Non c'entra nulla! – Lo sguardo di Mita si era fatto tagliente. – Qualunque cosa ci sia stata tra me e Aki, rimane un problema esclusivamente nostro. Gli altri non hanno alcun diritto di sputare sentenze. Sia io che lei svolgevamo i nostri incarichi con efficienza. Non trova strano che nonostante questo uno venga criticato sul lavoro per quello che fa nella vita privata?

– Il fatto è che il suo atteggiamento ha creato un certo scompiglio... – cercò di insistere Riko, ma Mita la interruppe.

– Scompiglio, dice? – ribatté con una smorfia a quelle parole, in una specie di sorriso di scherno. – A mio modo di vedere, a creare scompiglio in libreria è stata lei, invece!

Ha avuto chiaramente una reazione emotiva nei confronti di Aki. Non si trattava di questioni che coinvolgevano me, lei la odiava, vero? E non solo lei, eravate tutte gelose di Aki. Perché è giovane, bella e fortunata! – proseguí Mita, come se le parole gli uscissero in un flusso inarrestabile. Riko rimase attonita. Era da tanto tempo che lo conosceva, ma era la prima volta che lo vedeva, lui sempre calmo e compassato, sfogare cosí apertamente le proprie emozioni. – Io detestavo il fatto che tutti si prendessero la libertà di dirmi questo o quest'altro. Volevo solo che mi lasciassero in pace. Sostenevano tutti che Aki non era la ragazza adatta a me, ma in realtà ero io a non esserlo. Ho un carattere difficile, e qui dentro non sono nemmeno un dipendente fisso...

Riko trasalí, piú per la cupezza che esprimeva lo sguardo di Mita che non per le sue parole. Era tornata col pensiero a sette anni addietro. Lui si era presentato per la prima volta in libreria dopo aver letto l'annuncio con cui si cercava del personale part time. In effetti anche allora aveva uno sguardo cupo. Con una voce sussurrata e interiorizzata, aveva illustrato le proprie motivazioni. Non si trovava bene all'università in cui era entrato, e aveva smesso di frequentare. Quindi si era praticamente rinchiuso in casa, immergendosi esclusivamente nella lettura. Alla fine era stato espulso e i genitori, stanchi di vederlo cosí, gli avevano detto di cercarsi almeno un impiego provvisorio. Si era presentato lí pensando che la sua passione per i libri sarebbe stata sufficiente.

A essere sinceri, Riko non avrebbe voluto assumerlo. Ma all'epoca l'economia era in un momento di relativa prosperità e non erano molti quelli che desideravano lavorare part time in una libreria, dove la paga oraria era bassa. Cosí era stato preso un po' per ripiego.

Tuttavia, pareva che quel lavoro gli si addicesse. Ben presto aveva migliorato il reparto dei testi specialistici, particolarmente difficile da gestire. Ai tempi era già responsabile del piano Tsujii, e il fatto che potesse starsene quasi senza fare nulla era probabilmente dovuto alle grandi capacità mostrate da Mita. Pian piano aveva cominciato a essere apprezzato anche dai colleghi e la cosa gli aveva dato piú fiducia in sé stesso. In breve tempo si era fatto piú gioviale. Pareva che avesse dato un bel colpo di spugna al suo passato da *hikikomori*.

– Io li detesto! Quelli che si intromettono negli affari degli altri senza nemmeno conoscere le circostanze. Vorrei che sparissero dalla faccia della terra!

Mita non era cambiato. Né allora né al presente. Dentro di sé celava una cupezza e un'intensità di emozioni incommensurabili. E con la stessa intensità continuava a pensare ad Aki.

Riko non riuscí piú a profferire parola. L'impressione era quella di aver violato qualcosa che non si doveva guardare né toccare.

– Mi scusi, credo di aver esagerato...

Con aria contrita, Mita abbassò la testa. La cosa che piú l'aveva ferito nel suo spiccato orgoglio non era tanto l'aver rivolto parole cosí dure a Riko, ma l'aver perso il controllo.

Si alzò dalla sedia e uscí in silenzio dalla stanza, senza nemmeno voltarsi indietro. Mentre lo accompagnava con lo sguardo, Riko rimase lí come paralizzata.

15.

– Insomma, una bel problema per Nishioka, appena promossa direttrice! Col padre in quelle condizioni...

– Comunque se oggi si è fatta vedere, non credo che la situazione sia cosí grave, no? Ah, per me un'altra birra! – chiese Mami, porgendo il bicchiere vuoto al cameriere. Aki, in silenzio, piluccava con le bacchette le verdure brasate servite come stuzzichini.

L'occasione era il rinfresco finale per un evento organizzato dal Kicchyomu, l'associazione dei librai di Kichijōji. Si trattava di un dibattito aperto sul tema degli aspetti commerciali nel mondo dell'editoria. Per l'occasione era stato invitato Shibata Shunsuke, vicedirettore commerciale della Hitotsuboshi Shuppan, per una conversazione sull'argomento con un famoso libraio della zona. Lo scopo era anche quello di ringraziarlo per l'impegno profuso, e di celebrare la nascita del suo primo erede. Insomma, in pratica era stata una piccola festa in onore di Shibata.

Aki ogni tanto partecipava alle manifestazioni del Kicchyomu, ed essendo in buoni rapporti con Shibata aveva presenziato. Si era portata dietro anche Mami, visto che di solito le donne erano in netta minoranza. La location dell'evento era l'*Iseya*, un ristorante specializzato in *yakitori*, piuttosto vicino al parco di Inokashira. Era un noto locale storico, che godeva di gran successo per l'aspetto tradizionale dell'edificio, con le spesse colonne e il pavimento di legno anneriti dal fumo.

– Però Nishioka è figlia unica e il padre è da solo, dev'essere dura assisterlo... – commentò Shibata, allentandosi la cravatta. Era già un po' brillo, e tutto rosso in viso.

Nella saletta riservata in stile tradizionale al primo piano c'erano piú di trenta persone. Cinque o sei erano librai di Kichijōji, ma per la maggior parte erano colleghi venuti da altre zone, o esponenti di case editrici. Quel giorno, ovviamente, tra i presenti erano numerosi quelli della Hitotsuboshi Shuppan.

– Capo, com'è bene informato! – intervenne uno dei suoi sottoposti, in tono ironico. Doveva chiamarsi Sekiguchi, o qualcosa del genere. Le avevano presentato diverse persone in contemporanea, e Aki era un po' confusa.

– Ah, a proposito, ho sentito dire che una volta ha avuto una storia con Nishioka. È vero? – gli chiese sfacciatamente Mami. Aki si era sentita subito in imbarazzo, mentre Mami e gli altri, tutti già un po' su di giri, non erano sembrati farci molto caso.

– In effetti era girata la voce... Come stanno davvero le cose, capo? – aveva subito preso la palla al balzo un altro addetto commerciale. Di recente Riko era diventata famosa nell'ambiente editoriale. Tutti i presenti la conoscevano.

– Mah, ormai è una cosa morta e sepolta. Adesso sono un uomo sposato, e ho anche un figlio, – rispose Shibata, togliendosi gli occhiali e asciugandosi il sudore con l'*oshibori*, una piccola salvietta umida. Aki pensò che fosse un modo per nascondere l'imbarazzo.

– Eh? Insomma, l'indiscrezione era vera!

– Uhm, che strano! Shibata e Nishioka... Be', però siete praticamente coetanei, e forse facevate una bella coppia!

Era un commento davvero maligno nei confronti di Shibata, che aveva sposato una ragazza molto piú giovane. Essendo alto non si notava, ma aveva già anche la pancia. E i capelli, pettinati con la riga di lato, cominciavano ad assottigliarsi. Insomma, era il tipico uomo di mezza età. E i curiosi provavano una certa invidia nel fatto che avesse una moglie giovane.

– E a quando risale la storia?

– Insomma, era prima che cominciassi a frequentare mia moglie! Ehi, un'altra bottiglia di sakè!

Shibata cercava disperatamente di divagare, ma gli altri continuavano a insistere.

– Sicuro che sia cosí? Non è che ha tenuto il piede in due scarpe? – sogghignò Sekiguchi, il suo sottoposto. Pareva tutto felice di poter prendere un po' in giro il suo capo. Nel vedere sul viso di Shibata l'espressione impaurita di chi è stato colto in flagrante, aggiunse subito: – Ah, allora è cosí! È proprio un mascalzone...

– Ehh, ha allungato le mani con una dipendente giovane nonostante avesse una relazione con Nishioka? Ma non si fa!

Si stavano tutti prendendo gioco di lui, quasi all'unisono.

– No, no, non sono stato io a farmi avanti! È stata lei a proporsi!

– Ehh, davvero?

– Ma certo che è vero! Normalmente io non mi permetterei mai di fare delle avance a una dipendente!

Shibata la stava ormai prendendo piuttosto sul serio. Oltre ad aver bevuto, istigato dagli altri aveva iniziato a parlare a ruota libera. Davanti a lui stavano in fila tre fiaschette di sakè ormai vuote.

– Che invidia, capo, è l'idolo di tutti noi! Riuscire a sposarsi con una di ventisette anni, alla sua età! – chiosò

Sekiguchi. Lui aveva appena compiuto trent'anni, ed era ancora single.

– Davvero! E per di piú è stata lei a prendere l'iniziativa... Che fortuna!

– Comunque, meno male che non l'hanno scoperta quando faceva ancora il doppio gioco!

– Merda! Se l'avessi saputo io, avrei sparso la voce prima che si fissasse il matrimonio!

Sempre in parte mossi dall'invidia, gli altri uomini sparavano ormai commenti a ruota libera. Aki e Mami non avevano alcuna possibilità di inserirsi nel dialogo, e senza nemmeno appetito piluccavano il cibo dal piatto.

– Ehi, un momento, guardate che mia moglie si è fatta avanti pur sapendo che io ero già impegnato! – ribatté Shibata con l'aria di vantarsene. Era ormai ubriaco, e in faccia si era fatto paonazzo.

– Ci sta facendo sempre piú rabbia!

– In pratica, sua moglie si è impuntata ancora di piú sapendo di avere una rivale? Le donne sono proprio terribili!

– Ah, ecco perché si è fatta mettere incinta! Non è che è si è ritrovato incastrato, Shibata?

– Che bello, se fosse una di ventisette anni vorrei farmi incastrare anch'io!

– Ma sí, dite pure quello che vi pare! – esclamò allora Shibata, con un sorriso beffardo in volto. Per Aki l'atmosfera si era fatta sempre piú sgradevole. Gli uomini si facevano un vanto per cose del genere?

– Però dev'essere stato un brutto colpo per Nishioka! Non avete litigato, quando vi siete separati?

– No, al momento di lasciarci è finito tutto tranquillamente come in un rapporto tra persone adulte, ma è stato dopo che... – replicò Shibata, sempre con un sorrisino a fior di labbra.

– Ehh, è successo qualcosa?

– Dopo circa tre mesi, sono sceso dalla metropolitana e stavo per rientrare a casa e all'improvviso me la sono ritrovata davanti...

– Uh, proprio Nishioka?

– Stavo salendo verso l'uscita, e quando ho guardato in alto ho visto lei che mi fissava da in cima alle scale. Come se fosse in preda a un'ossessione. E poi di notte, all'ora dell'ultimo treno... Da brividi, no?

– Be', ti prende di sicuro un colpo!

– E allora cos'ha fatto?

– Insomma, mi sono innervosito, e pare brutto dirlo, ma l'ho spinta via e sono scappato.

Tra gli uomini presenti ci fu un'esplosione di gridolini e battute.

– Nooo, ma è terribile!

– Non hai proprio spina dorsale, Shibata!

– Meno male che volevi anche tenere il piede in due scarpe!

– Ma provate a mettervi nei miei panni! Insomma, essere stalkerato dalla donna da cui ci si è separati... C'è davvero da avere paura!

– Ma sei stato tu a comportarti male! Devi ringraziare che non ti ha ficcato un coltello in pancia!

Aki era stata colta da un'irritazione crescente. Gli sembrava un argomento su cui farsi quattro risate? Perché ne stava parlando cosí, davanti a tutti? In circostanze simili, gli uomini adoravano trovarsi al centro dell'attenzione. Pur di suscitare ilarità negli altri, non esitavano a spararle grosse, e a rivelare anche dettagli privati. Dunque anche Shibata, soltanto per quello, stava trasformando in una storiella comica quella scena drammatica con la donna da cui si era separato?

– Ci siamo, Shibata, sta di nuovo esagerando! – intervenne allora Aki. Non avrebbe sopportato che si prolungasse quel racconto penoso. Si ritrovò immediatamente tutti gli occhi puntati addosso. – Nishioka me l'ha raccontato. Di averla incontrata per caso alla stazione della metropolitana, e che lei è come andato nel panico ed è scappato via. Lei non stava affatto per darle addosso, e quella reazione l'aveva trovata buffa. Shibata, non è che si sentiva in colpa nei suoi confronti e ha interpretato male la cosa?

Il tono affabile di Aki aveva subito riportato anche gli altri in sintonia.

– Insomma, capo, è stata tutta una sua fantasia?

– Non era piuttosto una sua speranza? Che lei la rincorresse...

– Ma no, insomma...

– Ma certo! Anche Nishioka non poteva essersi invaghita fino a quel punto di uno di mezza età!

Come sempre succedeva durante le bevute in compagnia, il discorso aveva ben presto preso un'altra piega. Magari anche per un po' d'invidia, forse non c'era nemmeno il desiderio di far continuare all'infinito Shibata con le sue vanterie.

– Comunque, questo dimostra come lei sia un uomo di cuore... Insomma, in realtà per una donna che ha lasciato prova comunque dispiacere, giusto? – si affrettò però ad aggiungere Aki. In ogni caso, si trattava di una persona per lei importante in ambito lavorativo.

– Mah, sí, insomma...

Con quella risposta sibillina, Shibata si mise a ridere. Sembrava teso in volto.

– Ah, scusate, posso avere un po' di *tatsuta-age*? – domandò Aki con aria compassata, tirando verso di sé il piatto con il pollo fritto.

– Ma senti un po', Aki, tu non eri ai ferri corti con Nishioka? – le chiese a un tratto Sekiguchi, come se avesse avuto un'illuminazione.

– Già, ho sentito che vi siete perfino accapigliate, in libreria!

– Ma no, non è cosí! – sdrammatizzò Aki con un sorriso, ma stavolta era stato il suo turno di provare una certa tensione in volto. – Chi ha detto una cosa del genere?

– Be', è una voce che circola in tutto l'ambiente. Pare che Nishioka ti tratti male...

Era come se tutti fossero estremamente interessati all'argomento. Dunque se ne era parlato cosí tanto in giro? Ma Aki rispose con nonchalance, come se la cosa non la riguardasse affatto: – Certi pettegolezzi sono proprio assurdi! Ti sembro depressa per i soprusi subiti? In realtà ogni tanto sul lavoro capita, di litigare! Noi siamo tutte e due molto serie, dal punto di vista professionale. Ma non c'è nient'altro al di là di questo!

– Davvero? Eppure ho sentito raccontare episodi molto dettagliati... Tipo che al tuo ricevimento di nozze lei non ha dato la busta con la sua quota di partecipazione.

– Ehh? Ma di cosa stai parlando?

Dissimulando lo shock subito, Aki assunse un'espressione stupita. Era l'atteggiamento da mantenere, considerando che tutta l'attenzione era concentrata su di lei.

– Be', insomma...

– Hanno tutti esagerato con queste storie! In origine si è trattato solo di una diversità di opinioni tra me e Nishioka sull'allestimento del quarto piano, e abbiamo semplicemente avuto una discussione! Io allora mi sono un po' infervorata, e mi sono lasciata sfuggire qualche parola di troppo. Ma comunque, era sempre una questione di lavoro. Sia io che lei abbiamo parecchio da fare, e non stiamo certo rimuginando ancora su quell'episodio. Mi chiedo chi sia a mandare in giro certe voci irresponsabili... – concluse Aki, stavolta in un tono stucchevolmente lamentoso, mostrandosi un po' contrariata.

– Mah, in effetti, pensandoci bene... È strano che Nishioka, che è cosí calma, si lasci trasportare fino a quel punto.

– Insomma, alla fine era solo un pettegolezzo?

– Sembra quasi che vi dispiaccia! Avreste preferito che avessi davvero litigato con lei? – protestò Aki, con una leggera smorfia in volto. Sapeva benissimo quanto cambiasse l'impressione che si faceva agli uomini mostrandosi a tratti imbronciate, a tratti desiderose di sostegno. Se non fosse stata in grado di sfruttare la cosa con abilità, non sarebbe riuscita a farsi strada in quanto donna.

– Ma no, non è cosí! Ci era solo parso divertente... – si schermí qualcuno.

– Peccato che io non abbia alcuna intenzione di diventare la fonte di pettegolezzi divertenti! Ma comunque, ho sentito che è stato ricoverato in ospedale Andō, dell'editrice K?

Aki chiuse cosí l'argomento, cambiando drasticamente discorso.

Terminato il rinfresco, qualcuno dei presenti si diresse verso un altro locale, ma Aki si accomiatò, incamminandosi a passo svelto verso la strada principale. Mami si affrettò a rincorrerla.

– Aki, dove vai? Non torni a casa?

– Vado un attimo in libreria a prendere una cosa che ho dimenticato. Scusami, ti posso lasciare da sola?

Aki aveva una faccia sconvolta, e la cosa fece preoccupare Mami.

– Ma...

Come per togliersi di torno Mami che esitava, Aki prese a camminare a velocità doppia.

– Al secondo e al terzo piano il controllo è terminato. E anche al quarto. È rimasta solo lei, direttrice...

– Grazie, al resto ci penso io, – disse Riko rivolta a un dipendente che aveva fatto l'ultimo turno, salutandolo con la mano dalla sua postazione.

– Allora, io vado...

– Grazie ancora, buona serata.

Attraverso il vetro smerigliato della porta dell'ufficio, capí che erano state spente le luci dei reparti vendita. Pareva che ormai se ne fossero andati tutti. Non si sentiva alcun rumore, a eccezione del lieve ronzio del condizionatore.

Riko era seduta alla sua scrivania. Dopo essere tornata dalla sede centrale, non si era piú alzata dalla sedia. Il padre aveva avuto un malore improvviso, ed era stato ricoverato. Come se non fosse bastato il notevole shock dovuto a questo, non poteva credere che fossero sorti simili problemi sul lavoro. E oltretutto, le parole di Mita sembravano averla ferita.

«A creare scompiglio in libreria è stata lei!» Non era riuscita nemmeno a replicare. Non avrebbe mai immaginato che Mita la potesse pensare cosí.

Però in effetti era vero. Lei detestava Aki. Aveva semplicemente giustificato la cosa col pretesto del suo cattivo comportamento nei confronti di Mita. Ma solo per questo doveva essere penalizzata fino a quel punto? Lasciarsi esporre a quegli attacchi senza nemmeno avere spiegazioni, né diritto di replica? Che cosa aveva fatto fino ad allora, per che cosa aveva lavorato? Le spuntarono le lacrime agli occhi.

Proprio in quel momento, di colpo, si aprí la porta dell'ufficio.

– Ah, ecco, immaginavo che fosse qui!

Riko si affrettò ad asciugarsi le lacrime. Chi mai poteva essere a quell'ora? Si è girata verso l'ingresso e ha visto Obata Aki lí in piedi, tutta rossa in volto.

– E tu che ci fai qui? Non sarai mica ubriaca?

Tra tutti i possibili visitatori, era la persona che meno avrebbe voluto incontrare. Quella sua aria innocente, quella sua spensieratezza le davano ai nervi.

– Sí, sono ubriaca. E proprio per questo sono venuta a chiederle una cosa.

Aki aveva uno strano bagliore negli occhi. Forse a causa dei fumi dell'alcol era quasi paonazza in viso, e sembrava molto piú eccitata del solito. Nonostante la situazione, Riko rimase colpita dalla sua bellezza. Pensò anche a come gli uomini dovessero essere attratti da quella sua prorompente vitalità.

– Non mi va di discutere con qualcuno che è ubriaco! – sibilò Riko con freddezza.

Era proprio come aveva detto Mita. Era invidiosa di quanto Aki fosse giovane e bella. Di tutte le fortune che si era ritrovata. Erano tutti invidiosi di lei, non c'entravano i suoi trascorsi con Mita.

– Mi deve ascoltare! Pare che in tutto l'ambiente editoriale girino pettegolezzi su di noi. Perché pensa che sia successo?

– Pettegolezzi? Quali pettegolezzi? Forse hai sentito dire che io sono una direttrice a termine? – chiese Riko in tono ormai del tutto rassegnato.

– Che cosa significa? – replicò Aki per tutta risposta, come perplessa.

– Esattamente quello che ho detto. Mi hanno comunicato che la libreria tra non molto verrà chiusa. Io rimarrò in carica fino ad allora, – spiegò Riko, quasi sputando fuori le parole. Era l'atteggiamento di qualcuno che ha già alzato bandiera bianca.

– Ma... non è possibile! – Aki era rimasta come interdetta. A Riko la cosa apparve quanto mai insolita.

– Be', per te dovrebbe essere una buona notizia, no? Cosí non dovrai lavorare alle dipendenze di una direttrice che detesti. E nel tuo caso, non avrai difficoltà a farti riassumere in qualche altro punto vendita. Pare ci siano diverse persone che si sono lamentate di me con la direzione del personale, dicendo che non sono adatta all'incarico. Le hai istigate tu, vero?

– Io non faccio cose del genere! Non sono mica una bambina delle elementari! – si inalberò Aki.

In effetti era quello che pensava anche Riko stessa. Nel bene e nel male, l'altra era un tipo semplice. Diceva senza alcun problema quello che non le piaceva. Non avrebbe mai usato un sotterfugio sleale come una soffiata in direzione.

– Sí, hai ragione. Fare la spia è un comportamento da bambini... – mormorò Riko. Eppure, proprio a causa di quello lei si ritrovava in una posizione critica.

– Piuttosto, che vuol dire che la libreria verrà chiusa?

Per Aki era quello il vero problema. Anche lei faceva parte del personale, e una chiusura avrebbe significato dover cambiare posto di lavoro.

– Dicono che a marzo del prossimo anno l'edificio verrà demolito. E pare che vogliano approfittare del fatto per cessare l'attività.

– Ma perché? Questa è una delle librerie piú rappresentative per la Pegasus Shobō, no? Dovrebbe essere importante in una prospettiva aziendale...

– Per quanto possa essere rappresentativa, dicono che a

loro non serve un negozio in perdita, – ha chiosato Riko, facendo affiorare alle labbra un sorriso ironico.

– In perdita? Ma non dovrebbe esserlo! Sui resoconti amministrativi che abbiamo avuto finora...

– È perché fino a ora l'affitto era decisamente economico.

– L'affitto?

– Questo edificio appartiene a parenti dei nostri proprietari, e quindi per tutto il tempo l'affitto è stato quasi simbolico. Lo sapevi?

– No...

– Il fatto che siamo riusciti a rimanere di poco in attivo era proprio grazie a quell'affitto irrisorio. Ma pare che ora abbiano comunicato che dopo la ricostruzione dello stabile vorranno un corrispettivo adeguato alle quotazioni di mercato.

Riko aveva riferito per filo e per segno ad Aki tutto quello che le avevano appena spiegato quel giorno. Non vedeva la necessità di tenerle nascosto alcunché, e anche se in realtà gliel'avevano raccomandato, aveva ormai perso la voglia di seguire le loro disposizioni.

– Ah, dunque è cosí...

– Una volta le cose andavano bene. Eravamo gli unici ad avere quasi mille metri quadrati di spazio. Ma ormai in questo quartiere c'è una vera e propria competizione tra le librerie, giusto? Prima ne hanno aperta una dentro la stazione, poi altre due nel palazzo glamour di fronte e nella zona commerciale adiacente, e poi un'altra ancora gigantesca nei tunnel sotterranei. Ogni volta i nostri incassi sono diminuiti, e pare che non ci sia alcuna prospettiva che aumentino.

– Ma questo chi l'ha detto? Il Gatto e la Volpe?

All'espressione usata da Aki, Riko rimase un attimo interdetta. Quella ragazza ogni tanto faceva delle uscite a sproposito.

– Il Gatto e la Volpe? Ma di chi parli?

– Di Watanabe, il direttore degli Affari generali, e di Yamada, il direttore del personale. Si ricorda la storia di Pinocchio, no? Di quei due figuri che stanno sempre insieme e si dànno man forte? Ecco, sono loro spiccicati! Non crede anche lei che gli assomiglino?

– Mah, in effetti...

Riko rise sotto i baffi. Quei due interpretavano alla perfezione la parte dei cattivi. Sarebbe stato quello il loro ruolo, in qualsiasi fiction televisiva.

– Ma come mai allora l'hanno promossa a direttrice, nonostante sapessero che la libreria stava per chiudere?

– Questo non me l'hanno detto, ma credo non abbiano voluto compromettere il curriculum di Nojima. Lui tra l'altro è anche imparentato con la proprietà. Una libreria che chiude i battenti costituisce un grave smacco, e probabilmente non volevano macchiare la sua figura professionale.

Ma certo! Per una come lei, invece, di cui già si parlava male, il ruolo del fallito era perfetto. Lo stesso Nojima probabilmente, per autodifesa, aveva fatto in modo di screditarla.

Forse anche lei si doveva annoverare tra i cattivi? Oppure era stata solo sfruttata da loro come tale, ed era un personaggio minore destinato a scomparire a un certo punto della storia?

– E quindi hanno pensato che con lei invece si poteva fare?

– Esatto. Io in direzione non godo di grande stima, i sottoposti non hanno fiducia in me, e anche nell'ambiente girano voci critiche. Quindi pare che sia proprio adatta come capro espiatorio per la chiusura della libreria!

Riko si era chiesta chi potesse ricoprire il ruolo di protagonista della storia. Tra tutti quei cattivi e personaggi di contorno, non c'era nessun paladino della giustizia?

– Non mi piace... No, non mi piace proprio! – esclamò Aki con aria contrariata.

– Che cosa?

– Ma tutto questo! Intanto l'aver scaricato su di lei qualcosa che non volevano far fare a Nojima, e poi è strano che si siano diffuse un mucchio di dicerie mezze inventate. E oltretutto, perché hanno deciso fin dall'inizio che la libreria avrebbe dovuto chiudere? Non gli è venuto in mente di provare prima in qualche modo a salvarla?

– Sai a quanto passerà l'affitto? A un milione di yen al mese! – replicò Riko con voce desolata.

Per poter incrementare di un milione di yen i profitti mensili, avrebbero dovuto portare gli incassi a una cifra superiore di quasi cinque milioni rispetto a quella attuale. Lei non pensava fosse assolutamente possibile.

– Be', allora non ci rimane altro che provare, no? – ribatté Aki, come si trattasse di qualcosa di semplice.

– Ehh?

– Se la libreria in caso contrario chiuderà, non possiamo che cercare di far aumentare gli incassi. Quando inizieranno i lavori di ricostruzione dell'edificio?

– A marzo dell'anno prossimo.

– Quindi abbiamo ancora sei mesi, giusto? Dovremo darci da fare fino ad allora, non crede?

– Tu la fai cosí facile... A me sembra che abbiamo già fatto il possibile fino a oggi. Eppure gli introiti non sono aumentati... – iniziò a dire Riko, ma Aki la interruppe subito.

– Be', allora perché non dà le dimissioni? – sibilò.

– Cosa?

– Insomma, la smetta di piagnucolare! Se non se la sente di provarci, se ne vada ora, immediatamente, e non tra sei mesi! Noi del resto non vorremmo lavorare alle dipendenze di un direttore che ha perso la voglia di combattere!

Il tono di Aki era stato decisamente teatrale. Peccato che tra la teoria e la pratica ci fosse una bella differenza. *Forse questa ragazza si vuole atteggiare a eroina che salva la situazione?*, pensò ironicamente Riko, rimanendo lí a squadrarla.

– Uhm, è facile per te parlare, visto che il problema non è tuo...

– Ma non è cosí! Che la libreria sparisca è un problema anche per noi tutti che ci lavoriamo! Non sarebbe lei l'unica a trovarsi a difficoltà per la chiusura, giusto?

– Ecco, insomma...

In effetti aveva ragione. La cosa avrebbe avuto conseguenze per tutti quelli che avevano creduto in lei: Ozaki, Yamane e gli altri che lavoravano lí. Ma non era piacevole sentirselo dire proprio da Aki.

– Oppure ha in mente qualche altra soluzione? Qualcosa che possa tenere in vita la libreria... – la incalzò Aki.

– Ce l'avrei anche, ma tirarci fuori cinque milioni in piú mi sembra impossibile...

– Questo non si può stabilirlo se non ci si prova, no? Se ci mettiamo a collaborare tutti insieme, in qualche modo dovremmo farcela.

– Collaborare? Sul serio?

Riko sgranò gli occhi. Erano parole che lei non avrebbe mai pronunciato. O perlomeno, di fronte a Obata Aki.

– Ma certo, è ovvio!

– E perché? Non dovresti desiderare che io mi ritrovi nei guai peggiori?

– Non posso permettermi di pensarlo, in una tale situazione. Diciamo che è una tregua temporanea...

– Una tregua?

Proprio tipico di Aki, pensò Riko. Una principessina rimaneva tale per sempre. Ingenua, onesta, idealista.

– Insomma, in simili circostanze non ci si può certo perdere in beghe interne. E poi, lei è la prima donna a essere nominata direttore! Deve impegnarsi, e cercare di ottenere risultati migliori. È un suo dovere, mostrare che anche le donne sono perfettamente in grado di farlo, e aprire la strada a quelle che verranno dopo di noi. Se la libreria chiudesse mentre lei è direttrice, quelli sarebbero di sicuro pronti a dire che è successo proprio perché c'era una donna!

Aki era terribilmente seria. Quel suo spirito diretto, col quale riusciva a tirar fuori senza alcuna esitazione espressioni a effetto, forse era proprio ciò che a Riko dava piú fastidio.

– Ecco, veramente...

In realtà, era proprio quello in cui non avrebbe mai potuto competere con lei. Neanche se fossero passati mille anni.

– Scappare semplicemente con la coda tra le gambe non è proprio da lei! Che ne ha fatto della sua abituale sicurezza? E del suo orgoglio? Non le fa rabbia rimanersene cosí, senza reagire minimamente?

Forse era lei a poter diventare la paladina della giustizia. Quel suo candore senza secondi fini ne era la condizione necessaria.

– Se sostiene di non essere in grado di farlo, se ne vada subito di qui, immediatamente. Noi non abbiamo bisogno di una direttrice priva di carattere, ma di una che ci guidi nel combattere la nostra battaglia. Non la vogliamo una smidollata che se ne sta lí a guardare imbambolata senza fare nulla, mentre la libreria va in rovina!

Quello di Aki era suonato come una specie di proclama. Non aveva avuto alcuna esitazione nello sguardo. Lei non provava invidia verso nessuno, né nascondeva alcuna strategia. Se pensava che quella fosse la direzione giusta, procedeva diritta senza indugi. Tendendo la mano anche a chi fino al giorno prima aveva considerato un nemico.

Ma Riko sarebbe riuscita ad afferrarla, quella mano? Si interrogava su quello che avrebbe voluto fare da lí in avanti, come avrebbe dovuto comportarsi.

– Fammici un po' pensare... Al momento non riesco a darti una risposta.

16.

Dalla stazione di Musashi-Koganei, Riko salí sulla circolare di Nishi-no-kubo. Era un autobus diverso da quello che prendeva di solito. Non voleva tornare subito in una casa dove non c'era nessuno.

Dopo dieci minuti, scese a una fermata di fronte a un supermercato. Erano le dieci passate, avevano già chiuso e nei dintorni non c'era anima viva. Aiutandosi con la luce dei lampioni, camminò su un lato di una stradina stretta procedendo verso sud. Dopo nemmeno due minuti, raggiunse la sua meta.

Isshindō. Era la libreria vicino a casa sua dove andava sempre, soprattutto quando era depressa o le era successo qualcosa di spiacevole.

Molto tempo prima, quando la madre si era ammalata all'improvviso e aveva saputo come non le rimanesse molto da vivere, si era puntualmente presentata lí. Quella mattina il padre le aveva illustrato per la prima volta le condizioni di sua madre. Dopo il tracollo, la stavano sottoponendo a delle cure. Ma si trattava soltanto di una lotta contro il tempo, per cercare di riuscire a ritardare il piú possibile una morte annunciata. Un tentativo di evitarle al massimo le sofferenze durante quel breve periodo di vita che le rimaneva.

Già quello era stato uno shock non indifferente, ma il padre le aveva dato un ulteriore motivo di cruccio.

«Per le cure della mamma serviranno soldi. Io vorrei fare tutto il possibile per lei. Quindi mi dispiace per te, ma non posso farti frequentare un corso regolare di quattro anni in un'università privata. Dovresti iscriverti a una pubblica, oppure scegliere una laurea breve, se proprio volessi andare nell'altra».

Era Natale, poco prima degli esami di ammissione. C'era un'università in cui Riko voleva entrare, una di quelle private piú prestigiose e di difficile accesso, famosa per il suo dipartimento di anglistica. Si era preparata duramente proprio con quell'obiettivo, e le risultava ormai improponibile pensare di accontentarsi di una pubblica. Già in partenza, non aveva nemmeno chiesto l'ammissione al test propedeutico indispensabile per sostenere poi gli esami di ammissione agli istituti statali. Cosí facendo, la strada da percorrere sarebbe stata piú chiara.

E alla fine, avrebbe dovuto invece ripiegare su una laurea breve? Se l'avesse saputo, non ci sarebbe stato certo bisogno di impegnarsi cosí a fondo!

Era addolorata per la malattia della madre, e di certo desiderava che le venissero assicurate le cure migliori possibile. Su questo non c'era alcun dubbio. Ma per farlo, doveva cambiare i progetti per il suo futuro. E di questo non riusciva in alcun modo a farsene una ragione.

Ciò le suscitava un forte senso di colpa per lo scarso amore filiale che dimostrava verso i genitori. Con un simile peso nel cuore, quel giorno si era spinta fino alla libreria, pur non avendo un motivo ben definito. Era solo perché quando non sapeva come ingannare il tempo, era diventata quasi un'abitudine dirigersi lí. Anche quella volta il libraio l'aveva accolta col suo abituale atteggiamento bonario. Ma diversamente dal solito, e con sua sorpresa, era stato lui a consigliarle un libro.

«Questo l'ho trovato interessante, perché non provi a leggerlo?»

Era *Kitchen* di Yoshimoto Banana, di cui all'epoca si parlava molto. Era un genere che forse normalmente non avrebbe acquistato. Il design di copertina le aveva dato l'impressione di ammiccare a un pubblico femminile adolescente, e il fatto che avesse spopolato nelle classifiche di vendita in qualche modo la infastidiva. All'epoca era giovane, e provava una specie di avversione per i libri che diventavano dei best seller. Era convinta che fossero quelli prediletti dalle persone che di solito non ne compravano, e che non si addicessero a lettori appassionati come lei. Ma che quella volta l'avesse comunque acquistato, era dovuto a circostanze particolari. Le era rimasto casualmente intatto un buono da cinquemila yen che le aveva regalato la zia per il compleanno, e trovandosi oltretutto in una tale condizione psicologica, era riuscita a non farsi condizionare da preconcetti. Se glielo consigliava il libraio, qualsiasi cosa sarebbe andata bene.

Nel leggerlo alla fine si era commossa. Il dolore di perdere la famiglia. La solitudine. Un senso di vuoto difficile da colmare. La disperazione, e la volontà di ricostruirsi una nuova vita.

Le era sembrato che tutto ciò che aveva trovato in quelle pagine fosse quello che avrebbe dovuto affrontare da lí in avanti. Certo, era un racconto di fantasia, e le era parso un po' influenzato dagli *shōjo* manga, ma l'aveva fatta piangere senza alcun pudore. Quando aveva saputo della malattia della madre, invece, non ci era riuscita. La gravità della cosa era tale che lo shock le aveva persino impedito di farlo. Ma con un romanzo poteva lasciarsi andare. Aveva continuato per tutta la notte, e poi si era sentita come rinfrancata. Quello sfogo le aveva fatto liberare le emozioni, ed era rinato in lei lo spirito adatto per andare avanti.

La perdita di una persona importante era un ricordo che l'avrebbe accompagnata per tutta la vita. Il rammarico, la tristezza, sarebbero prima o poi riaffiorati. Ma di sicuro avrebbe acquisito qualcosa per aver provato quei sentimenti. Si sarebbe di certo creato un qualche legame speciale.

Era bastata la lettura di un romanzo per fortificarle lo spirito. Il *katsudon* che capita di gustare alla protagonista nel corso della storia, per Riko rappresentava l'essenza stessa del libro. Inoltre, aveva trovato la risolutezza adatta per affrontare la malattia della madre. Era decisa a starle il piú vicino possibile nel poco tempo rimasto, e anche a godersi a suo modo la vita universitaria, per quanto sarebbe stata piú breve del previsto.

Quando in seguito aveva riferito al gestore della libreria che il libro le era piaciuto molto, e che era contenta di averlo letto, lui aveva replicato: «Meno male! Avevi una faccia sofferente, e anche se sapevo che non era proprio il tuo genere, ho pensato potesse essere quello adatto a te in questo momento...» Sembrava averle letto nel pensiero. E Riko era stata felice che si mostrasse cosí premuroso nei suoi confronti.

Era quindi diventata un'abitudine recarsi lí quando era stressata per il lavoro, quando si sentiva esausta. E anche se non si aspettava che ci fosse qualcosa di speciale ad attenderla, provava un senso di sollievo. Era quello spazio dall'atmosfera rilassata a tranquillizzarla.

Quella piccola libreria era ciò che in origine l'aveva maggiormente indirizzata verso il suo lavoro attuale. Era stata la sua esistenza a farle sognare di diventare una libraia. Cosí come era stato il suo incontro con *Kitchen* a salvare il suo spirito. Proprio come il proprietario, avrebbe voluto svolgere un lavoro in cui poter consigliare il libro necessario alle persone che ne avevano bisogno.

A quell'ora doveva essere ormai chiusa, ma voleva comunque poterla almeno osservare da fuori. In quel modo forse sarebbe riuscita a trovare un po' di coraggio. Aveva fatto apposta un giro largo prima di avvicinarsi, e contrariamente alle previsioni, nel locale c'era ancora qualche luce accesa. Il gestore stava parlando con qualcuno. Mentre Riko stava lí in piedi a guardare da lontano, uscí fuori con il suo ospite.

– Allora domani le porterò di nuovo i documenti...

– Grazie. E mi scusi se l'ho fatta venire cosí tante volte. Allora, mi affido a lei!

Il libraio si inchinò, accompagnando con lo sguardo l'uomo che si allontanava. Quando rialzò la testa, si accorse della presenza di Riko.

– Ehi, Riko! Stai tornando a casa? Sei sempre impegnata fino a tardi!

– Sí, insomma... Tu piuttosto, zietto, come mai hai tenuto aperto fino a quest'ora?

– No, in realtà non è che ho tenuto aperto, mi stavo consultando con uno dell'agenzia immobiliare. Gli avevo chiesto di venire dopo l'orario di chiusura, e ci è voluto tutto questo tempo...

– Agenzia immobiliare?

– Ah, non te ne avevo ancora parlato? In realtà... alla fine del mese la libreria chiuderà.

– Ehh? Davvero?

– Sono in debito con te, per quello che hai fatto per me in tutti questi anni. Grazie di cuore...

– Ma come, non puoi! L'avevi detto tu stesso, no? Che

avresti continuato il piú a lungo possibile... – Erano state quelle le parole uscite di getto a Riko. Una chiusura imminente? Non voleva crederci. – Qui siamo lontani dalla stazione, e non ci sono altre librerie nei paraggi. Sarà un problema per i bambini e gli anziani se verrà a mancare, non credi? Si chiederanno dove poter comprare i libri...

Quando lei era alle elementari, i confini del suo mondo erano quelli che poteva raggiungere a piedi. Quello era davvero un posto speciale. Si trovava proprio al limite cui si potevano spingere le sue gambe di bambina, all'estremità del suo mondo, e la faceva entrare in un magico regno pieno di storie. Doveva essere di certo cosí anche allora, per i piccoli.

– Mi fai stare male, se mi dici cosí. E poi ci sono tutti i clienti che mi hanno seguito fedelmente in questi anni... Io avrei voluto continuare, se non avessi avuto questi problemi alla schiena.

– Ti fa male la schiena?

– Sí, ho un'ernia. Finora ho tirato avanti facendo finta di niente, ma... Di recente si è aggravata. Ormai sono arrivato al limite.

– Insomma, sei ridotto fino a questo punto?

A volte Riko l'aveva sentito lamentarsi per il mal di schiena. Ma lui lo diceva sempre sorridendo, in fondo quella era una conseguenza tipica di quel lavoro, e lei non l'aveva mai preso molto sul serio.

– Anche il medico mi ha avvertito che se dovesse peggiorare ulteriormente non riuscirò piú a camminare. Ormai ho una certa età, e immagino sia arrivato il momento...

Quelle parole il libraio le aveva pronunciate con il sorriso in volto, ma Riko ebbe l'impressione che il suo corpo si stesse come rimpicciolendo. I capelli erano diventati completamente bianchi. Lei aveva continuato a pensare che non sarebbe mai cambiato, e invece all'improvviso era invecchiato anche lui. Ormai avrebbe potuto chiamarlo «nonnino».

– Però... È un vero peccato!

Riko venne assalita da una straziante malinconia. Per lei quel luogo era pieno di ricordi. All'epoca delle elementari, ci si fermava puntualmente ogni sabato, per poter leggere il numero appena uscito della rivista di *shōjo* manga preferita. A volte riusciva a leggere stando in piedi un intero libro di quelli genere *mistery* per bambini, che non aveva i soldi per comprare. Anche in quei casi, il gestore le sorrideva con accondiscendenza. Lí aveva conosciuto non solo Yoshimoto Banana, ma anche molti altri autori. E tanti erano stati gli incontri con i testi piú svariati.

La sua infanzia era strettamente legata a quel luogo. E poi, si poteva dire fosse quello che aveva deciso il suo futuro.

– Non sei stata solo tu a dirmi di non chiudere, ma anche tanti altri. Un cliente affezionato mi ha perfino detto che non comprerà mai i libri da nessun'altra parte. Ripensando al passato, ho capito a fondo quanto sia stato determinante il sostegno di tutte quelle persone. Anche a me dispiace davvero tanto...

Non c'era da dubitarne, era un luogo talmente affascinante... Non sarebbe stata solo Riko a dolersene.

– Fortunatamente delle consegne se ne occuperanno quelli della libreria Kagome, all'uscita sud della stazione, e almeno questo per me è un sollievo.

– Però è veramente triste... Io ho cominciato a lavorare in una libreria proprio perché volevo diventare come te. E avrei voluto che mi insegnassi ancora tante cose!

– Ma che dici? Tu sei già una libraia molto piú raffinata di me! Guarda che me l'hanno detto, che sei diventata direttrice! Congratulazioni!

– Ehh, e chi te l'ha detto?

– Tuo padre! Da quando hai iniziato a lavorare in libreria, ha preso a farsi vedere spesso. Mi ha raccontato tante cose! A proposito, sei anche apparsa su diverse riviste, vero? Lui sembrava cosí orgoglioso!

– No, è impossibile! Mio padre non ha il minimo interesse per quello che faccio –. «Ah, davvero?» aveva replicato in modo laconico sia quando era uscito l'articolo sulla rivista, sia quando era stata promossa direttrice. Una reazione praticamente inesistente, tanto da farla sentire quasi scoraggiata.

– Ma no, al contrario, è che lui di fronte a te si imbarazza! Mi ha perfino portato a vedere un album in cui ha incollato gli articoli dove ci sei tu! – Un album? Esisteva davvero? – Me lo ha detto lui! Che a differenza sua, tu hai talento per gli affari. Che lui anche in azienda non ha mai fatto carriera, e che tu invece sei brillante e ti fai apprezzare!

– Non è vero! La libreria potrebbe chiudere da un momento all'altro. Hanno passato la patata bollente a me proprio perché nessuno vorrebbe fare il direttore in simili circostanze!

– Be', allora è proprio l'occasione giusta per far vedere quanto vali!

– Come?

– Che una libreria si possa salvare o meno, dipende anche dalle capacità del suo direttore, – chiosò lui, con un ampio sorriso.

– Sí, insomma... È vero, ma...

In simili condizioni, che la libreria chiudesse dopo che le era stata affidata la direzione era davvero una sua responsabilità? Che la situazione economica fosse precaria, non dipendeva dal direttore e dagli amministratori precedenti?

– Non sarei certo io quello che ha il diritto di dirlo, ma che una libreria chiuda i battenti è davvero molto triste. Si crea prima di tutto un disagio ai clienti. Quella che dirigi tu è la piú vecchia di Kichijōji, e ha un'ottima clientela, giusto? Saranno loro i primi a soffrirne, se verrà a mancare.

I clienti affezionati della libreria. A Riko sono affiorati alla mente alcuni dei loro volti. C'era chi le diceva chiaramente che non voleva andare da nessun'altra parte. Chi la chiamava sempre per nome. E chi era stato felice per l'uscita dell'articolo su quella rivista come se si fosse trattato di una soddisfazione ottenuta personalmente.

«A me ha fatto tanto piacere! Lei è sempre cosí gentile, e la stimo molto....» Riko si ricordò della cliente che gliel'aveva detto sorridendo, e provò una fitta al cuore.

Se la libreria avesse chiuso, dove sarebbe andata? Le aveva già raccontato di come negli altri punti vendita di Kichijōji non ci fossero molti libri di suo gusto.

La chiusura non avrebbe creato difficoltà solo ai dipendenti, sarebbero stati i clienti a pagarne le peggiori conseguenze. «Sono felice quando vengo qui». «Qui posso trovare i libri che piú desidero». Erano le piccole gioie di cui sarebbero stati privati.

Riko non voleva causare ai propri clienti la stessa tristezza da lei provata nel sapere che avrebbe perso la libreria Isshindō di lí a poco.

– Sí, hai ragione. Devo darmi da fare!

Qualunque fosse la situazione, era lei la direttrice. E l'unica a poter proteggere la libreria, il personale e i clienti.

– Ma certo! Guarda che ci conto! Trattandosi di te, ce la farai senz'altro!

La voce del libraio era risuonata gentile, ma non in tono di complimento o di piaggeria; era come se avesse enunciato semplicemente una realtà assodata. Le sue parole raggiunsero Riko nei piú profondi recessi dell'animo.

Era arrivata finalmente a casa. Una volta all'interno, si affrettò a togliersi le scarpe e salí di corsa al piano superiore. Entrò nella stanza del padre e si guardò intorno. Non le capitava spesso, dato che lui si occupava personalmente delle pulizie. Non conosceva bene la posizione dei diversi oggetti, ma trovò subito quello che cercava. Tra gli scaffali della libreria era infilato un unico album. Riko lo prese, e quando iniziò a sfogliarlo con mano veloce, istintivamente le sfuggí un'esclamazione di sorpresa.

Vi erano incollati tutti ritagli che la riguardavano. All'inizio, una newsletter aziendale che risaliva a piú di dieci anni prima. Vi era pubblicata la lista del personale che era stato promosso alla qualifica di dipendente a tempo indeterminato, lei compresa. Poi un attestato di quando era stata premiata come dipendente modello, un articolo apparso in occasione dell'anniversario dei primi dieci anni di lavoro in libreria, l'annuncio della vittoria in un concorso organizzato da una casa editrice per la migliore esposizione libraria. I numerosi ritagli di giornali o riviste in cui veniva intervistata, o appariva un suo consiglio, erano catalogati ordinatamente con la relativa data. Ovviamente c'era anche il grande articolo apparso su «Vintage».

– E tutta questa roba quando...

Lei stessa non aveva l'abitudine di metterla da parte, e anche quando la intervistavano, dopo aver dato un'occhiata alla copia che le mandavano in omaggio, la gettava subito nel cestino. Evidentemente il padre le recuperava di nascosto, e ne incollava i ritagli in quell'album.

Le riaffiorarono alla mente le parole del libraio dell'Isshindō: «Lui sembrava cosí orgoglioso... Mi ha detto che a differenza sua, tu hai talento per gli affari. Che lui anche in azienda non ha mai fatto carriera, e che tu invece sei brillante e ti fai apprezzare!»

Dunque era un genitore esageratamente attento e affezionato, pur non avendolo mai mostrato! Insomma, mettersi a raccogliere apposta tutte quelle cose e conservarle... Quindi era stato cosí felice per il suo lavoro? Aveva grandi aspettative nei suoi confronti? Le spuntarono delle grosse lacrime che iniziarono a bagnare l'album, e Riko si affrettò ad asciugarle con la mano.

Eppure lei non si considerava una persona di gran valore. Era solo la direttrice di una libreria, odiata dai dipendenti, che ne parlavano male alla sede centrale. Una figlia che, nonostante il padre avesse avuto un grave problema di salute, si preoccupava piú di doverlo assistere che non della sua guarigione.

– Papà...

Dagli occhi di Riko continuavano a scendere copiose le lacrime. Dopo un po', tutta la tensione accumulata durante il giorno si allentò di colpo, per poi sparire. Si sedette sul pavimento, e continuò a piangere a dirotto tenendo l'album stretto tra le braccia.

17.

Due giorni dopo, alla sede centrale si tenne la riunione mensile dei direttori delle librerie Pegasus Shobō. Per l'occasione si riunivano con loro i vari dirigenti, che gli comunicavano direttive e progetti dell'amministrazione, e c'era uno scambio di informazioni sulla situazione dei diversi punti vendita. Era la prima volta che Riko vi partecipava.

Una volta entrata in sala riunioni, la salutarono subito i direttori della libreria di Ōkubo e di quella di Iidabashi. In passato avevano entrambi lavorato insieme a Riko a Kichijōji. Quando erano entrati alla Pegasus, si era occupata del loro tirocinio. Loro però avevano fatto carriera molto piú rapidamente: erano stati promossi a quel ruolo dirigenziale già da diversi anni. Si complimentarono con lei all'unisono per la promozione.

– Oh, finalmente ci possiamo incontrare anche qui!

– Ci hanno messo anche troppo, davvero!

Non capiva se l'avessero detto sinceramente, ma non le erano sembrati in malafede. Mentre chiacchierava con loro, entrò in sala Nojima, l'ex direttore della sua libreria. Era stato trasferito al dipartimento informatico della sede centrale, e quindi con tutta probabilità partecipava alla riunione in rappresentanza di quella sezione. Accortosi della presenza di Riko, si affrettò a girarsi dall'altra parte.

– Scusate un attimo, – disse lei ai suoi due interlocutori, e si avvicinò a Nojima. – Buongiorno!

– Ah, salve...

– Da oggi parteciperò anch'io a queste riunioni. Non sono ancora familiare con il loro svolgimento, per cui se mi trovassi in difficoltà, ti prego di aiutarmi. Sei l'unico su cui posso fare conto, Nojima... – si raccomandò Riko, rimanendo a guardarlo con una certa trepidazione.

Nojima era il tipo che se gli si parlava in un dato modo, non riusciva a trattarti freddamente.

– Ah, sí... Ma certo! Se ci fosse qualcosa, dimmelo pure in qualsiasi momento...

– Ti ringrazio, – replicò Riko, inchinandosi con garbo. Dalla tensione, Nojima stava sbattendo le palpebre freneticamente. Probabilmente aveva subodorato le sue vere intenzioni.

Riko pensava che il racconto della paternale da lei ricevuta da parte della dirigenza fosse già arrivato alle sue orecchie. Era ormai chiaro come lui non fosse affatto un suo alleato. Tuttavia, esibire esplicitamente la propria ostilità sarebbe andato solo a suo svantaggio.

– Ah, Etō, buongiorno! – Aveva riconosciuto il direttore della filiale di Ogikubo, e si era avvicinata per salutarlo.

– Oh, Nishioka, complimenti per la promozione!

La libreria di Ogikubo era la piú grande dell'intera catena, e si vociferava apertamente che Etō avesse fatto carriera grazie alle sue conoscenze. Era sempre un po' gonfio in faccia, e con un colorito come se avesse bevuto. Anche il fisico era piuttosto flaccido.

Lo aveva incontrato spesso a cene o ricevimenti, ma nemmeno una volta alle presentazioni organizzate dalle case editrici o a qualche tavola rotonda.

– Grazie, ma nel mio caso è solo capitato per via del trasferimento improvviso di Nojima. Io non ho fatto niente di speciale...

– Ma che dici! Non sei considerata forse la libraia piú carismatica di tutta la Pegasus Shobō?

– Mi fai arrossire! Anche per quello, mi sono esposta solo perché è stato Nojima a spingermi a farlo per pubblicizzare la libreria, ma quanto ad avere carisma... Mi sento in imbarazzo a sentirmi dire cose del genere da uno in gamba come te!

Etō scoppiò in una calorosa risata. Era un sempliciotto, estremamente sensibile ai complimenti.

– Non mi sento del tutto pronta per l'incarico, e mi sembra di non capirci ancora nulla; per cui mi raccomando, conto sui tuoi consigli! – chiosò Riko, inchinandosi anche con lui.

– Ma certo, certo, vieni pure quando vuoi! – la rassicurò Etō, dirigendosi poi di buonumore verso il fondo della sala.

Nojima stava osservando Riko con aria stupefatta. Probabilmente, conoscendola bene, non avrebbe mai immaginato che si potesse rivolgere agli uomini in tono cosí adulatorio.

– Nojima, tra un po' si comincia! Non sarebbe meglio che prendessi posto? – lo sollecitò lei.

– Ah, giusto, – abbozzò lui, avviandosi in tutta fretta verso il fondo della stanza.

Comparvero poi anche il Gatto e la Volpe, cioè Watanabe e Yamada. Riko stessa andò a sedersi in uno dei posti piú defilati. Alla fine entrò lentamente anche il presidente, da una porta sul retro. Non appena si sedette, il moderatore annunciò l'inizio della riunione.

Il presidente era ancora sulla cinquantina, ed era il figlio minore del defunto fondatore dell'azienda. Quando il padre era morto dieci anni prima, il primogenito, di carattere piú intraprendente, si era messo alla guida del settore alimentare del gruppo, mentre lui aveva assunto la presidenza della catena di librerie. A Riko lui non dispiaceva. Pareva fosse cresciuto come il cocco di famiglia, aveva una faccia paciosa che ricordava in qualche modo quella di Ebisu, uno degli dèi della fortuna, ed era sempre sorridente. Non sembrava particolarmente interessato agli aspetti squisitamente commerciali, e si diceva delegasse quasi del tutto ai dirigenti dei vari settori.

Ma Riko era convinta che quello fosse l'ideale per un uomo che era al comando. Sarebbe stato un problema per chi lavorava sul campo sentir mettere becco in continuazione su piccole questioni pratiche da parte del presidente.

– Allora, iniziamo dai dati di vendita di questo mese... – La prima parte della riunione era dedicata a una prolungata tiritera sulle cifre raggiunte da ciascuna libreria.

– L'incasso totale di settembre del punto vendita di Akabane è stato di diciannove milioni ottocentoventisettemila seicentocinquantacinque yen, con un costo del venduto di quindici milioni quattrocentosessantacinquemila cinquecentosettanta, un utile lordo di quattro milioni trecentosessantaduemila ottantacinque, un utile operativo di...

Il responsabile dell'amministrazione continuava a elencare i dati relativi a ciascuna delle librerie, ma ad ascoltare quella ridda di numeri ci si annoiava soltanto. Riko pensò a come sarebbe stato sufficiente distribuire degli stampati. Ma la convinzione del fondatore dell'azienda era che i vari direttori si dovessero riunire e scambiarsi i dati di vendita per cementare la coesione del gruppo. Riko, mentre fingeva di ascoltare obbediente a testa bassa, si guardò intorno. C'era chi scarabocchiava con aria annoiata su un foglio, chi mandava di nascosto una mail dal cellulare. Sembrava di stare a una lezione universitaria.

– Utile non operativo centosettantacinquemila e otto yen, spese non operative diecimila e cento yen...

La voce del relatore continuava imperterrita a snocciolare cifre. Erano le due del pomeriggio, orario in cui si cadeva piú facilmente preda di attacchi di sonnolenza, per cui c'era anche chi sbadigliava a ripetizione. Probabilmente era quella voce cantilenante a favorire l'assopimento. Etō e qualche altro sembravano in piena catalessi. Solo Watanabe e Yamada apparivano pimpanti, e fissavano Etō mezzo addormentato. Riko volse lo sguardo verso il presidente e notò che ascoltava a occhi chiusi, annuendo di tanto in tanto; ma poi, di colpo, la testa gli cadde in avanti. Come se risvegliatosi in quell'istante, si affrettò a rimettersi in posizione. Al tempo stesso, incrociò lo sguardo con quello di Riko. Si produsse in un largo sorriso, anche se sembrava imbarazzato.

Era proprio come aveva pensato. Davanti al presidente valeva la pena di provarci. In quel momento se ne convinse pienamente.

Seguirono varie comunicazioni da parte di ciascuna sezione e delle librerie, e la spiegazione del nuovo sistema amministrativo. Era sempre meglio di una sequela di numeri, ma non sembravano comunque argomenti da discutere convocando apposta una riunione.

Dopo innumerevoli interventi, il moderatore alla fine annunciò: – E per finire, un saluto da parte di Nishioka Riko, che si è appena insediata come nuova direttrice della libreria di Kichijōji...

«Ecco che è arrivato il mio momento...» pensò lei. Aveva avuto notizia anche di quel suo intervento finale quando le era arrivata la richiesta da parte della direzione di presentarsi alla riunione. Sfoggiando un ampio sorriso, Riko si alzò in piedi.

– Sono Nishioka Riko, la nuova direttrice della libreria di Kichijōji. Dato il grande onore ricevuto come primo direttore donna nella nostra catena, mi sento quasi piegare le ginocchia. Ma mi impegnerò con tutta me stessa per corrispondere alle aspettative di tutta la dirigenza, a partire dal nostro presidente, che ha voluto dare un chiara volontà di piena valorizzazione delle capacità femminili in previsione futura –. Watanabe e Yamada fecero una smorfia. Il presidente, invece, sembrava ascoltare con interesse. – Comunque, la libreria in cui lavoro in questi ultimi anni ha dovuto affrontare un costante calo di introiti. Ovviamente questo ha a che fare con la situazione complessiva di crisi del settore, ma c'è da dire anche che a seguito della riqualificazione avvenuta nel quartiere negli ultimi dieci anni, nel raggio di un centinaio di metri sono state aperte ben tre grandi librerie, a cominciare dalla B all'interno della stazione, e altre due di *remainder*, e anche questa situazione particolare ha avuto una notevole influenza. E meglio di me lo sa il precedente direttore, Nojima, oggi qui presente –. Tutti gli sguardi si diressero in contemporanea verso quest'ultimo. Lui guardò Riko sbattendo gli occhi, come se lei avesse detto qualcosa di inusitato. – Come abbiamo appena sentito, il profitto operativo corrisponde piú o meno al tre per cento dei ricavi complessivi, vale a dire una cifra non certo positiva. Ma per di piú, il grosso problema è che con il marzo del prossimo anno scadrà il contratto d'affitto che abbiamo con la società che gestisce l'immobile. Come ben saprete, nel caso della libreria di Kichijōji la società in questione è in stretti rapporti con la nostra azienda, e fin dall'apertura ci ha consentito di pagare un affitto pari a meno della metà della reale quotazione di mercato. Ma a causa dello stato di progressivo degrado dell'edificio, pare che a marzo prossimo si sia deciso di demolirlo e ricostruirlo. Quindi anche l'affitto non potrà piú essere quello corrisposto fino a ora, e ci è già pervenuta la richiesta di aumento. È ancora una valutazione ipotetica, ma la cifra mensile dovrebbe aumentare piú o meno fino a un milione di yen.

Riko stava tenendo il suo discorso, per il quale si era preparata in precedenza, con lo sguardo fisso in avanti e un tono deciso. Le dicevano spesso che aveva una voce bassa ma di buona estensione acustica. Era quello il momento giusto per farne buon uso.

– Basta con questa storia! – cercò di interromperla Watanabe, ma il presidente lo bloccò a sua volta con un gesto della mano. Nel vederlo, Riko riprese fiducia e proseguí.

– Non si tratta certo di una cifra irrisoria. Se volessimo coprire questo milione di yen con i profitti, sarebbe indispensabile aumentare gli incassi di cinque milioni al mese. Ovviamente c'è la possibilità di ridimensionare un po' la cifra anche rivedendo le voci di spesa... – Qui Riko prese fiato, girandosi verso Nojima, che distolse lo sguardo. – Nell'attuale situazione, andremmo sicuramente in perdita, e pare che la direzione sia convinta che la chiusura sarebbe inevitabile. Nemmeno io ero a conoscenza di tali circostanze, fino a quando sono stata nominata direttrice.

In sala si sentí un brusio. Riko aveva esposto pubblicamente degli affari interni. Se non lo sapeva nemmeno lei che ci lavorava, difficilmente avrebbero potuto saperlo gli altri direttori. Watanabe, tutto rosso in faccia, sembrava voler dire qualcosa, ma la mano del presidente era ancora lí alzata per impedirglielo. Quest'ultimo guardava fisso in direzione di Riko, con aria molto interessata.

– L'aver ricevuto questo incarico in una situazione tanto problematica, all'inizio mi ha messo in grave difficoltà. Ho anche pensato di rifiutare la promozione, e che sarebbe stato meglio fosse Nojima a proseguire nel suo compito.

Nojima continuava a guardare in basso. Anche gli sguardi degli altri direttori erano tutti puntati su di lui. Sembravano chiedersi perché non fosse rimasto al suo posto, se la libreria era destinata a chiudere nel giro di sei mesi.

– Tuttavia, qualunque siano le circostanze, visto che ho accettato sono intenzionata a fare del mio meglio. Ho deciso di pensare con positività che questa mia promozione, stabilita in un simile periodo, sia solo una dimostrazione di fiducia nei miei confronti da parte della dirigenza.

Le labbra di Watanabe e di Yamada disegnarono un arco verso il basso. Persino il modo di curvarle era risultato identico. Come calcolando i tempi, Riko fece ruotare lentamente lo sguardo su ciascuno dei presenti alla riunione. Era il momento dell'affondo decisivo.

– Mi impegno qui davanti a voi a realizzare entro marzo dell'anno prossimo l'aumento dei profitti necessario a coprire le spese di affitto, in modo da poter far continuare l'attività alla libreria.

Dopo essersi cosí espressa tutto d'un fiato, Riko si sedette. In sala scese il silenzio. Lei sentiva di essere oggetto dell'attenzione generale.

Non voleva finire nell'insignificante ruolo di comprimario. Anche se avesse dovuto abbandonare la scena a metà dello spettacolo, voleva recitare da protagonista finché le sarebbe stato possibile.

– Tu, in un contesto simile!

Watanabe stava per aggiungere qualcos'altro, ma era come se non gli venissero le parole, e continuava ad aprire e chiudere la bocca.

– Non sono argomenti da trattare in questa sede, ti pare? – proseguí allora Yamada. In quel momento, si sentí qualcuno applaudire. Era il presidente.

– Oh, ohh! Nishioka, sei energica proprio come dicono...

– Ma, presidente...

Watanabe e Yamada lo stavano fissando.

– Dunque tu sostieni che qualunque sia la situazione riuscirai a salvare la libreria...

– Esatto. Proprio in quanto direttrice, credo sia naturale sforzarsi al massimo per la sua sopravvivenza. E in questo vorrei avere il sostegno di tutti...

Riko guardò in faccia il presidente. Forse la chiusura della libreria era una decisione già presa. In quel caso, anche realizzare l'aumento dei profitti sarebbe stato inutile. Lei voleva invece ottenere la sicurezza che i loro sforzi avrebbero avuto un significato.

– Ho capito. Insomma, tu vorresti che si facesse proseguire l'attività alla libreria, se i ricavi aumentassero in modo adeguato. E vorresti che fossi io a prometterlo qui solennemente, giusto? – Come da ruolo, il presidente era andato dritto al punto. Aveva la solita faccia amabile e paciosa, ma gli occhi non sorridevano. – Perché no? Se è cosí che la pensi, puoi pure provarci.

– Ma, presidente! – esclamarono in coro il Gatto e la Volpe.

– La ringrazio di cuore... – disse Riko, facendo un profondo inchino nella sua direzione.

In sala si sollevò nuovamente un gran brusio. Di sicuro molti non avevano nemmeno capito bene che cosa fosse successo.

– Allora, la riunione di oggi è terminata. Il prossimo appuntamento è fissato per...

Mentre il moderatore proseguiva con i convenevoli finali, Riko mormorò dentro di sé: *Ce l'ho fatta, papà!* Ormai non poteva piú tirarsi indietro. L'unica cosa da fare era provarci. Ripromettendosi di dare il massimo, per sé stessa ma anche per i clienti. Perché la libreria non era soltanto di quelli che ci lavoravano.

Mentre lei rimuginava su questi pensieri, Nojima la osservava da lontano come se stesse scrutando qualcosa di spaventoso.

18.

– Nishioka, hai un momento adesso?

Il giorno dopo la riunione, mentre era al lavoro in ufficio, a Riko giunse una telefonata da parte di Etō, il direttore della filiale di Ogikubo. Era ormai l'ora di chiusura. Lui aveva dimostrato grande interesse per la performance di Riko di fronte al presidente, e alla fine della riunione l'aveva invitata a bere un bicchiere insieme. Cosí, pensando si trattasse di questo, lei gli aveva risposto con estrema affabilità.

– Ma certo, se si tratta di te, sono sempre a disposizione!

– Insomma, considerando i prossimi spostamenti, per me è una fortuna, ma mi stavo preoccupando per te invece...

– Di cosa stai parlando?

– Oggi si sono presentati da me Tsujii e Hatakeda. Volevano raccomandarsi per il mese prossimo...

– Tsujii e Hatakeda? E che devono fare?

– Ah, non hai sentito? Davvero? – le chiese Etō di rimando, in tono sorpreso.

– Insomma, di che si tratta? Di cosa dovevano raccomandarsi, il mese prossimo?

– No, ecco, insomma...

Etō sembrava restio a parlarne, ma poi alla fine le raccontò di come fosse stato deciso che dal mese seguente i due avrebbero lavorato alla libreria di Ogikubo.

– Ehh... Ma io non ne sapevo assolutamente nulla!

– Vedi, noi abbiamo appena aperto e non siamo ancora bene avviati, per cui ovviamente mi fa piacere avere a disposizione due elementi già esperti. Ma non avevo idea che non te lo avessero ancora comunicato! – proseguí Etō in tono imbarazzato. Era davvero impensabile, che il direttore di una filiale non fosse al corrente di un trasferimento dei propri subalterni.

– Anche noi non abbiamo avuto un rimpiazzo dopo il trasferimento di Nojima, e siamo davvero al limite col personale...

– Già, immagino. Ma credo che sia un po' per tutte le filiali cosí!

– Mah, comunque sia non capisco bene la situazione, e verificherò con la sede centrale. Grazie per avermi chiamato...

Riko riagganciò, poi con la stessa mano, che tremava leggermente, compose un altro numero. Alla sede centrale rispose direttamente Yamada Nobuo, il direttore del personale. Erano già passate le otto. Era insolito che si trovasse ancora lí, lui che tornava subito a casa appena finito l'orario di lavoro.

– Ah, sí, è cosí... – rispose con una certa indifferenza alla domanda di Riko, con la sua solita vocina acuta.

– E questo quando è stato deciso? A me non è arrivata nessuna comunicazione in merito!

– Ah, davvero? Strano, forse è stato un malinteso... Ne avevo parlato all'ex direttore Nojima, non te l'ha detto quando vi siete passati le consegne?

– No, per niente!

Cioè la cosa sarebbe risalita a quando c'era ancora Nojima? Ma di cosa stava parlando?

– Potremo almeno avere un rimpiazzo? Dopo che se n'è andato Nojima, con questi farebbero tre dipendenti fissi che vengono a mancare...

– Insomma, capisci, è stata una cosa improvvisa...

– Sarà anche improvvisa, ma per noi è un grosso guaio! Volete proprio che chiudiamo, qui? – sibilò Riko, e subito le si accese una lampadina. Doveva essere un modo di fare pressione da parte della dirigenza. Mentre loro volevano disfarsi di quella libreria, lei aveva chiesto direttamente al presidente di farla continuare, e quella era la loro ritorsione.

– Be', insomma, non hai detto che in sei mesi la farai risorgere? Guarda che ci contiamo anche noi! – ribatté Yamada con una voce talmente acuta e smielata da far venire i brividi. – Peraltro, anche Hatakeda e Tsujii avevano le loro ragioni. E noi del personale dobbiamo mantenere una posizione di neutralità...

– Ragioni? Ma di cosa sta parlando?

– Non posso essere piú specifico, ma con te non vanno molto d'accordo, vero? – Riko non trovò le parole per rispondere. Rimase in silenzio, con il ricevitore stretto in una mano. – Di questi tempi, ci vanno molto pesanti con il mobbing sul posto di lavoro... Anche noi dobbiamo prendere le nostre precauzioni. È giusto capitato che mancasse del personale alla filiale di Ogikubo, e abbiamo pensato di farli passare lí.

– Quindi significa che la filiale di Ogikubo è importante, e la nostra non conta nulla?

– È facile per te dire cosí, ma noi ci siamo trovati all'improvviso in una situazione imprevista! Di fronte a un'accusa di mobbing aziendale, e di abuso di potere, non potevamo fare altro che trasferirli! – ribatté Yamada, con voce alterata.

Mobbing aziendale? Abuso di potere? A Riko stava venendo mal di testa. Dunque Hatakeda e Tsujii si erano spinti a tanto, nelle loro lamentele con la direzione del personale?

– I problemi che avete lí risolviteli tu! In fondo sei la famosa «libraia carismatica», no?

Cosí dicendo, Yamada troncò la conversazione in tono irritato. Riko si mise a faccia in giú sulla scrivania. Ma cosa stava succedendo? E pensare che si era ripromessa di mettercela tutta, con un atteggiamento positivo… Hatakeda e Tsujii la odiavano davvero fino a quel punto? E la direzione era cosí determinata a far chiudere la libreria?

– Direttrice…

Sollevato lo sguardo a quel richiamo, si ritrovò di fronte Ozaki Shiho. Ma lei non era sola. Era circondata da quasi tutti gli altri che avevano lavorato al turno pomeridiano. Riko si rese conto che era ormai passato l'orario di chiusura, e pensò che volessero farglielo notare.

– Ecco, oggi ce l'ha detto Hatakeda nella riunione finale, ma è vero che la libreria chiuderà? – domandò timidamente Ozaki.

– Ah, ha detto cosí? Non ci posso credere!

– Io l'ho sentito dire da Tsujii. E anche che lui e Hatakeda sono stati trasferiti alla filiale di Ogikubo. È vero? – chiese a sua volta uno studente che lavorava lí part time nel reparto testi scientifici.

– Quello del loro trasferimento è un altro discorso… In ogni caso, la libreria non chiuderà di sicuro! – ribatté Riko con aria imperturbabile. Sembravano tutti in agitazione, cosí si era imposta all'istante di non farsi vedere confusa.

– Però Tsujii ha detto chiaramente che sarà entro marzo prossimo…

– E se fosse vero, noi dovremmo trovarci un nuovo lavoro part time…

– Ne va del nostro mantenimento, e sarebbe un bel guaio se dovesse chiudere all'improvviso…

Si levò all'unisono un coro di lamentele.

– Ascoltatemi bene tutti! Su, calmatevi!

Quando Riko iniziò a parlare, all'intorno scese di nuovo il silenzio. Tutti gli occhi erano ora puntati su di lei, tanto da crearle quasi imbarazzo nel proseguire.

– La scadenza di marzo non riguarda la chiusura della libreria. È la data in cui inizieranno i lavori di rifacimento di questo edificio, – cominciò a spiegare in tono disinvolto.

– Rifacimento?

– Esatto. La struttura è ormai fatiscente, non vi pare? Non c'è nemmeno l'ascensore! Si era parlato già da tempo dell'opportunità di ricostruirlo, e finalmente l'hanno deciso.

– Quindi non si tratta di chiusura? Hatakeda e Tsujii hanno detto chiaramente che la libreria verrà eliminata...

– Be', allora pare che abbiano frainteso! Certo, è ancora in discussione il fatto che dopo la ricostruzione si possa rientrare proprio qui. Ovvio che ci sarà un congruo aumento dell'affitto...

Ascoltavano tutti le parole di Riko col fiato sospeso. Lei non doveva assolutamente metterli in agitazione piú di cosí. Se non li avesse convinti, la libreria avrebbe smesso di funzionare non da marzo, ma già dall'indomani.

– Per cui, sarà necessario far aumentare gli incassi. Sicuramente è un compito impegnativo, ma non significa per questo dover chiudere! Se si realizzerà questo aumento potremo tranquillamente continuare. Me l'ha assicurato il presidente in persona! – Alla parola «presidente», tutti apparvero piú sollevati. – Come ben sapete, la nostra libreria è stata la prima della catena Pegasus Shobō, ed è sempre stata nota al pubblico. Non credo sarà cosí facile eliminarla!

L'accorata arringa di Riko era suonata però vagamente inutile. Quasi tutti avevano in faccia un'espressione poco convinta.

– Ma nel caso, di quanto si dovrebbero far aumentare gli incassi? – chiese a un certo punto un dipendente con contratto a tempo determinato, responsabile del reparto riviste. Aveva l'aria di chi muore dalla curiosità di avere informazioni piú precise.

– Insomma, non è che siano stati forniti dei dati ufficiali. Oltretutto, non si sa ancora quale sarà l'ammontare dell'affitto per i nuovi locali... – rispose Riko con un ampio sorriso. In realtà si trattava di cifre che non voleva rivelare. Se le avessero sentite, si sarebbero tutti tirati indietro. Ma a un tratto, si sentí qualcuno dire dalle retrovie: – Pare che la direttrice abbia detto di fronte al presidente che bisogna aumentare gli introiti di cinque milioni di yen al mese...

Era Tsujii, che guardava tutti a distanza dalla porta. Anche Hatakeda, di fianco a lui, aveva sulle labbra un sorrisino beffardo.

Per Riko era una sgradita sorpresa. Non si sarebbe mai aspettata che quei due comparissero lí all'improvviso.

– Sí, in effetti l'ho detto. Ma era solo perché con un aumento di introiti di cinque milioni di yen saremmo sicuri al cento per cento di farcela. Insomma, era una cifra indicata come target. È solo una mia supposizione su quale potrebbe essere un incremento adeguato, ma non è per nulla definitiva! – replicò Riko, mantenendo alla perfezione il suo atteggiamento spigliato e sorridente.

Ma dentro di lei era profondamente scossa. Si era resa conto che Hatakeda e Tsujii avevano la chiara intenzione di metterla in difficoltà di fronte a tutti.

– Mah, in ogni caso, si tratta comunque di una cifra impossibile da raggiungere, no? Il direttore Watanabe, della sede centrale, ha detto chiaramente che per questa libreria ormai non c'è piú nulla da fare...

– Vi pare che se non fosse cosí noi due saremmo stati trasferiti?

A quelle parole, si sollevò un brusio generale. Quel dato cosí crudo, un aumento di incassi di cinque milioni al mese, aveva causato uno shock in tutti i presenti.

– Che sia possibile o meno, non si può saperlo finché non ci si prova, giusto?

– Be', allora, quali nuove prospettive ci sono, in concreto? Ci illustri la sua strategia commerciale come direttrice, da qui in avanti! – la sfidò Tsujii in tono malevolo.

– Già, che ci racconta, direttrice? – la incalzò Hatakeda.

Riko percepí l'abbondante traspirazione che le stava inumidendo le ascelle. Erano tutti lí col fiato sospeso in attesa della sua replica. Era il momento di rendere note le sue idee come direttrice. Gli sguardi di Ozaki e di Yamane, incoraggianti e carichi di aspettative, le suscitavano un gravoso senso di responsabilità.

Come avrebbe potuto risolvere la situazione, zittendo Hatakeda e Tsujii e convincendo tutti gli altri?

Piú si agitava e piú la sua testa sembrava svuotarsi. Avere l'aiuto di qualcuno: era quello l'unico pensiero che le affiorava alla mente. Proprio nell'istante in cui vi era disperatamente aggrappata, si udí una voce tuonare in un angolo della stanza: – Ma finitela, idioti!

Tutti gli sguardi si spostarono in sincronia verso la direzione da cui proveniva.

Dietro a Hatakeda e Tsujii era apparsa Aki. Era pallida in volto come non mai, e tremava dalla rabbia. Riko pensò a come non avesse una faccia simile nemmeno quando le aveva restituito bruscamente la busta con i soldi al suo ricevimento di nozze.

– Ma che vi dice, il cervello?

– Obata, tu... – iniziò a dire Hatakeda avvicinandosi, ma Aki gli mollò di scatto un ceffone. Si sentí echeggiare un bel suono secco e distinto. Si girò quindi verso Tsujii, che però era piú alto di lei; sollevandosi un po' sulla schiena, lo colpí con impeto a sua volta. Dalla violenza dello schiaffo, lui barcollò all'indietro.

– Siete proprio incredibili! – esclamò poi, massaggiandosi la mano con cui li aveva colpiti.

I due erano rimasti annichiliti. Nello stupore generale, gli sguardi di tutti erano fissi su di Aki. *Non so chi sia davvero incredibile, qui dentro!*, pensò Riko tra sé e sé.

– Voi due, la odiate cosí tanto la direttrice?

– Odi... odiare, ma... ma... ma che dici...

Hatakeda era insolitamente agitato.

– Non è cosí? Non state forse cercando di metterla in difficoltà? Mi pare che l'altra volta abbiate mentito apposta a Watanabe, quando si è assentata senza autorizzazione!

– Ah, quello, insomma...

– Gli avete detto che lei non è adatta a fare la direttrice, vero? E avete anche sparlato a sproposito del mio rapporto con lei. Ma perché fare una cosa del genere? Aspiravate forse a diventare direttori al suo posto? Oppure non vi va a genio il fatto che sia una donna?

– No... no... non si devono usare modi violenti, Obata...

– Insomma, Watanabe, della direzione centrale...

– Direzione, direzione, ma di che andate cianciando? Ne siete cosí terrorizzati? Quello che dicono loro dev'essere per forza oro colato? Lí ai piani alti vorrebbero soltanto farci fuori. Ma la direttrice ha strappato una promessa al presidente, e sta cercando di trovare una strada per salvare la libreria. E perché voi, nonostante questo, fate di tutto per ostacolarla? Preferireste che venisse chiusa?

Nella sua foga oratoria, Aki era apparsa come un fiume in piena. Tsujii e Hatakeda, travolti da quell'impeto, erano del tutto confusi.

– Ma no, in realtà...

– Sia io che la direttrice ci teniamo molto alla nostra libreria, e vorremmo riuscire a portarla avanti. E mi chiedo perché voi, che pur siete dei dipendenti fissi, non dobbiate collaborare! Nonostante sia la nostra priorità, e sia proprio questo il momento di unire gli sforzi di tutti, voi ve ne state ancora lí a pensare solo alla carriera! Brutti deficienti!

Sia Hatakeda che Tsujii, ammutoliti di fronte a una tale impensabile controffensiva da parte di Aki, aprivano e chiudevano soltanto la bocca come per un riflesso condizionato. Ma nessuno accennava a fermare quell'invettiva. I membri dello staff, che sembravano in qualche modo aver afferrato la situazione, stavano ormai guardando i due con occhiate sospettose.

– Ma Obata, tu non la detestavi, la direttrice?

– Avete intenzione di andare avanti con queste stupide storie? – reagí Aki ancora piú infuriata, afferrando Tsujii per il colletto della camicia.

– Su, su, finiamola qui... – intervenne alla fine Mita. – Perché non ti calmi un attimo?

– Ma... – Aki non sembrava ancora soddisfatta.

– Non è che tartassando questi due le cose per noi miglioreranno, giusto?

Placata un po' da Mita, Aki lasciò andare con riluttanza la presa sulla camicia di Tsujii. Ancora in preda all'esaltazione, continuava ad avere il respiro affannoso.

– Però, direttrice, in tutta sincerità devo dire che sono rimasto sorpreso. Noi non eravamo stati minimamente informati in merito... – iniziò a dire da un angolo della stanza uno dei dipendenti a contratto temporaneo. Anche tutti gli altri, rimasti nel frattempo imbambolati a osservare la scena, si girarono di nuovo verso Riko con l'aria di essersi ripresi. Lei si sentí di nuovo al centro dell'attenzione generale, ma forse anche grazie all'intervento di Aki, le parve che i loro sguardi si fossero come ingentiliti. Si fece forza, e iniziò a parlare.

– In realtà l'incontro con il presidente c'è stato ieri, e quindi io stessa sono tuttora confusa. Però è un'opportunità estremamente favorevole, non vi pare? Ero ancora incerta su come presentare la cosa a voi tutti. E non volevo creare un'inutile agitazione... – Per un attimo le vennero a mancare le parole. – Certo, che ne siate venuti a conoscenza in questo modo a me dispiace molto, – concluse poi. In silenzio, rivolse quindi lo sguardo verso Hatakeda e Tsujii, nell'angolo della stanza. Di concerto, anche tutti gli altri si girarono in quella direzione. Travolti dall'imbarazzo, i due se la svignarono di soppiatto.

– Abbiamo capito il suo punto di vista. Ma comunque si voglia mettere la questione, se non si riusciranno ad aumentare gli incassi mensili di cinque milioni di yen entro marzo, sarà difficile che la libreria rimanga aperta, giusto? – chiese allora Ozaki.

– Sí. Ma io credo che se ci sono delle possibilità sotto qualunque forma, non ci resta altro che provarci. Non possiamo permettere che questo posto scompaia! – esclamò Riko in tono deciso.

– Mah, in effetti, però...

– Sarebbe un bel problema se dovessero aumentare anche gli straordinari...

– Ma ci pagheranno comunque?

I dipendenti esternarono con dei borbottii le loro ansie.

– Per quello non c'è problema. Al momento i conti non sono affatto in rosso. Abbiamo ampio margine per le spese del personale. Fino a marzo dell'anno prossimo, quando inizieranno i lavori di ricostruzione dell'edificio, la libreria può continuare nella sua attività come abbiamo sempre fatto.

Si diffuse nella stanza un'atmosfera di sollievo. Probabilmente si erano tutti tranquillizzati, visto che non si trattava di qualcosa di imminente.

– E al di là di tutto, noi siamo la Pegasus Shobō! Una grande catena libraria! Anche nella remota eventualità che questa libreria dovesse chiudere, sarete tutti pagati fino all'ultimo centesimo! – continuò Riko.

– Ma direttrice, come pensa di far aumentare i profitti? Ha in mente una qualche strategia vincente? – domandò allora qualcuno. Riko si girò in direzione di quella voce, quindi rispose in tono serio: – Noi siamo una libreria, e quindi non esiste un metodo efficace per ribaltare da un giorno all'altro la situazione. Evitare gli sprechi, assicurare un'ampia offerta di titoli, rendere piú attraenti gli spazi espositivi. Migliorare il rapporto con la clientela. Credo che queste siano le uniche possibilità...

– Ma allora non cambia di molto con quello che abbiamo fatto fino a ora! Insomma, mi pare difficile realizzare un simile aumento dei profitti, o sbaglio? – disse qualcuno in tono rassegnato.

– Però ci sono anche librerie che in quel modo riescono ad andare avanti, no? Quando me ne hanno parlato, all'inizio l'ho ritenuta anch'io un'idea assurda, ma poi, ripensandoci a mente fredda, quasi tutti gli esercizi commerciali fanno quadrare i conti cosí. Anche nella nostra catena, non ci sono solo librerie con sede in edifici di proprietà o appartenenti a società affiliate, come nel nostro caso. A ben pensarci, fino a ora siamo stati solo favoriti dalle circostanze.

– Sí, in effetti è cosí, ma...

– Ho appena iniziato una revisione generale, ma ad esempio la percentuale di resi per noi è molto piú alta rispetto a quella delle altre catene, e anche la velocità di smaltimento delle scorte è piuttosto bassa. E credo che ci siano molti altri aspetti che è possibile migliorare. Non sono numerosi forse gli sprechi? Finora, poi, non abbiamo mai organizzato fiere o firmacopie, ma vorrei provare a fare anche questo. Ci sono tante altre iniziative possibili, come vendere oggetti diversi dai libri, e cosí via. Bisogna tentare qualsiasi strada! Non voglio ritrovarmi a dover chiudere senza averci almeno provato –. A quel punto, qualcuno tirò un profondo sospiro. – Quindi sarà dura, ma vorrei che rimaneste per collaborare con me. Se ci diamo da fare tutti insieme, sono sicura che sarà impossibile fallire. E se non ci riuscissimo, se la libreria dovesse chiudere... – Riko ebbe qui un attimo di esitazione, ma poi proseguí decisa: – ... allora darò anch'io le mie dimissioni.

19.

Il numero dei dipendenti presentatisi per dire che lasciavano il lavoro era stato inferiore a quanto Riko aveva temuto. Tsujii e Hatakeda si erano trasferiti alla filiale di Ogikubo già dal giorno successivo, e due o tre persone particolarmente legate a loro si erano subito dimesse. Ma a parte questi, la stragrande maggioranza era sembrata sostenerla nel suo tentativo di salvare la situazione. Tuttavia, alla libreria c'era un'atmosfera un po' statica. Riko percepiva come tutti la stessero tenendo sotto osservazione. Era di nuovo messa alla prova. In definitiva, non poteva che dare dimostrazione di sé con le azioni.

Prima di tutto, bisognava rimpiazzare il personale che era venuto a mancare. Per effettuare delle assunzioni part time, Riko pubblicò alcuni annunci su delle riviste e affisse dei volantini in libreria, che portò poi anche in alcune università e scuole professionali, facendoli appendere sulle bacheche degli studenti. Inoltre, per assicurarsi qualche figura piú esperta, contattò soggetti che avevano già lavorato in precedenza in libreria, intavolando trattative su un loro possibile ritorno.

Oltre a rinfoltire le fila del personale, al tempo stesso doveva effettuare una revisione dei conti e delle procedure di magazzino; era inoltre necessario creare una nuova linea organizzativa per sopperire ai buchi lasciati dal trasferimento di Tsujii e Hatakeda. Per il quarto piano non c'erano problemi, in quanto poteva promuovere a responsabile Aki, che era una dipendente fissa; ma per il secondo e il terzo doveva affidarsi a personale con contratto a termine. Per il secondo piano incaricò Ozaki Shiho, con la promessa che, una volta rimessa in carreggiata la libreria, avrebbe insistito con la direzione per farla assumere a tempo indeterminato; ma riguardo al terzo non riusciva a trovare una soluzione. In quanto a popolarità e capacità professionali sarebbe stato l'ideale se avesse accettato di farlo Mita Takahiko, ma lui si era rifiutato. L'aveva giustificato dicendo che non se la sentiva di assumersi una simile responsabilità, lui che era un semplice dipendente a contratto. Gliel'aveva detto in tono gentile, ma con una certa determinazione. In fondo era una ragione valida, e lei non poteva certo forzarlo.

Inoltre, con tutta probabilità la sua vera motivazione era il non voler collaborare con lei. Da quel giorno, quando si era finalmente sfogato con Riko di fronte alle sue insistenze, Mita aveva sempre fatto in modo di evitarla. E anche quando doveva necessariamente interpellarla, Riko si era accorta che la chiamava per nome e mai «direttrice». Era convinta che lui non l'avesse ancora riconosciuta come tale. Ma non c'era nessun altro adatto a ricoprire la posizione di responsabile del terzo piano, e cosí lei non aveva potuto far altro che attribuire a sé stessa l'incarico ad interim.

C'erano tante altre questioni da affrontare oltre a queste. In parallelo a tutte le altre occupazioni, stava effettuando dei colloqui individuali con ciascuno dei membri dello staff. Non sopportava di essere stata definita «moralista» dal direttore del personale, e le bruciava anche il fatto che Mita l'avesse accusata di essere troppo emotiva. Quindi aveva chiesto loro di parlarle apertamente delle frustrazioni che avevano sul lavoro, di ciò che ritenevano si dovesse migliorare, di quello che gli sarebbe piaciuto fare di lí in avanti, di quanto si aspettavano da lei, dedicando a ciascuno almeno mezz'ora di colloquio, e spesso anche un'ora intera. Ricavare il tempo necessario all'interno dei suoi già molteplici impegni si era rivelato difficoltoso, ma alla fine era stata contenta di averlo fatto. Certo, alcune cose non era stato bello sentirle. Riguardo ai suoi dissensi con Aki, i giudizi severi erano stati molti di piú di quanto avrebbe pensato, e diverse persone avevano espresso le loro ansie per il futuro della libreria. Tuttavia, non erano mancati anche gli atteggiamenti positivi, e piú di ogni altra cosa, a colpire in modo positivo gli interlocutori, era stato il suo atteggiamento propenso all'ascolto attento di qualsiasi parere. Alla fine, si era messa subito all'opera per dare forma concreta alle proposte di miglioramento della libreria nate da proprio da quei colloqui.

Al fine di eliminare le spese inutili, sospese la fornitura delle divise ai nuovi assunti part time, concedendo loro di lavorare con indosso solo un grembiule sopra ai vestiti. Inoltre, tolse l'obbligo di calzare scarpe di pelle, permettendo l'uso di sneakers purché di colori sobri, come nero o marrone. Quest'ultima decisione era stata accolta con particolare favore dai giovani dipendenti uomini. Oltre a ciò, modificò i turni di lavoro, introducendone uno nuovo di quattro ore nel mezzo della giornata insieme a quelli canonici che partivano dal mattino presto o dal pomeriggio. Era pensato soprattutto per le ex dipendenti che avevano abbandonato il lavoro dopo aver avuto un figlio, in modo da poterle riassumere sfruttando la loro esperienza. Ritardò poi di mezz'ora l'apertura della libreria senza modificare gli orari lavorativi, in modo da poter concentrare in quella fascia le attività collaterali alla vendita, come lo scarico dei nuovi arrivi, gli inventari di magazzino, l'allestimento dei reparti e via dicendo. Voleva cosí rispondere almeno in parte alle frustrazioni di quei dipendenti che si lamentavano di essere troppo impegnati per potersi dedicare a sufficienza alla cura dei clienti e alla gestione dei libri. In tal modo, in effetti, era piú facile prestare attenzione alle richieste dei visitatori anche durante il normale orario di apertura. Riko era convinta che cosí sarebbe aumentato il livello di efficienza.

Dopo neppure un mese, alcuni dipendenti iniziarono ad affermare come Nishioka, la direttrice, fosse cambiata. A Riko questo suonava un po' ironico; comunque, a influenzare in modo determinante quel mutamento di opinione non erano state soltanto le numerose modifiche introdotte, ma anche il miglioramento del suo rapporto con Aki. Con lei aveva continuato a discutere senza alcuna remora sulle cose di cui non le riusciva di convincersi. Non si poteva certo dire che si spalleggiassero o si complimentassero a vicenda. Tuttavia, non si scontravano nemmeno a testa bassa senza dare all'altra possibilità di spiegarsi, come era successo in precedenza, né sparlavano l'una dell'altra. Probabilmente anche quei piccoli cambiamenti erano stati notati.

«Direttrice, si è molto ammorbidita, eh?» si era sentita dire Riko. «Lei e Obata in qualche modo vi assomigliate, sa?» le aveva addirittura detto Ozaki, tanto da farla quasi trasalire.

Ma uno di quei giorni, successe di colpo qualcosa di inaspettato.

– Direttrice, che guaio! C'è un cliente che...

Pallida in volto, Hagiwara Mami, del reparto fumetti, si era precipitata a chiamarla in ufficio. Era piovuto tutto il giorno, e in generale non c'era stata una grande affluenza, ma erano ormai le sette di sera passate, e a quell'ora doveva esserci un discreto movimento di gente che passava di lí rientrando dal lavoro. Se Hagiwara si era allontanata apposta per andarla a chiamare, doveva trattarsi di una situazione di emergenza.

– Che è successo? – le chiese Riko. Mami le spiegò l'accaduto in tono concitato. Circa due settimane prima, un cliente aveva ordinato un determinato volume di fumetti. Quando aveva chiesto a Nakamura Anna, che l'aveva servito, quanto tempo ci sarebbe voluto, lei gli aveva risposto: «Piú o meno due settimane». Quel giorno il cliente si era ripresentato, ma il libro non era ancora arrivato. Quando Anna gliel'aveva detto, il tizio improvvisamente era come impazzito, iniziando a strillare come un ossesso. «Non avevate detto che sarebbe arrivato in due settimane? Sono venuto fino a qui apposta, che razza di storia è?»

Anna si era scusata, e anche Aki, la responsabile del piano, si era profusa in mille inchini, ma il cliente non se n'era fatto una ragione. «Chiamatemi il direttore!» pareva avesse detto.

– Ho capito, andiamo subito lí.

Ogni tanto capitava qualcuno di quei tipi fumantini. A volte inscenavano una vera e propria lite chiedendo il risarcimento dei soldi, altre si producevano in una semplice sfuriata solo per mettere il personale in imbarazzo. Quale sarebbe stato il caso quel giorno? Anna era stata di certo avventata nell'assicurargli che il libro sarebbe arrivato in due settimane. Come recitava il manuale, avrebbe dovuto dire che normalmente quello sarebbe stato il tempo di attesa, ma che la libreria si sarebbe premurata di avvertire non appena l'ordine fosse arrivato. Ma era comunque il caso di mettersi a sbraitare per una cosa del genere?

Una volta scesa al secondo piano, Riko vide che intorno alla cassa si era creato un assembramento. Al centro, Anna e Aki continuavano a profondersi in inchini. Il loro interlocutore era un uomo sulla trentina, che portava gli occhiali. Appariva come un qualsiasi impiegato di ritorno dal lavoro, magro magro, con indosso un completo blu scuro. Era tutto rosso in viso, e non la smetteva di urlare.

– È alla nostra filiale di Ogikubo. Se può attendere qui cortesemente, lo mando subito a prendere... – cercava in tutti i modi di convincerlo Aki. Anna, che le stava accanto, dalla paura sembrava non riuscire ad aprire bocca.

– Cosa, cosa? Dovrei aspettare ancora? Oggi ho lavorato, e sono stanco morto! Ma pensando che il libro fosse arrivato sono comunque venuto apposta fino a qui sotto la pioggia, e voi mi vorreste fare ancora aspettare? – sibilò l'uomo, agitando l'ombrello che teneva in mano. Dato che non l'aveva nemmeno infilato nell'apposito sacchetto di cellophane, spruzzò schizzi d'acqua tutt'intorno, che caddero anche sui libri in esposizione. Tra sé e sé, Riko fece schioccare la lingua per il disappunto. Gli altri clienti osservavano la scena a debita distanza, in modo da non rimanere coinvolti direttamente. C'era anche chi fingeva di sfogliare qualcosa e invece guardava in quella direzione. Altri davano un'occhiata passando e si allontanavano.

– Signore, se mi vuole seguire in ufficio mi occuperò volentieri del suo problema... – gli disse a un certo punto Aki, preoccupata delle reazioni degli altri clienti.

– Ma senti questa! È cosí che pensa di liberarsi di me? – L'uomo alzò ancor di piú la voce, in tono ormai esasperato. – Io non mi faccio infinocchiare! E non mi metto nemmeno a discutere con una ragazzina come te. Mandatemi qualcuno che conti!

Eccomi qua!, pensò Riko. Era venuto il suo momento.

– Signore, mi devo scusare profondamente per il disturbo arrecatole... – iniziò a dire.

– E tu che vuoi? – L'uomo si mise a scrutare Riko, apparsa all'improvviso, con aria torva.

– Mi chiamo Nishioka, e sono la direttrice della libreria, – replicò lei, accennando un inchino.

– Cooosa? Una donna? Non prendetemi per il culo, portatemi qualcuno che comanda davvero!

– Mi dispiace, ma sono proprio io la responsabile di questa libreria, e quindi sarò io a occuparmi del disservizio di cui si lamenta... – proseguí Riko imperturbabile, porgendoli un biglietto da visita.

L'altro lo afferrò, e quando vide la qualifica commentò con una smorfia: – Ehh, un direttore donna? Be', allora come pensi di risolvere la questione? – la incalzò con un tono quasi da malvivente, mentre la sua faccia da uomo qualunque aveva assunto un che di volgare. – Questa stronza, – seguitò a dire indicando Anna con un cenno del mento, – mi aveva detto di tornare dopo due settimane, e io ho mosso il culo apposta nonostante la pioggia per venire. Per sentirmi dire cosa? Che il libro non è arrivato! Ma che cazzo succede?

Tutta intimorita, Anna si era quasi raggomitolata su sé stessa. Nella sua ancora breve esperienza alla libreria, probabilmente non si era mai trovata a dover affrontare una grana del genere.

– Ci deve scusare per l'incomodo. Darò subito disposizioni perché il libro le venga recapitato a casa... – cercò di rassicurarlo Riko, con un profondo inchino.

– Uhm, ma per me la faccenda non si chiude cosí! Anche se mi arriva il libro, chi mi ripaga del tempo che ho perso inutilmente? E oltretutto, volevo leggerlo proprio questa sera!

Riko lanciò uno sguardo al registro degli ordini, che era poggiato sopra al bancone. C'era segnato il titolo di un manga che aveva spopolato qualche tempo prima. Pur pensando tra sé e sé che non era certo un libro da avere senza perdere il minimo istante, non lo fece trasparire in volto, e si inchinò ancora piú profondamente: – Sono davvero desolata...

– Uhm, e speri di cavartela con delle semplici scuse? Se ti dispiace cosí tanto... – ribatté l'altro con un sorrisino beffardo, – prostrati lí per terra davanti a me!

Anna e Aki si scambiarono un'occhiata sbalordita. Dove l'uomo aveva indicato, il pavimento era mezzo bagnato di pioggia e c'erano impronte di fango.

– Senta, se vuole mi posso scusare anch'io in qualsiasi altro modo, ma questo... – si affrettò a intervenire Aki.

– Allora vuoi prostrarti tu, al posto della direttrice?

L'uomo si mise a guardare entrambe con lo stesso sorrisino beffardo. Riko pensò a come stesse godendo nel vedere le loro facce imbarazzate.

– No, insomma... – iniziò a rispondere Aki esitante, ma Riko la interruppe con un gesto della mano, dicendo: – Va bene signore, ho capito...

– Ma... direttrice!

Riko si spostò in avanti come per proteggere Aki, mettendosi in piedi sul pavimento sporco che aveva indicato il cliente. Avvertí come tutti gli sguardi fossero ora puntati su di lei. Si accorse anche di come gli altri dipendenti stessero osservando la scena da lontano col fiato sospeso, con Anna e Aki che sembravano entrambe sul punto di scoppiare a piangere. A quel punto lei non poteva fare una brutta figura.

Si piegò lentamente sulle ginocchia, accosciandosi a terra. Sentí il fango bagnato inumidirle i piedi, ma imperterrita si rimise dritta con la schiena. Quindi fece un respiro profondo, allungò le braccia e si sporse in avanti fino a toccare il pavimento con la fronte.

– Siamo sentitamente dispiaciuti... – La voce era come se le fosse uscita con enorme sforzo dai recessi dello stomaco. Dopo aver mantenuto la posizione per alcuni secondi, Riko sollevò lentamente la testa. Poi guardò l'uomo dritto negli occhi, e gli chiese in tono pacato: – Con questo possiamo considerarci perdonati?

Aveva la fronte sporca di fango, ma in volto un sorriso serafico. Sull'intero piano era sceso il silenzio. Anche l'uomo stava guardando Riko quasi intimidito. Era come se, sopraffatto dalla sorpresa, non sapesse piú cosa dire. Quelli che si erano accalcati intorno spostavano alternativamente lo sguardo tra il volto di Riko e quello del cliente. Le espressioni nei confronti dell'uomo erano di intenso biasimo per essere arrivato a tanto. I dipendenti maschi avevano l'aria di volergli mettere le mani addosso da un momento all'altro. Avendo notato tutti questi segnali, lui aveva ora in volto l'espressione tipica di chi non sa bene che pesci pigliare.

– Perché non la fai finita qui? – si sentí dire qualcuno all'improvviso. Dal gruppo di quelli che osservavano a una certa distanza, si fece avanti un uomo dal fisico imponente, sulla quarantina. Era piuttosto alto, con braccia e spalle possenti. A un primo sguardo sembrava un normale impiegato con indosso un completo marrone scuro, ma dava l'idea di avere in passato giocato a rugby o essersi cimentato in qualche altro sport in cui era necessaria una struttura massiccia.

– Sarai soddisfatto adesso, dopo aver fatto fare a una donna una cosa del genere, no? – disse piazzandosi di fronte al cliente attaccabrighe. Era come se lo dominasse dall'alto. Lo guardava in cagnesco, con occhi minacciosi. Sembrava un ulteriore messaggio silenzioso, teso a indurre l'altro a smetterla. Avvertendo la pressione, l'uomo fece un mezzo passo indietro.

– Be', per oggi direi che posso accontentarmi cosí... – sibilò, e alzò i tacchi come se dovesse fuggire via. Tutti i presenti lo accompagnarono in silenzio con lo sguardo. Quando fu definitivamente scomparso alla vista, Anna si accoccolò a fianco di Riko.

– Direttrice, mi dispiace tanto! – Aveva la voce rotta dal pianto.

Riko si sollevò in piedi, dandosi qualche energica pacca sulle gambe per scrollarsi di dosso la polvere.

– Ma non ti preoccupare, l'importante è che sia finita bene! – sussurrò ad Anna sorridendo, quindi si rivolse ai clienti lí intorno: – Signori, scusate tanto se vi abbiamo messo in allarme! Prego, continuate pure con i vostri acquisti...

La sua voce era risuonata squillante. Si inchinò quindi con eleganza, con un sorriso smagliante, le mani giunte sul davanti e i gomiti piegati verso l'esterno. Nel vederla, anche gli altri dipendenti si affrettarono a scusarsi quasi in contemporanea, inchinandosi a loro volta verso i clienti. Come sollevati, anche questi ultimi ripresero a muoversi in varie direzioni.

– Grazie, direttrice... – le disse Aki avvicinandosi. Cosí fecero anche gli altri colleghi. Col viso ancora rigato di lacrime, Anna era attivamene impegnata a togliere la polvere dalla gonna di Riko. Sembrava voler mostrare in qualche modo tutto il suo dispiacere. Ma Riko le fermò la mano, come a voler intendere che ormai era tutto a posto.

– Non ti preoccupare, la direttrice è lí apposta per fare da parafulmine alle lamentele dei clienti! – le disse quasi a voler minimizzare, sorridendole nuovamente. A quel punto le si avvicinò l'uomo dal fisico imponente che poco prima era intervenuto per ammonire il cliente rissoso.

– Ah, grazie per l'aiuto! È stato davvero provvidenziale... – gli disse Riko inchinandosi, e si affrettarono a farlo anche Anna e Aki, che le stavano accanto.

– Ma no, non ho fatto niente di speciale! – si schermí l'altro.

– E invece l'ha messo in grande difficoltà, sembrava non sapesse piú cosa fare. Sí, è intervenuto proprio al momento giusto! Che tempismo!

– Mah, quei tipi quando si sentono in posizione di superiorità fanno tanto i prepotenti, ma quando qualcuno li redarguisce, scappano via con la coda tra le gambe. Sono capitato giusto a proposito, no?

– Sí, davvero!

– Però lei è stata proprio brava a prostrarsi in quel modo! E poi senza la minima esitazione... Non crede che anche lui in quel momento si sia sentito battuto?

– Se bastasse quello per avere la soddisfazione di un cliente, io posso farlo anche a ripetizione! In fondo è quello il lavoro di un direttore... – replicò Riko sorridendo, e lui rimase lí a fissarla come ammirato. Vagamente imbarazzata da quello sguardo diretto e penetrante, lei abbassò gli occhi.

Quel giorno, dopo la riunione di fine giornata, Riko era tornata in ufficio ed era alle prese con i dati di vendita, quando si sentí chiamare. – Direttrice...

Alzò lo sguardo, e vide Mita che stava lí in piedi con una faccia tutta seria. Era da un mese che lui non le rivolgeva spontaneamente la parola.

– Che succede? – gli rispose Riko, mascherando una

certa sorpresa interiore. Era la prima volta che Mita le si rivolgeva in quel modo, e non chiamandola semplicemente per cognome.

– Ecco, si tratta del discorso dell'altra volta... – iniziò a dire lui, quasi incespicando con le parole.

– Il discorso dell'altra volta? – ripeté Riko in tono interrogativo, per un attimo del tutto all'oscuro di cosa l'altro stesse parlando.

– Sí, l'incarico di responsabile del terzo piano... – A quelle parole, lei aveva finalmente capito. In precedenza aveva chiesto a Mita se volesse assumere tale mansione, e lui aveva rifiutato. Riko aveva pensato che fosse per la diffidenza che nutriva nei suoi confronti a causa dei dissapori tra lei e Aki. – Se non avesse ancora cambiato idea, io vorrei accettarlo.

– Ehh? – Dopo un momentaneo stupore iniziale, Riko gli rispose in tono eccitato: – Ma certo! Sarebbero tutti contenti che lo facessi tu, e anche per me sarebbe di grande aiuto.

Temporaneamente era lei a ricoprire il ruolo, ma le risultava piuttosto gravoso, e molti incarichi avrebbe voluto affidarli a Mita, che considerava molto capace.

– Bene. Allora, da domani organizzerò il lavoro in tale prospettiva. Sono a sua disposizione... – replicò lui, inchinandosi.

– Grazie, allora ci conto! – Mentre lo diceva, Riko afferrò istintivamente la mano di Mita. Lui fece un'espressione tra lo stupito e l'imbarazzato, ma ricambiò subito la stretta con vigore. Per lei fu come fare finalmente un primo passo in avanti dopo essere uscita da una palude.

20.

Aki avrebbe voluto organizzare un qualche evento particolare. In questo suo desiderio era stata stimolata dalle attività del secondo e del terzo piano. Conoscere meglio il nostro spirito di armonia, la fiera ideata da Ozaki, ora responsabile del secondo piano, aveva fatto registrare un ottimo successo di vendite, anche grazie alla sofisticatezza degli addobbi e all'originalità dell'allestimento. Era incentrata soprattutto su testi di saggistica di famose autrici donne, ma era interessante come vi fossero state inserite anche opere particolari come *Sanpō Shōjo*, un manuale di matematica scritto insolitamente da una donna alla fine del Settecento, o un vecchio best seller come *Il crisantemo e la spada* di Ruth Benedict. Ma la grande novità verificatasi dopo l'insediamento di Ozaki come responsabile del piano era la differenziazione dei titoli esposti nel reparto di narrativa tra i giorni feriali e il weekend. Durante la settimana, con un occhio di riguardo ai clienti abituali, veniva ridotta al minimo la presenza di cartellini esplicativi e di best seller, creando in tal modo un ambiente piú sobrio e tranquillo. Il sabato e la domenica, invece, venivano disseminati ovunque cartellini invitanti, e piazzati i best seller del momento nei punti piú in vista. Insomma, si predisponeva un allestimento che risultasse attraente anche per chi visitava la libreria per la prima volta; era un accorgimento studiato appositamente per la clientela, che cambiava a seconda dei giorni. Mettere in atto tutto questo ogni settimana richiedeva tempo e attenzione. Aki ammirava Ozaki, che di certo non si risparmiava al riguardo.

In contemporanea, anche al reparto testi accademici c'erano evidenti novità. Appena saputo che in una vicina università si era insediato come nuovo rettore un professore di Storia molto popolare tra gli studenti, Mita aveva creato un angolo ad hoc dove erano raccolti tutti i suoi scritti. Inoltre, chiedendolo al rettore stesso che casualmente aveva fatto visita alla libreria, si era fatto consigliare anche altri volumi di storia oltre a quelli di cui era autore lui, e in particolare libri che potessero venir letti con piacere anche dai profani della materia. Mita se li era fatti arrivare, e li aveva disposti a fianco di quelli del rettore, insieme a dei cartellini di presentazione con su segnati i commenti positivi che lui stesso gli aveva fatto in proposito. C'erano molti degli studenti di quella università che frequentavano la libreria, e l'angolo aveva attirato ben presto la loro attenzione. Gli era stato dedicato apposta un servizio dallo stesso giornale universitario. Anche le vendite andavano a gonfie vele, e si era rivelato il piú grosso successo commerciale da quando era stato creato quel reparto.

Anche al quarto piano, quello cui sovrintendeva Aki, si stavano sperimentando diverse strategie. Innanzitutto, lei aveva provato a cambiare l'allestimento del reparto fumetti. Fino ad allora, negli scaffali a esse dedicati, le pubblicazioni erano semplicemente inserite dentro con il solo dorso visibile, ma ora per ogni mensola ce n'era almeno una esposta frontalmente. Con quel metodo applicato a tutti gli scaffali, le illustrazioni di copertina diventavano protagoniste, dando un tocco di colore e vivacità. Inoltre, a lato di ciascuno dei fumetti in evidenza c'era un cartellino esplicativo piú piccolo del solito, delle dimensioni di un biglietto da visita, dove si trovavano scritte le motivazioni per cui veniva consigliato. Ispirati a quelli in uso nei negozi di dischi, era stato scelto per essi un cartoncino di un bel verde chiaro, e vi veniva abbinato con cura anche il colore dei caratteri, in modo da creare un'aria di eleganza. Per dare un'impressione di uniformità, si affidava la compilazione di tutti i cartellini di un piano al membro dello staff che aveva la calligrafia migliore.

Si era concertata inoltre con tutti i dipendenti una piú rigida strategia intesa a evitare i furti. Forse perché nelle vicinanze aveva aperto una libreria *remainder*, da qualche anno la loro frequenza era molto aumentata, in particolare nel settore fumetti. Questo condizionava negativamente gli incassi, e si trattava quindi di un problema di importanza cruciale. Si era a tal scopo aumentato il numero degli specchi, spostato gli articoli di maggior valore in vicinanza delle casse, e modificato il lay-out del piano in modo da ridurre il numero degli angoli ciechi. Dato che non era comunque solo un problema del reparto fumetti, si erano coinvolti nella discussione anche tutti gli altri dipendenti in merito alle misure da prendere al momento della scoperta di un furto.

Questi miglioramenti avevano dato a loro modo soddisfazione, ma non avevano esercitato un'influenza diretta sull'incremento degli introiti, quello che poi era il vero obiettivo di Aki. Bisognava assolutamente ottenere dei risultati entro il mese di marzo. Lei voleva escogitare qualcosa di sensazionale. Visto che ormai erano in ballo, doveva trattarsi di qualcosa che attirasse l'attenzione generale, e soprattutto facesse aumentare i clienti. Le erano venute in mente diverse idee, ma nulla che avesse fatto scattare il suo entusiasmo. In fin dei conti, non era in partenza facile inventarsi qualcosa in quel reparto, dove il prezzo di vendita di ciascun volume era decisamente basso. Cosa avrebbe potuto fare?

– Ma come, proprio oggi? – disse Aki a Nobumitsu, non riuscendo a nascondere il proprio disappunto.

– Già, l'autrice ha detto di volermi vedere a tutti i costi...

– Ma è il mio compleanno! Me l'avevi promesso da tanto...

Visto che lui non aveva il tempo per comprarle un regalo, Aki gli aveva chiesto di andare quella sera insieme a Shibuya in un grande magazzino, dove avrebbero potuto scegliere qualcosa di suo gusto. Poi sarebbero andati a cena ad Azabu, nel suo ristorante francese preferito. Era finalmente un'occasione per passare una giornata insieme senza pensieri, e Aki la pregustava già da tempo. Quella mattina si erano alzati tardi, e mentre consumavano il loro brunch era squillato il cellulare di Nobumitsu. Dal suo atteggiamento, Aki aveva intuito che si trattava di una chiamata di lavoro, e aveva continuato a mangiare in silenzio. Era già passata una buona mezz'ora quando Nobumitsu, conclusa la telefonata, le aveva comunicato: «Devo uscire per lavoro...»

– E chi sarebbe, questa autrice?

Il marito le fece il nome di una fumettista.

– Me lo immaginavo! Quella non è del tutto normale, per chiamare l'editor anche quando sa che è di riposo!

L'artista in questione stava ottenendo grande popolarità tra gli appassionati. Nobumitsu diceva che prima o poi avrebbe fatto il botto, e aveva in programma di inserire una sua storia come apertura della nuova rivista. Cosí si era offerto spontaneamente per seguirla lui stesso, ma lei era un tipo un po' nevrastenico, e gli telefonava in continuazione dicendo che si era impantanata con lo storyboard, o che aveva avuto un crollo psicologico, tenendolo impegnato per ore. A volte lo chiamava anche a casa, senza curarsi che fosse giorno o notte.

– Tra le fumettiste sono piuttosto numerosi i tipi cosí! Cercano di mettere alla prova l'affetto dell'editor nei loro confronti, per vedere quanto ci tenga a loro, – si giustificò Nobumitsu, ma la spiegazione ebbe il solo effetto di infastidire Aki.

– Ma scusa, non dovrebbe essere semplice lavoro? Non lo trovi strano?

Mettere alla prova l'affetto? Ma non hanno mica una relazione sentimentale!, rimuginava lei.

– Non ci posso fare niente, è un tipo cosí! – ribatté Nobumitsu, come se la cosa non lo toccasse piú di tanto.

– Ah, e quindi bisogna trattarla con i guanti!

Aki l'aveva detto in tono ironico, ma lui replicò tutto serio: – Certo! Lei è una star dei manga, e qualunque editor farebbe carte false per avere una sua storia! Sta lavorando al progetto nonostante non abbia debuttato con noi, dobbiamo tenercela stretta! Se finisse in qualche modo per storcersi, ce la faremmo soffiare immediatamente da qualcun altro!

– Bella vita, eh, per i fumettisti?

– È un privilegio di quelli che hanno successo, farsi assecondare nei loro capricci. Lo sanno benissimo, e forse proprio per questo dànno tanta importanza agli editor...

– Mah, se lo dici tu...

Nel vedere che Aki si era rabbuiata, con un sorriso sornione Nobumitsu le disse, picchiettandole con le dita sulla fronte: – Se vado subito, farò di sicuro in tempo per la cena. Sono appena le undici! Dài, vediamoci a Shibuya alle sei! Cosí potremo comprare il tuo regalo e arrivare al ristorante per le otto, no? – E con queste parole, uscí di casa.

Aki però non ne era rimasta molto soddisfatta. In realtà avrebbe voluto passeggiare tranquillamente con lui per la città, non solo sbrigare in tutta fretta quanto già programmato. Arrivare magari fino a Omotesandō, e dare un'occhiata al nuovo centro commerciale. Insomma, lui non era riuscito a liberarsi per una giornata intera nemmeno per il suo compleanno? Quando avanzava la scusa del lavoro lei non poteva che abbozzare, ma si trattava davvero solo di quello?

Se fosse stato un fumettista maschio lei l'avrebbe accettato con piú disinvoltura, ma in questo caso lui aveva a che fare con una ragazza giovane. Cosa aveva intenzione di fare, se l'autrice avesse sviluppato nei suoi confronti un sentimento che andava oltre il rapporto professionale?

Aki si ricordò della foto di quella fumettista pubblicata su una rivista che aveva portato a casa Nobumitsu. Non doveva avere piú di una ventina d'anni, era praticamente senza trucco ma aveva dei bei lineamenti. Anche nell'articolo veniva presentata come «l'avvenente fumettista». L'impressione era che fosse una tipa tranquilla, ma di carattere deciso. Insomma, non le era sembrata una cosí fragile da dover ricorrere a tutti i costi all'aiuto dell'editor.

– Non lo sopporto proprio! – Aki ce l'aveva con Nobumitsu, che se n'era andato tutto tranquillo nonostante fosse il suo compleanno, ma anche con sé stessa, per non essere riuscita a congedarlo con nonchalance, con una risata.

Mentre se ne stava lí imbambolata, non le affioravano alla mente altro che pensieri fastidiosi e inconcludenti. Cosí, giocoforza, andò ad accendere il computer, che teneva in un angolo del soggiorno, pensando che a quel punto sarebbe stato meglio lavorare. Almeno non avrebbe rivangato considerazioni sgradevoli, e avrebbe potuto trovare qualche idea per eventi da organizzare in futuro.

Oltretutto era qualcosa che non riusciva mai a fare mentre era in libreria, e sarebbe stato molto piú costruttivo che starsene lí a rimuginare.

Prima di tutto, Aki provò a spulciare tra i siti web di famose librerie. Di recente erano molte quelle che organizzavano non solo firmacopie, ma anche eventi veri e propri. In alcune di grandi dimensioni, come quelle nella zona di Aoyama, c'erano sale riunioni dove potevano entrare anche cento persone; utilizzandole, venivano allestite presentazioni con l'intervento di scrittori famosi. Ma alla Pegasus Shobō gli spazi adatti allo scopo erano limitati, e sarebbe stato meglio pensare piuttosto a eventi su scala piú ridotta, che si potevano svolgere ad esempio anche nel reparto fumetti. Non c'era nulla che si potesse realizzare? Mentre continuava a esaminare le varie iniziative, calamitò la sua attenzione la pagina di apertura del sito di una grande libreria. In un trafiletto si annunciava un evento con la partecipazione di un famoso critico letterario. In pratica, avrebbe parlato dei cento libri che piú l'avevano colpito nel corso della sua carriera, che sarebbero stati esposti in vendita in uno stand dedicato all'interno della libreria.

Nel vederlo, ad Aki si accese una lampadina: *Ma certo, perché non farlo con un fumettista, invece che con uno scrittore o un critico?* In tal modo si sarebbero potute vendere non solo le opere precedenti di quell'autore, ma anche tante altre da lui segnalate. Vi si potevano anche abbinare dei firmacopie e altri eventi speciali. Se si fosse scelto come protagonista principale un disegnatore di grande successo, avrebbe di sicuro attirato un pubblico numeroso e avrebbe fatto notizia.

Tuttavia, il tutto sarebbe risultato problematico se l'interessato non avesse fornito loro una piena collaborazione. E inoltre, nel caso di un autore legato da contratto esclusivo a una casa editrice ci sarebbero stati diversi vincoli, rendendo probabilmente la cosa impossibile. Già in partenza sarebbe forse stato difficile farsi dare persino un recapito a cui contattarlo.

Dunque non poteva che essere lui… Una figura popolare, collaborativa, e di cui aveva già i contatti a disposizione. In fondo si poteva forse dire che fosse l'unico fumettista che conosceva personalmente.

Mentre ci rifletteva su, Aki aprí Twitter e dalla lista contatti selezionò il nome «Prisma arcobaleno». Era l'account che usava su quel social media Agachi Nao, l'autore di manga di cui si era occupato in precedenza Nobumitsu, che avevano invitato a cena a casa e con cui era entrata in confidenza. Da allora era diventata appunto una sua follower.

Se avesse organizzato un evento con protagonista Agachi Nao, nessuno avrebbe avuto nulla da ridire. Era un grosso nome, e dall'inizio dell'anno successivo sarebbero iniziate le trasmissioni di una seconda serie di *anime* tratta dai suoi manga. La prima serie, che era finita a giugno, aveva avuto grande successo, e quindi il seguito sarebbe andato in onda dopo sei mesi. Aveva sentito dire che la casa editrice ne avrebbe approfittato per organizzare nel frattempo dei grandi eventi legati alla produzione cartacea. Se si fosse inserita in quel filone, avrebbe potuto allestire una fiera di sicuro impatto. Anche dal punto di vista delle vendite i risultati sarebbero stati di certo positivi. Era ancora novembre, e due mesi sarebbero stati piú che sufficienti per i preparativi.

Tuttavia, probabilmente sarebbe stato meglio parlarne prima anche con Nobumitsu. Se il progetto della fiera si fosse concretizzato, avrebbe avuto come interlocutore il dipartimento commerciale della casa editrice. Sarebbero stati loro a consultare per un parere la redazione editoriale, ma presto o tardi comunque la voce sarebbe arrivata all'orecchio del marito. E quindi, era meglio farlo in anticipo. Nobumitsu in fondo era stato il suo editor, e Aki aveva conosciuto Agachi grazie a lui.

Si aprí la pagina Twitter del fumettista, che era stata appena aggiornata. Era particolarmente interessante, dato che l'accesso non era consentito a tutti, e vi erano annotate considerazioni molto personali e svelati retroscena dell'ambiente editoriale, tipo: «Ero con l'acqua alla gola per la consegna, ma sono andato lo stesso di nascosto al concerto», oppure «L'editor mi ha bocciato lo storyboard. Che rabbia!» Aki pensò che se li avesse letti l'editor che si occupava di lui, probabilmente si sarebbe messo un tantino in agitazione. Ora capiva il motivo per cui Agachi non voleva che l'altro diventasse un suo follower. Anche la nota di quel giorno era una lamentela che riguardava il lavoro. «Con l'editor della Hitotsuboshi Shuppan non mi trovo in sintonia. Anche oggi abbiamo litigato per lo storyboard. Mi chiedo se capisca quale sia la vera qualità dei miei lavori. Detto sinceramente, vorrei che mi ridessero quello di prima!»

L'incaricato della Hitotsuboshi Shuppan al momento era Konno, un collega piú giovane di Nobumitsu. Aveva partecipato anche lui alla cena a casa loro insieme ad Agachi, e sembrava un tipo piuttosto nervoso. Con «quello di prima» il fumettista si riferiva invece a Nobumitsu. Aki si sentí vagamente orgogliosa del fatto che il marito fosse oggetto di tanta fiducia. Ma una volta letta la frase successiva, ripiombò nello sconforto.

«Ma il mio editor precedente ora si occupa di un'altra rivista, e mi ha detto di essere completamente preso da una bella fumettista, per cui mi sa che non ci sarà nulla da fare...»

La «bella fumettista» sarebbe stata quella da cui Nobumitsu era andato quel giorno? Era talmente preso da lei da far già sparlare quelli dell'ambiente?

Si era giusto accigliata al pensiero, quando le squillò il cellulare. Era un suono di notifica. Lo prese in mano, e vide che il messaggio era da parte del marito.

«Scusami tanto! Non riuscirò a finire per l'ora di cena. Per oggi dobbiamo rimandare. Ti prometto che saprò farmi perdonare...»

Indispettita per la delusione, Aki gettò il telefono sul divano. Era evidente che Nobumitsu fosse stato trattenuto da quella ragazza. Ma perché doveva usare tutte quelle attenzioni solo con gli autori che curava? Eppure lei lo sopportava, il fatto che fosse sempre cosí impegnato.

Che Agachi avesse scritto una frase del genere, non significava forse che si trattava di una dedizione un po' troppo particolare? Era davvero soltanto lavoro? Non era una semplice scusa per mascherare la voglia di incontrare la fumettista? Esistevano veramente riunioni di lavoro cui dover dare assolutamente la precedenza anche a scapito del compleanno della propria moglie?

In definitiva, Nobumitsu faceva solo quello che piú gli piaceva, senza pensare affatto a lei. E nonostante dimostrasse tanto zelo verso il proprio lavoro, per il suo invece non mostrava la minima comprensione. Benissimo, aveva deciso. Da allora in avanti avrebbe fatto anche lei come le pareva.

Ormai di pessimo umore, Aki rivolse di nuovo lo sguardo verso lo schermo del computer. Cliccò sull'icona di invio messaggi sotto al nome «Prisma arcobaleno». Era pienamente intenzionata a mandarne uno ad Agachi Nao, chiedendogli consiglio per l'eventuale organizzazione di una fiera.

21.

Era il primo sabato di novembre, ed era in corso quella che era stata ribattezzata «riunione consultiva».

Si era deciso di provare a organizzarla dopo che un membro dello staff aveva lanciato la proposta: «Proprio come fanno le case editrici, che ci chiamano per avere dei pareri, perché non interpelliamo anche noi un gruppo di clienti per chiedergli direttamente cosa ne pensano della libreria?»

Erano state già installate delle urne in libreria e predisposta una bacheca sul sito internet in modo da raccogliere le opinioni della clientela, ma era difficile ottenerne delle proposte costruttive, che andassero al di là delle semplici lamentele.

Tuttavia, Riko temeva che un'iniziativa del genere potesse venire considerata un trattamento speciale verso alcune persone. Credeva anche che un libraio professionista dovesse captare le aspettative e le esigenze dei clienti senza che glielo dicessero, ma alla fine era stata messa all'angolo dall'entusiasmo dei dipendenti piú giovani, Aki per prima. Non era possibile predire quanti di quei suggerimenti si sarebbero rivelati efficaci, ma in fondo ne sarebbe bastato anche uno soltanto. Insomma, bisognava provare. Di fronte a tali insistenze, lei stessa aveva pensato che forse potessero avere ragione.

«Però sarebbe un problema se dovessimo urtare la sensibilità di qualche cliente prezioso, e magari ci potremmo ritrovare qualche commento imbarazzante sulla pagina web...»

«Be', ci penseremo allora, nel caso succedesse. Se per paura si continuassero a fare solo le solite cose, non si otterranno mai dei risultati brillanti!» Cosí le aveva detto Aki tutta rossa in volto dall'eccitazione, con gli occhi che le brillavano. *Che entusiasmo!*, aveva pensato Riko tra sé e sé. In fondo diceva cosa sensate, ma per Aki non si trattava soltanto della voglia irrefrenabile di sperimentare a tutti i costi qualche novità?

Che poi alla fine Riko avesse dato il suo benestare, era perché aveva ceduto al suo stesso desiderio di chiedere direttamente ai clienti cosa ne pensassero della libreria. La quale non era una cosa soltanto loro, ma esisteva proprio grazie ai clienti stessi. Era ansiosa di sapere come apparisse loro.

«Ecco, io avrei preparato anche una locandina...» Cosí dicendo, Aki le aveva mostrato al computer un bozzetto che aveva creato. C'era su scritto: «Prima riunione dei sostenitori – Il tuo parere per cambiare la libreria»

«Ma che significa, "riunione dei sostenitori"?»

«Insomma...» aveva iniziato a rispondere Aki col tono di chi aspettava proprio quella domanda, «"riunione consultiva" mi suonava troppo formale, qualcosa a cui sembra difficile partecipare, giusto? Ho pensato fosse meglio qualcosa di meno impegnativo, che ti fa venire voglia di dare almeno un'occhiata...»

Riko non ne era del tutto convinta, ma dato che non c'erano dei precedenti, non poteva esprimersi con cognizione di causa; cosí aveva deciso di dare la cosa per buona. A poco a poco si erano definiti i dettagli, e si era poi passati a informare il pubblico, affiggendo la locandina in libreria e mettendo un annuncio sul sito internet. Anche

Riko aveva provato timidamente a incoraggiare alcuni dei clienti con i quali era piú in confidenza per far sí che partecipassero. Se non si fosse presentato un certo numero di persone, la cosa non avrebbe avuto senso.

«Se quel giorno dovesse mancare gente, si potrebbe provare a invitarla con degli annunci al microfono in libreria...» aveva suggerito con una certa apprensione anche Ozaki. Fino al giorno precedente, era arrivata conferma di partecipazione da parte di cinque persone. Riko aveva pensato che il numero fosse in qualche modo già sufficiente. L'orario d'inizio era stato fissato per il sabato pomeriggio alle tre. Era un momento in cui la libreria era affollata, ma il giorno e l'ora erano stati scelti apposta per facilitare l'accesso dei clienti alla riunione.

Quel giorno si erano presentate cinque persone. Una di quelle che aveva confermato in rete aveva cancellato all'ultimo momento, ma prima di cominciare si era provato a fare un annuncio via microfono, e un'altra aveva espresso lí sul momento il desiderio di partecipare. Cosí alla fine il numero era esattamente quello preventivato, e si era potuto procedere. Lo spazio deputato era la stanza che di solito i dipendenti part time usavano per rilassarsi durante le pause. Vi si potevano mettere a sedere solo cinque o al massimo sei persone, cosí sono stati fatti accomodare i clienti insieme a Riko, la direttrice. I tre responsabili dei diversi piani stavano in piedi ad ascoltare.

I partecipanti erano quattro uomini e una sola donna. Ci si era chiesti che tipo di persone si sarebbero presentate, ma in realtà erano tutti clienti abituali. Tra loro c'era un signore anziano che faceva ogni giorno visita al reparto narrativa, e un tipo che si vedeva una o due volte a settimana, e rimaneva in piedi per ore a leggere *light novel*. Riko era rimasta sorpresa nel vedere anche l'uomo che tempo prima aveva bloccato un cliente rissoso, quando lei aveva dovuto prostrarsi a terra per scusarsi. Si chiamava Hoshino Saburō.

Vennero serviti con bicchieri e piattini di carta del tè e dei dolci acquistati per l'occasione. Anche quelli che all'inizio se ne stavano lí seduti con aria un po' ingessata, si erano pian piano sciolti e avevano iniziato a parlare liberamente.

– In effetti, vorrei che dedicaste un po' piú di tempo ad ascoltare i clienti... Quando ci viene da chiedere qualcosa, sembrate tutti sempre superimpegnati, e risulta difficile rivolgervi la parola...

– E poi, quando si tratta di argomenti piú specialistici, i ragazzi che lavorano part time spesso non capiscono... L'altra volta ho chiesto se avevate qualche libro di Haniya Yutaka, e con mio grande stupore mi è stato chiesto di rimando a quale genere appartenesse! Forse sarebbe necessaria una maggiore preparazione da parte loro...

– Come mai date tanto rilievo solo ai *boys love*, o agli *shōjo* manga? Appena si entra nel reparto fumetti se ne viene subito sommersi, e per un uomo è un po' imbarazzante metterci piede. Basta guardare gli scaffali con le *light novel* piú indirizzate a un pubblico maschile, è palese come non vi interessino affatto! E perché tenere ancora in esposizione la serie di *Anomalie sul fronte della Via Lattea*? Quello è un successo di cinque anni fa, i giovani ormai non la leggono piú! È inutile tenerne tutti i volumi... Al contrario, della serie di Yayoi-chan, che sta iniziando ad avere un grande successo, c'è solo il piú recente, o sbaglio? Quelli dovreste tenerli assolutamente!

– Il bagno è piccolo e buio. E c'è anche cattivo odore...

– Sí, e di questi tempi non si dovrebbero piú vedere quelli alla turca! Non riuscite a ristrutturarlo creandone almeno uno in stile occidentale?

– Piuttosto, cercate di mettere le scale mobili! È cosí scomodo dover salire e scendere ogni volta a piedi...

– Dunque, a me piace una rivista che si chiama «Bebe» e ogni tanto la compro, ma da voi ce n'è sempre soltanto una copia. E quindi il piú delle volte, anche se ho intenzione di comprarla, non la trovo perché è esaurita. Le riviste sono troppe, e spesso è difficile individuarne la posizione. Non riuscite a fare qualcosa in merito?

Una volta iniziato a parlare, ciascuno aveva esposto via via le proprie insoddisfazioni. Qualcuna poteva essere anche parzialmente presa in considerazione, ma per la maggior parte si trattava di questioni irrisolvibili. Il bagno o le scale mobili, ad esempio, erano materia della società proprietaria dello stabile, e loro non ci potevano fare nulla. E comunque, erano state tirate in ballo le situazioni piú disparate, tanto da risultare complicato trattarle tutte insieme. Riko si sentiva in difficoltà, quando il suo sguardo si incrociò con quello di Hoshino. Come se avesse intuito il suo stato d'animo, lui se ne uscí dicendo: – Però quell'iniziativa sull'«armonia» al reparto di narrativa è stata davvero magnifica! L'allestimento era cosí elegante...

A quelle parole, il cliente appassionato di *light novel* aggiunse: – Sí, è vero. Anche l'angolo coi dieci migliori manga al reparto fumetti mi pare azzeccato. Però sembrano tutte iniziative slegate...

– Che intende con «slegate»? – chiese allora Riko.

– Come dire... Non riuscite a fare qualcosa in contemporanea tra il secondo, il terzo e il quarto piano?

– In... contemporanea?

– Ma certo! Ai grandi magazzini, per esempio, a volte fanno delle fiere a tema che riguardano l'intera struttura, no? È questo che intende, giusto? – gli andò in soccorso l'unica cliente donna.

– Uhm, non so... Insomma, questa libreria ha sempre un aspetto un po' troppo formale... Quando si va da Book•On o da altre parti, si trova sempre musica di sottofondo, gli addetti ti salutano tutti, è sempre come se l'intero negozio fosse in pieno fermento. Qui già l'edificio è fatiscente, e non si ha mai una bella sensazione. Non riuscireste a dare un aspetto piú luminoso al tutto?

Book•On era una libreria *remainder* che di recente aveva fatto segnare un repentino aumento degli incassi. Ce n'era una filiale anche al piano terra del palazzo a fianco della Pegasus.

– No, a me non piacciono i posti cosí! In mezzo a quel frastuono non riesco proprio a scegliere con calma! – Cosí aveva reagito con una smorfia un cliente di mezza età.

Ma per Riko si era come accesa una scintilla.

– A parte il discorso della musica, forse l'idea di organizzare qualcosa di congiunto in tutti i piani non è affatto male. Ad esempio il mese prossimo arriverà Natale, e si potrebbe fare un'esposizione di libri sul tema in ogni piano... – suggerí Riko.

– Sí, sarebbe ideale come soggetto! Potreste allestire magari un albero di Natale... – Anche la cliente si era trovata d'accordo.

– Dicono che quando in una certa libreria hanno lanciato uno dei romanzi di Harry Potter, il personale si è tutto mascherato. Magari voi potreste vestirvi tutti da Babbo Natale! Perché no?

– Già, è vero! Forse potrebbe essere una trovata divertente... – Riko pensava che l'idea potesse essere utilizzabile. Si trattava di dare un aspetto unitario alla libreria e inscenare l'atmosfera della festa. Si ripromise di provarci.

– Ma tornando su un altro argomento, qualcuno prima ha parlato di Book•On... Che ne pensate del loro atteggiamento verso i clienti? Noi da parte nostra, proprio come qualcuno ha già sottolineato, cerchiamo di intervenire il meno possibile quando il cliente sta scegliendo un libro. Nelle loro librerie, invece, pare che tendano a rivolgere sempre di piú la parola. Mi potreste dare il vostro parere? – chiese poi. La riunione sembrava finalmente aver preso la giusta piega. Anche Aki, che seguiva da dietro, si sentí sollevata. A un tratto, percepí muoversi il cellulare che teneva in tasca. Essendo in modalità silenziosa non aveva squillato, ma solo continuato a vibrare. Guardando il display, vide che era Nobumitsu a chiamarla.

– Che succede? Non sei al lavoro? – gli chiese a bassa voce Aki appena uscita dalla porta.

– E me lo chiedi pure? Qui sta succedendo un casino, per la storia di Agachi!

– Cosa, cosa? – replicò lei, senza capire sul momento di cosa stesse parlando.

– Tu gli hai proposto direttamente di partecipare a una fiera, vero? Qui si è creato il panico!

– Però tu con Agachi hai solo sondato il terreno, giusto? La richiesta ufficiale l'hai mandata alla direzione commerciale di Hitotsuboshi Shuppan, no? Hai seguito la procedura standard, che avrai fatto di cosí grave? – le domandò Riko. Il giorno successivo, Aki si era consultata con lei a proposito della fiera che avrebbe dovuto avere come protagonista Agachi Nao. L'aveva messa al corrente di come la situazione stesse degenerando.

– Ma certo, da parte mia c'era tutta l'intenzione di seguire l'iter canonico...

Il progetto della fiera era stato portato avanti da Aki. Oltre a presentare l'opera completa di Agachi, autore sulla cresta dell'onda, gli avrebbero fatto scegliere ed esposto in bella evidenza anche i manga che l'avevano influenzato maggiormente, quelli che piú gli piaceva leggere al momento, nonché alcuni volumi dei fumettisti che lui stesso riteneva i suoi principali rivali, tutti corredati dei suoi commenti personali. Sarebbe stata approntata una nota biografica dettagliata, e messi in esposizione anche foto del suo studio e oggetti che amava particolarmente. Come progetto era piuttosto elaborato, ed era necessaria una piena collaborazione da parte dell'interessato; cosí Aki aveva provato a contattarlo in anticipo.

Agachi aveva mostrato grande entusiasmo per l'idea, dando di sua iniziativa alcuni suggerimenti. Aveva persino proposto di organizzare durante lo svolgimento un firmacopie e una presentazione con dibattito aperto.

Confortata dal caldo sostegno ricevuto, Aki aveva steso un progetto scritto, ottenendo il benestare della direzione. L'aveva quindi sottoposto a Iwata, l'addetto commerciale della Hitotsuboshi Shuppan, la casa editrice che aveva pubblicato tutte le opere principali di Agachi. Iwata le aveva detto che avrebbe considerato positivamente la proposta, e dunque Aki era ottimista sul fatto che l'idea si sarebbe concretizzata. Ma le cose non erano andate come sperava.

– Sembra che Agachi non vada molto d'accordo col suo referente della casa editrice...

L'attuale editor del fumettista era Konno Satoru, un collega piú giovane di Nobumitsu. A detta del marito, i due non si erano trovati in sintonia fin dall'inizio. Anche durante i loro incontri erano sempre in disaccordo, e forse anche per questo, da quando Konno era diventato il suo editor, le sue storie a puntate avevano spesso un numero ridotto di pagine. In realtà, in contemporanea con l'inizio a gennaio delle trasmissioni tv della nuova serie tratta dai fumetti di Agachi, anche la Hitotsuboshi Shuppan aveva in mente di organizzare una fiera a lui dedicata. Come highlight dell'evento, era in programma di pubblicare in un unico volume le storie finora apparse a puntate. Tuttavia, dato che erano state ridotte in continuazione le pagine a lui dedicate, il totale era insufficiente per poter mettere insieme un libro di una certa consistenza. Pertanto, non potendolo far uscire nei tempi previsti, il progetto di pubblicazione era slittato.

Sarebbe dunque venuta a mancare l'attrazione principale della fiera, e Konno era andato in totale agitazione percependola come una propria responsabilità. Cosí aveva deciso unilateralmente di ripubblicare delle storie brevi firmate da Agachi che erano uscite al suo esordio grazie a una piccola casa editrice. Era stata la sua prima pubblicazione in veste di libro a sé stante, in formato A5 e con un costo elevato. Al momento aveva venduto circa cinquantamila copie, che per un editore minore era una cifra eccezionale, ma Konno era convinto che se la Hitotsuboshi Shuppan l'avesse ripubblicata in formato B6 avrebbe venduto anche di piú.

«E poi, il fatto che non si possa presentare il nuovo libro alla fiera è colpa tua, no?»

Agachi, che sentiva anche un debito di riconoscenza verso quella piccola casa editrice che l'aveva pubblicato agli inizi, aveva allora avuto un'energica reazione nei confronti di Konno, che sembrava agire con supponenza solo per il privilegio di appartenere a un grande gruppo editoriale. A quanto si diceva, da lí ne era nata una lite furiosa. Nell'occasione, a Konno era sfuggito detto: «Tu non eri nessuno, ed è solo grazie a noi che sei diventato famoso!», cosa che aveva fatto infuriare Agachi ancora di piú. Era stato ferito nel suo orgoglio di autore.

Il conflitto era poi degenerato dal semplice livello di

disputa tra un fumettista e il suo editor, tanto da arrivare all'orecchio dei piani alti. Alla fine era stato lo stesso direttore editoriale a dover condurre personalmente una trattativa con Agachi. Al fine di consentire la realizzazione della fiera, a gennaio la Hitotsuboshi Shuppan avrebbe curato la riedizione di quel suo vecchio volume di storie. Al tempo stesso si era convenuto che Konno, che l'aveva fatto imbestialire, sarebbe stato rimosso dal suo incarico di editor. Ma Agachi, che non era comunque soddisfatto, si era impuntato nel non voler assolutamente partecipare ai firmacopie previsti a Tōkyō e a Ōsaka in occasione della fiera.

– La nostra richiesta è arrivata proprio in un momento cosí critico, e quando Agachi oltretutto gli ha detto che al nostro evento avrebbe presenziato non solo a un firmacopie, ma anche a un dibattito aperto, pare che la casa editrice non abbia gradito...

– Be', certo non è stato proprio un tempismo favorevole! Però in definitiva è un problema che riguarda lui e la Hitotsuboshi Shuppan, noi che c'entriamo? Se per questo dovessimo rinunciare alla fiera sarebbe un brutto colpo, ma dalla loro direzione commerciale non hanno ancora comunicato nulla, giusto?

– In effetti no, ma...

– Allora possiamo pensarci dopo aver ricevuto la loro risposta, okay? Qualunque cosa ne pensi la redazione editoriale, mi pare che noi trattiamo con quella commerciale, invece!

Con queste parole, Riko diede una pacca sulla spalla ad Aki, come per incoraggiarla.

– Già, è vero... – convenne lei, ma non si sentí comunque rinfrancata. Non le aveva detto che il giorno prima aveva avuto una feroce discussione in merito con il marito, Nobumitsu.

«Mi hai combinato davvero un bel casino! Quelli della direzione commerciale sono furiosi...» aveva sibilato Nobumitsu, rientrato a casa insolitamente presto, dopo essersi cambiato in tutta fretta. Il firmacopie che aveva programmato la sua casa editrice avrebbe dovuto svolgersi in una grande libreria di Shinjuku, che di solito non ospitava quel tipo di eventi. Questo per sottolineare quanto impegno avesse profuso la Hitotsuboshi Shuppan per organizzare la fiera. Peccato che l'appuntamento fosse stato cancellato unilateralmente per volontà dell'autore. Ma come se non bastasse, avevano ricevuto una richiesta di tenere una fiera e un relativo firmacopie da parte della Pegasus Shobō, una libreria di medie dimensioni che non si trovava nemmeno in centro, e il fumettista stesso aveva già accettato di parteciparvi. Per la direzione commerciale era come aver perso del tutto la faccia. La loro rabbia si era cosí scatenata contro la redazione editoriale, che non era stata in grado di controllare l'autore. E cosí pareva che Nobumitsu avesse dovuto subire una dura sfuriata da parte del collega Iwata, responsabile della fiera, uno con cui era in rapporti amichevoli, essendo stati entrambi assunti nello stesso anno.

«Non riesci a pensare un po' anche alla mia posizione? Nonostante io sia stato l'editor di Agachi in precedenza, è come se avessi permesso che tu, che sei mia moglie, incoraggiassi i suoi capricci. Che figura di merda credi ci abbia fatto?»

«Questo non c'entra nulla con la tua posizione! È vero che io l'ho contattato in anticipo, ma poi per la richiesta sono passata regolarmente attraverso la direzione commerciale!»

«Peccato che sia io quello che te l'ha presentato, e la

cosa è risaputa! Se non fosse stato cosí, tu di certo non avresti potuto contattarlo direttamente, giusto?»

La voce di Nobumitsu si era fatta sempre piú acuta e penetrante. Era un voce che Aki conosceva bene, quella di quando era fuori di sé.

«Sí, è vero, ma... Insomma, se vi disturba tanto, perché non rifiutate?»

«Non è cosí semplice, non possiamo! Agachi è già al corrente e del tutto intenzionato a partecipare. Se si dovesse annullare per motivi di nostra convenienza, lui si incazzerebbe ancora di piú!»

In preda alla rabbia e all'agitazione, Nobumitsu scuoteva freneticamente la gamba accavallata.

«Ma dài, non ti pare esagerato?»

«Guarda che Agachi ha accettato la tua proposta proprio per far dispetto a noi della redazione! Ha voluto vendicarsi cosí per la frustrazione di essere stato costretto a pubblicare controvoglia quella sua raccolta di storie a fumetti. Quello è il tipo che se la lega al dito!»

Aki era rimasta un po' attonita di fronte allo sfogo violento da parte del marito. Quella sera a cena a casa loro, lui e Agachi Nao erano sembrati fraternizzare come due vecchi amici, dunque era stato forse solo un atteggiamento di facciata? Erano piú complicati i rapporti tra gli autori e la redazione editoriale?

«Insomma, non è che potresti fare tu in modo di ritirare il progetto? Noi come redazione non vogliamo irritare Agachi piú di cosí. Lui per noi è come la gallina dalle uova d'oro! Ma dobbiamo anche tenere conto della direzione commerciale, e per loro sarebbe uno smacco vederlo partecipare a una fiera organizzata da qualcun altro...

Nobumitsu l'aveva guardata con occhi supplichevoli.

«Ma quello è un problema vostro! Noi ci stiamo arrampicando sugli specchi per riuscire a far aumentare gli introiti. Se fosse la vostra direzione commerciale a negarci il permesso pazienza, ma annullare l'evento da parte nostra non è proprio pensabile!» aveva ribattuto Aki, aggrottando la fronte. Avrebbe voluto aiutare il marito, ma c'era un limite anche a quello. Tutto il resto dello staff della libreria nutriva grandi aspettative da quella fiera.

«Ce ne sono quanti vuoi di altri fumettisti, no? Non deve essere per forza Agachi!»

«Ma io non ne conosco altri di cosí famosi, che possano decretare il successo del progetto. Mi dispiace davvero per te, però...»

«Non potreste almeno spostare piú in là la data? Adesso è veramente un brutto momento!» ha insistito Nobumitsu.

«Noi dobbiamo ottenere dei risultati entro marzo, quindi dobbiamo farla assolutamente a breve scadenza! Eppure dovresti saperlo anche tu...»

«Ma se doveste chiudere solo per l'annullamento di una fiera significherebbe che non avete futuro, no? Non sarebbe comunque inutile, anche se tu ti ci impegnassi?»

A quelle parole impietose di Nobumitsu, ad Aki era andato il sangue al cervello.

«Ti pare questo il modo di esprimersi? Per me il lavoro è importante esattamente come lo è per te. Tu il mio lo consideri sempre dall'alto in basso, vero?» Il marito aveva fatto per aprire di nuovo bocca, ma poi non aveva detto nulla. Probabilmente lei aveva colpito nel segno. «E poi tu non fai altro che nominare gli autori, non pensi che alle loro esigenze. Nel giorno del mio compleanno, te la sei filata tutto allegro per andare da quella fumettista gnocca!» aveva poi sibilato con una punta di rancore.

«Io dagli autori ci vado per lavoro! Che si tratti di una bella ragazza o di chiunque altro, non c'entra nulla! È quello il mio compito, dedicarmici con pazienza!» aveva replicato Nobumitsu, con l'aria di chi è giunto ormai ai limiti della sopportazione.

«Allora anche per me organizzare fiere e cercare di far aumentare gli incassi non sono altro che i miei compiti! Non sei tu l'unico che lavora, qui dentro! Cerca un po' di capire! Per noi è il momento decisivo per la sopravvivenza della libreria. Anche tu, per esempio, cosa faresti se la rivista di cui sei responsabile fosse sul punto di chiudere? Non le proveresti tutte pur di evitarlo?»

«Ecco, veramente...»

«Te lo chiedo per favore! Noi ci stiamo davvero impegnando alla morte!»

«Insomma, basta! Fate come vi pare!» aveva concluso bruscamente Nobumitsu, uscendo di corsa dalla stanza.

22.

Riko aprí la porta d'ingresso. Era ormai passata mezzanotte, ma in lontananza percepí il brusio della tv.

– Rieccomi a casa! – esclamò rivolta verso l'interno, mentre si toglieva gli stivali.

– Bentornata! – si sentí rispondere, e dopo un po' il padre fece capolino dal fondo del corridoio. – E buon anno!

– Ah, buon anno anche a te... – gli augurò Riko a sua volta. La data era già cambiata, ormai era il primo gennaio. Dal televisore in soggiorno si sentivano provenire frasi di circostanza pronunciate ripetutamente dai partecipanti a un programma di fine anno.

– Hai fatto tardi, eh?

– Uhm, da oggi inizia il ponte festivo, e avevo ancora diverse cose da sbrigare...

Riko si sfilò definitivamente gli stivali con uno sforzo, e si alzò in piedi. Aveva le gambe gonfie, e toglierli si era rivelato complicato.

– Mah, l'anno scorso ne hai passate davvero tante... Dovresti prendertela un po' comoda!

– A proposito, non ho preparato nulla per Capodanno! Non ho spedito nemmeno un biglietto di auguri...

– Puoi sempre scriverli nei prossimi giorni. Piuttosto, ho cucinato io la *toshikoshi soba* tradizionale! Ne mangi un po'?

– Sí, grazie. Allora vado un attimo a cambiarmi...

Riko si mise in tenuta da casa, si lavò le mani e si sedette al tavolo. La *soba* era già pronta in una ciotola, immersa nel suo brodo, il cui colore era però un po' pallido. Dopo essersi accertata che il padre le stesse dando le spalle, ci spruzzò sopra un po' di sale. Le andava benissimo che cucinasse anche per lei, ma dovendo lui seguire una dieta iposodica, il cibo le risultava insipido. Cosí, non volendo spegnere il suo entusiasmo nel fare le cose, ne aggiustava il sapore di nascosto.

– Ecco le spezie!

Il padre portò su un piattino del cipollotto che aveva sminuzzato. Era ridotto in pezzetti piú grossolani di quando lo tagliava lei. Riko pensò anche che di sicuro non l'aveva lasciato un po' in ammollo in acqua.

– Grazie...

– Ho anche del *shichimi*, ne vuoi?

Riko annuí, poi, come se avesse trovato la cosa insolita, fece affiorare un sorriso.

– Che ti succede? – le chiese il padre, che se ne era accorto.

– Niente, è come se si fossero invertite le parti. Tu che ti prendi cura di me...

– Sei tu adesso quella impegnata! Ho pensato di non doverti piú essere di ostacolo. Devo mantenermi in forma finché mi è dato da vivere...

Lo stile di vita del padre era diventato ancora piú regolare rispetto a prima che venisse colpito dall'ictus. Aveva smesso del tutto di fumare, cosa che pure gli piaceva tanto, e ogni mattina faceva immancabilmente la sua passeggiata. Era entrato in un gruppo che praticava la ginnastica mattutina al parco seguendo le istruzioni di un programma radiofonico, e aveva anche fatto amicizia con diversi suoi coetanei. Si preparava da solo i piatti per la sua dieta iposodica.

Sembrava avesse avuto effetto quello che gli aveva notificato con severità il medico, e cioè che l'episodio verificatosi era stato transitorio, ma che se non cambiava abitudini avrebbe avuto sicuramente un ictus di maggiore intensità.

– Grazie, quella è la cosa piú importante...

Riko gli rivolse stavolta un ampio sorriso. Come imbarazzato, lui cambiò discorso.

– E il lavoro come va, tutto in ordine?

Si sedette davanti a lei, portando delle tazze, e versò il tè per entrambi. Pareva si fosse accorto che Riko aveva visto il suo album con i ritagli di giornale. Da un certo momento in avanti, aveva iniziato a parlare anche del lavoro di lei.

– Sí. A dicembre ci siamo dati parecchio da fare con la fiera di Natale, e rispetto all'anno prima abbiamo aumentato gli incassi del quindici per cento!

– Ma è fantastico! – Il padre apparve felice, come se si fosse trattato di un suo successo personale.

La fiera di Natale aveva avuto in effetti un ottimo riscontro. Seguendo i suggerimenti emersi nel corso della cosiddetta «riunione dei sostenitori», Riko l'aveva organizzata per la prima volta come un evento che coinvolgeva tutti i piani della libreria. L'edificio era vetusto, le pareti e i soffitti piuttosto sporchi, e gli scaffali logorati dal tempo. Cosí si era concentrata soprattutto sulle decorazioni: a ogni piano era stato allestito un grande albero di Natale, con accanto un angolo dedicato alla festività. Per l'occasione venivano pubblicati nuovi romanzi e libri per bambini sul tema, che lei aveva messo al centro dell'esposizione, contornandoli poi con classici sul Natale, sontuosi volumi fotografici particolarmente adatti per un regalo, libri pop-up che di recente andavano per la maggiore, e cosí via. Vi aveva piazzato anche in primo piano cartoncini di auguri portati dal reparto cartoleria, e un assortimento di festoni decorativi.

Sul bancone della cassa facevano bella mostra pupazzi di renne e di Babbi Natale, mentre dal soffitto pendevano rami di agrifoglio con applicati batuffoli di cotone a mo' di neve. Anche sulla parete retrostante era appeso un grande drappo a tema natalizio. Erano tutte cose che avevano portato da casa i membri dello staff. Le ragazze, in particolare, avevano insistito nel voler dare l'impressione di trovarsi completamente immersi in un'atmosfera natalizia, nel momento stesso in cui qualcuno entrava.

Le pareti a lato delle scale erano tappezzate di carta rossa e verde, con su applicate stelle d'oro e d'argento realizzate in origami, e ghirlande intrecciate con materiali naturali. Tra le decorazioni, erano in esposizione libri illustrati sul tema, avvolti sottovuoto nel cellophane e incollati con del nastro biadesivo. Gli artefici principali di tale allestimento erano stati i fratelli Kurata, Kaito e Takato, che frequentavano l'istituto d'arte e lavoravano lí part time. Erano due tipi originali, che si erano presentati in libreria dopo aver letto a scuola l'annuncio sulla ricerca di personale, dicendo di essere particolarmente interessati al design di interni.

«Che decorazioni magnifiche!» avevano commentato diversi clienti abituali. Tra loro anche Hoshino, che aveva partecipato alla «riunione dei sostenitori». Gli incassi erano aumentati, e la partecipazione di gruppo aveva sollevato il morale generale. Certo i preparativi per la fiera avevano impegnato Riko duramente, ma le avevano anche fatto dimenticare per un po' le preoccupazioni per la chiusura.

– Ai giovani piacciono molto questi eventi. Non sai quanto i ragazzi abbiano contribuito personalmente! C'era persino una che se ne è uscita con l'idea di vestirsi con un miniabito rosso in stile Babbo Natale!

– Io non è che ne capisca molto, ma in fondo si parla sempre di commercio, e visto che probabilmente i clienti sono contenti di vedere un'atmosfera del genere...

– Ma sí, infatti... Poi si trattava di personale del reparto fumetti, e cosí ho dato l'okay. Per il reparto narrativa magari la cosa non sarebbe stata adatta, e forse il permesso non l'avrei dato.

– Uhm, tu dici?

Il padre ascoltava divertito il suo racconto.

– Insomma, in ogni caso non era un grosso problema...

– Perché, ne hai altri all'orizzonte?

– Eh già... Ce ne sono diversi...

Di recente, quello che la preoccupava maggiormente era il drastico calo del numero di copie di novità editoriali che veniva loro consegnato. Anche chiedendo ai distributori, insistevano nel sostenere che non era vero; ma prendendo ad esempio il caso di romanzi pubblicati in serie, mentre prima a ogni uscita ne arrivavano regolarmente piú di dieci copie, ora se ne ritrovavano meno della metà, tanto da far pensare che si trattasse di un'azione deliberata. In pratica, pareva che nell'ambiente fosse circolata la voce della probabile chiusura. C'erano stati anche i trasferimenti improvvisi di Tsujii e Hatakeda, e non era certo possibile mettere a tacere qualsiasi persona avesse a che fare con la Pegasus Shobō. Riko trasse un lieve sospiro. C'era da sperare che il diffondersi di simili voci non avesse un'influenza negativa, proprio nel momento in cui era necessario far aumentare gli introiti.

– Be', tu sei la direttrice, e di grattacapi ne avrai tanti... Ah, ho anche del vino, ne vuoi un po'? – le chiese il padre, vedendo che si era fatta silenziosa.

– Eh, ma come mai?

– Me l'ha regalato il vicino. Ha detto che era per festeggiare la mia guarigione.

– Ah, davvero? Be', visto che c'è, magari potrei assaggiarne un goccio...

A quelle parole, il padre prese la bottiglia dalla credenza, e le portò un bicchiere. Nel vederlo, Riko ebbe come un sobbalzo.

Era uno di quelli di cristallo baccarat, che le aveva regalato l'uomo da cui si era separata. Quelli per cui si era infuriata dopo aver realizzato che Obata Aki ne aveva ricevuta una coppia identica, e che pensava di aver buttato nell'immondizia con la scatola e tutto. Forse il padre li aveva raccolti e riportati a casa?

– Che ti succede?

– No, niente...

In fondo, un bicchiere era un bicchiere, chiunque glielo avesse regalato.

Il padre aprí la bottiglia. Riempito del liquido rosso, il calice di cristallo fece brillare ancor di piú le sue incisioni.

– Allora, vogliamo fare un brindisi al nuovo anno? Intanto, abbiamo passato indenni quello vecchio!

Era un qualcosa di cui rallegrarsi. Il padre era tornato in salute, e anche al lavoro le cose si erano in qualche modo aggiustate. Non sapeva cosa sarebbe successo in primavera, ma per il momento tutto andava ancora bene. Dentro di sé, Riko pregò che quella pur fugace tranquillità potesse invece durare all'infinito.

– Spero che quest'anno tutto ti possa andare per il meglio...

– Anche a te, papà! – replicò Riko, facendo tintinnare i bicchieri.

Aki, che si cullava in un sonno leggero, si risvegliò al rumore della porta della camera da letto che si apriva. Nel buio della stanza, ebbe sentore di qualcuno che si stava cambiando.

– Nobumitsu? Sei rientrato adesso?

Si chiese che ore fossero. Fino alle due aveva atteso sveglia il suo ritorno, ma poi si era addormentata.

– Ah, ti ho svegliata? Scusami! Continua pure a dormire...

Dopo essersi cambiato, Nobumitsu si infilò direttamente nel letto. Aki percepí un vago odore di alcol.

– Domani sei di riposo? Da quando ricominci il lavoro?

– Sí, domani sono a casa, ma dopodomani credo che ci andrò... – rispose lui in tono scocciato.

– Ah... Visto che è inizio anno, avevo pensato di fare un giro di saluti...

Aveva ricevuto una telefonata da parte di entrambe le famiglie, che le avevano chiesto di farsi vedere in quei giorni.

– Io passo quest'anno, sono troppo impegnato. E poi mi stanco... Be', io allora dormo!

Cosí dicendo, Nobumitsu si tirò il copri futon fin sopra la testa. Era evidente come volesse evitare la conversazione. Di recente, era sempre cosí. Tra l'altro era anche Capodanno, e lui non le aveva nemmeno fatto gli auguri. Aveva intenzione di passare in quel modo anche quei pochi preziosi giorni di vacanza?

Aki conosceva benissimo il motivo. Nobumitsu era ancora arrabbiato per la faccenda di Agachi Nao. Alla fine, riguardo alla fiera che doveva vederlo protagonista non avevano ricevuto parere contrario da parte della direzione commerciale della Hitotsuboshi Shuppan. Anche sulle singole iniziative non avevano avuto da ridire. «Se andasse a monte l'evento, dovranno fare i conti con me!» le aveva persino scritto via mail Agachi stesso. Probabilmente la casa editrice non aveva avuto il coraggio di obiettare, temendo la reazione del fumettista.

Forse avrebbe dovuto essere lei a far annullare il progetto, come le aveva suggerito Nobumitsu? Comunque fosse, i colleghi erano stati felici di sentire che la fiera si sarebbe potuta svolgere. Agachi Nao era l'autore di maggior impatto al momento, e anche tra i dipendenti della Pegasus c'erano diversi suoi fan. Appena si erano decise ufficialmente anche le date dell'evento, Agachi stesso si era fatto vedere in libreria, alimentando ancor di piú il loro entusiasmo. La cosa piú importante in quel momento era proprio farli sentire motivati, altrimenti si sarebbero tutti scoraggiati sotto il pensiero opprimente della possibile chiusura. Ormai il regolare svolgimento della fiera non era piú un problema soltanto suo.

Tuttavia, Nobumitsu continuava a essere arrabbiato. Con Aki non faceva piú alcuna conversazione degna di tal nome. Forse uno dei due avrebbe dovuto cedere, ma la cosa riguardava il lavoro di entrambi, ed era diventata una questione di principio.

Aki in realtà non avrebbe mai voluto che quello diventasse motivo di dissapori per la coppia. Il lavoro era lavoro, e non avrebbe dovuto interferire con la sfera familiare. Era stato Nobumitsu stesso a sostenerlo, piú di chiunque altro.

Aki fece un leggero sospiro tirandosi su il copri futon fino all'altezza della bocca, in modo da non farsi sentire dal marito. Lui continuò a darle le spalle. Si era già addormentato, o faceva solo finta di esserlo?

Quelle che avrebbero dovuto essere delle piacevoli vacanze di inizio anno, per Aki si erano trasformate in una lunga attesa malinconica.

23.

Terminate le festività, Aki e tutti quelli che lavoravano al reparto fumetti del quarto piano si erano immersi in preparativi frenetici per l'imminente fiera. Come prima cosa, dovevano controllare se avevano a disposizione i titoli consigliati da Agachi Nao come suoi preferiti. Lui aveva fatto una lista di cinquanta, ma molti erano stati pubblicati da piccole case editrici, e alcuni erano fuori catalogo. Tuttavia, in libreria avrebbero voluto averne fisicamente almeno una copia di ciascuno. A volte, anche se un titolo veniva tolto dal catalogo, ne restava una piccola giacenza in magazzino; cosí si erano messi in contatto con diverse direzioni commerciali.

Oltre a questo, avevano messo in esposizione alcune tavole originali, approntato una biografia completa con tutte le opere di Agachi, fatto scrivere ai suoi amici delle frasi di incoraggiamento su dei cartoncini colorati; insomma, avevano avuto il loro bel da fare. Si era parlato anche di registrare in video un'intervista con l'autore stesso per trasmetterla in loop su un monitor allestito al piano. Come idea era interessante, ma metterla in pratica era estremamente complicato. Innanzitutto, come si sarebbe dovuta realizzare l'intervista? Non ne avevano la minima idea. E oltretutto, farlo nei ritagli di tempo del normale orario di lavoro, lo rendeva ancora piú problematico.

Ma anche il dover affrontare simili difficoltà in fondo

era per loro un divertimento. Avevano scoperto come fosse gratificante veder prendere via via forma le proprie idee. Sembrava di essere impegnati nei preparativi di una festa popolare. E Aki, mentre era cosí presa dal lavoro, riusciva a dimenticare i contrasti che aveva col marito. Cosí aveva deciso di buttarcisi a capofitto.

Mancavano ormai solo ventiquattro ore all'inaugurazione. Approfittando del giorno di chiusura della libreria, si erano tutti dedicati all'allestimento. Avevano smantellato l'esposizione del bancone principale, dove prima erano esposti tutti i testi consigliati come lettura agli studenti per gli elaborati da consegnare dopo le vacanze, o che tornassero utili per altri compiti da svolgere a casa, sostituendoli con libri già preparati allo scopo, quelli che avevano in qualche modo a che fare con Agachi. Erano state poi staccate le decorazioni dalle pareti lungo le scale, e rimpiazzate con disegni originali dell'autore, in ordine cronologico. Al centro del bancone della fiera era stato installato un monitor, dove avevano effettuato prove di trasmissione del video dell'intervista realizzata con lui.

Bisognava controllare se fossero in ordine i ticket numerati per l'accesso al firmacopie e alla presentazione con dibattito. E le locandine che pubblicizzavano gli eventi, dove bisognava appenderle? Come si poteva fare per mettere meglio in risalto i ritratti dei personaggi che Agachi aveva realizzato apposta per l'occasione? Insomma, le cose a cui pensare erano davvero tante.

Fuori dall'edificio c'erano già clienti in fila per assicurarsi i numeretti per la presentazione, pronti a rimanere in attesa anche per tutta la notte. I firmacopie di Agachi non erano frequenti, ma era la prima volta che lui partecipava a una presentazione con dibattito aperto. Le aspettative dei fan dovevano essere di sicuro alle stelle. Anche i preparativi per quell'evento richiedevano un'attenzione esclusiva da parte di qualcuno. Non solo lo staff del quarto piano, ma tutto il personale della libreria era in piena mobilitazione. Nonostante questo, Aki era convinta che il lavoro sarebbe andato avanti per tutta la notte.

– Aki-san, che guaio!

Mentre era sul pianerottolo delle scale che appendeva alla parete insieme ai fratelli Kurata le tavole originali di Agachi, le si precipitò incontro Hagiwara Mami. Erano già passate le dieci di sera.

– Che è successo?

Mami doveva occuparsi dell'allestimento del bancone della fiera. Chiedendosi quale mai fosse il problema sorto, Aki interruppe il lavoro e si girò verso di lei.

– Ecco, ho appena controllato, e del nuovo libro di Agachi, *Le ali del Caucaso*, ce ne hanno mandate appena cento copie...

– Ehh, com'è possibile?

In uno dei giorni centrali della fiera era previsto il firmacopie, e l'ultimo giorno la presentazione. *Le ali del Caucaso* era considerato l'attrazione principale di entrambi gli eventi. Chi lo comprava in libreria si poteva assicurare un ticket di ingresso al firmacopie o alla presentazione. Per ciascuna delle due occasioni si era preventivata la presenza di un centinaio di persone, e dunque erano necessarie come minimo duecento copie dell'opera. Anche calcolando che a qualche cliente il numeretto non sarebbe interessato e avrebbe voluto solo il libro, Aki avrebbe preferito comunque avere a disposizione, pur tenendosi su una cifra bassa, tra le duecentocinquanta e le trecento copie. Certo lo scopo della fiera era anche quello di vendere opere precedenti e titoli che avevano solo a che fare con Agachi, ma non c'era alcun dubbio che sarebbe stato il nuovo libro a farla da padrone nelle vendite, e farle aumentare ulteriormente era un altro degli obiettivi. Ovviamente era anche in programma di esporlo in grande evidenza sul bancone della fiera.

– Avrei dovuto controllare subito appena arrivati gli scatoloni, ma presa da mille altre cose mi è proprio sfuggito... Scusami! – si giustificò Mami quasi piangendo.

– Ma come, eppure mi ero tanto raccomandata con Yamamoto, il distributore!

Per il primo invio avevano concordato duecentocinquanta copie, da integrare in seguito con eventuali ordini supplementari a seconda delle esigenze. Quelli avrebbero dovuto essere i termini dell'accordo. Aki era sbigottita. Se non avevano gli articoli da vendere, non aveva senso nemmeno tenere la fiera.

– Come facciamo? Di sicuro già da domani saremo sommersi dalle richieste dei clienti che pretendono il ticket per l'accesso agli eventi. Se non abbiamo i libri, si scatenerà il panico!

Mami, che già era psicolabile di suo, tremava all'idea dello scenario che le si era prospettato davanti.

– Comunque sia, parliamone con la direttrice. È ancora di là, vero?

Aki passò il pannello con i disegni originali che teneva in mano ai Kurata, che se ne stavano occupando insieme a lei, e si diresse verso l'ufficio accompagnata da Mami.

– E quale sarebbe la causa? Un errore negli ordini?

– Non lo sappiamo...

– La cosa da fare adesso è assicurarsi che domani, al piú presto, ci venga consegnato il resto della merce, – commentò Riko pacata, nel suo ormai abituale aplomb da direttrice.

– Già...

– Pensi che sarà possibile?

– Credo che a quest'ora ormai il distributore abbia chiuso...

– Che guaio! E il numero di cellulare di Yamamoto? Tu ce l'hai, no?

– Ah, è vero! Ma certo che ce l'ho!

Aki tirò fuori il telefono di tasca, cercò il nome nella rubrica, e una volta individuatolo premette il tasto di chiamata. Dopo sei o sette squilli, alla fine Yamamoto le rispose.

– Pronto...

– Pronto, sono Obata, della Pegasus Shobō. De *Le ali del Caucaso* ci sono arrivate solo cento copie, come mai? C'è stato un qualche errore?

– No, veramente...

Yamamoto parlava a bassa voce. Aki intuí che non trovasse le parole adatte per comunicarle qualcosa di spiacevole.

– Quindi non si tratta di un errore? E lei lo sapeva?

– Sono davvero mortificato... Quello è il massimo che potevo darvi, questa volta...

– E perché? Non mi aveva assicurato di mandarmi duecentocinquanta copie? Domani ormai inizia la fiera! E abbiamo già programmato la distribuzione dei ticket di ingresso agli eventi!

Aki era disperata. Si era impegnata tanto nella preparazione, ed era riuscita ad arrivare fino a quel punto. Ma se fossero venuti a mancare quei libri, l'attrazione principale, gli effetti positivi della fiera si sarebbero ridotti della metà.

– Mi dispiace infinitamente, ma sulla questione io non ho alcun modo di intervenire...

– Abbiamo già pubblicizzato la distribuzione dei ticket a partire da domattina, e con sole cento copie de *Le ali del Caucaso* non ce la faremo assolutamente, questo è chiaro anche a lei, o no?

Il tono di voce di Aki si era fatto imperioso. Di fianco a lei, Riko la ascoltava col fiato sospeso.

– Ecco, insomma... Ahh, come posso fare?

Yamamoto sembrava imbarazzato. Conosceva bene Aki, e spesso gli capitava di chiacchierare con lei piacevolmente nelle pause di lavoro. Anche in occasione di questo progetto, si era mostrato molto collaborativo per assicurarne il successo.

– Su, me lo dica. L'ordine le è arrivato da parte di qualcuno dell'azienda?

– Be', in effetti è cosí...

– E perché? Lei stesso ci aveva fatto i complimenti per l'iniziativa, no?

– I dettagli non li conosco nemmeno io... Insomma, si è trattato di un ordine dall'alto!

– Comunque sia, noi attualmente senza libri siamo in guai grossi! Non riesce a rimediare in qualche modo?

– Domani posso provare a parlare di nuovo con la direzione... Ma per il momento io non...

– Ho capito. Devo trattare coi piani alti. Ci sentiamo, – tagliò corto Aki, chiudendo la telefonata.

– Che hai intenzione di fare? – Riko la fermò mentre stava per uscire dalla stanza.

– Vado dal distributore, e vedo di risolvere la questione direttamente...

– Ma che ore pensi che siano? Sono le undici passate!

– Qualcuno ci sarà comunque, no? – ribatté Aki, che sembrava sul punto di scoppiare a piangere.

– Calmati! In casi del genere bisogna parlare con chi ha il potere di decidere, se si crea trambusto alla cieca si rischia di ottenere l'effetto contrario!

– Io voglio che questa fiera abbia successo, a tutti i costi! Qualunque mezzo si debba usare...

Aki era in preda all'angoscia. Se la fiera non avesse prodotto alcun effetto positivo, per lei non avrebbe avuto senso spingersi fino a quel punto, tanto da far imbestialire Nobumitsu. In nome di che cosa si sarebbero impegnati tutti fino allo stremo?

– Se con i distributori non funzionasse, ci sono tante altre strade da provare, no? Per esempio, provare a chiedere direttamente alla casa editrice...

A quelle parole, Aki tirò fuori di nuovo il cellulare, e cercò di chiamare Iwata, l'addetto commerciale della casa editrice, ma senza successo, forse perché l'altro aveva il telefono spento.

– Niente da fare, non risponde. Ma in ogni caso, Iwata non era già di base molto collaborativo...

– Ancora gli strascichi della disputa avuta con Agachi?

– Già, pare di sí. Aveva anche detto di non voler venire nemmeno al firmacopie...

– Che situazione!

– Cosa facciamo? Se non abbiamo copie a sufficienza almeno per inserirci i ticket di ingresso agli eventi, immagino che i clienti inizieranno a protestare. Ormai abbiamo fatto un sacco di pubblicità, e ci hanno contattato in tanti per avere piú informazioni. No, domattina presto andrò dal distributore. Bisogna assolutamente fare qualcosa... – Aki era fuori di sé.

– Calmati! Alla peggio, possiamo allargare il diritto di avere il numeretto anche con l'acquisto dei libri precedenti di Agachi, e non solo con quello appena uscito.

– Sí, in effetti... È vero... Però i fan piú appassionati avranno già di sicuro tutti i suoi libri. Quindi le proteste le avremo comunque, o sbaglio? – Mentre parlava, Aki continuava a camminare su e giú per l'ufficio.

– Già, anche tu non hai tutti i torti...

– Ahh, che guaio! Se il distributore non ce li dovesse dare, domattina presto potrei andare in qualche libreria specializzata in fumetti e comprarne un po'...

– Assolutamente no, non pensarci nemmeno! Ai libri ci penserò io, in qualche modo, – concluse Riko con aria determinata.

– Pensa di poter risolvere?

– Non lo so, ma comunque farò tutto il possibile. Per il momento, tu occupati delle decorazioni. Ah, e a proposito, com'è la situazione della gente in fila fuori? Saranno tutti in difficoltà, se non ci sei tu! Quindi, per il momento, cerchiamo di concentrarci su quello che c'è ancora da fare!

– Va bene, d'accordo, – convenne Aki, e uscí dall'ufficio.

Riko trasse un sospiro. Aveva tempo fino alle dieci e mezza del mattino successivo, l'orario di apertura della libreria. L'unica soluzione era quella di usare un qualche metodo poco ortodosso. Uno che lei non avrebbe mai voluto utilizzare, se non si fosse presentata una situazione cosí grave. Tirò fuori il cellulare, e dopo aver fatto un respiro profondo digitò un certo numero.

Mancavano dieci minuti all'apertura. C'era già una lunga fila di clienti davanti all'ingresso, forse un po' piú di un centinaio. Scene del genere ogni tanto si vedevano in occasione di firmacopie di fumettisti di successo o di famosi personaggi dello spettacolo. Ma alla Pegasus Shobō, che eventi del genere difficilmente li organizzava, era la prima volta che succedeva. Il personale era tutto in grande agitazione. Erano stati chiamati d'urgenza e impiegati come servizio di guardia anche ragazzi che lavoravano part time e che quel giorno non erano di turno, in una specie di mobilitazione generale. Avevano fatto allineare le persone in due file parallele, a partire dall'alto della scala che portava al quarto piano. La fila si snodava da lí fino al pianterreno. Se si fosse allungata ulteriormente, avrebbero dovuto farla girare all'esterno, intorno all'edificio.

– Ho provato a contare le persone, e sono già piú di duecento!

– Come facciamo? Appendiamo le locandine dove si dice che i ticket si potranno ottenere anche con l'acquisto di altri libri?

Mami e Anna si alternavano nell'aggiornare Aki sulla situazione. Tutti gli addetti al reparto fumetti, a cominciare da lei che era la responsabile, alla fine avevano passato la notte in bianco. Per precauzione, erano stati preparati anche dei manifesti che annunciavano l'estensione del ticket d'ingresso per uno degli eventi anche in abbinamento all'acquisto di altre opere di Agachi.

– Aspettate ancora un po'. Lo decidiamo dopo che sarà tornata la direttrice...

La sera prima Riko, che era rientrata a casa verso le due, aveva lasciato detto di aspettare ad affiggere quelle locandine fino all'ultimo momento, perché lei si sarebbe occupata di procurarsi altri libri fin dal mattino presto.

– Ma mancano solo dieci minuti! Se non arriva subito... – Proprio mentre Anna lo diceva, squillò il cellulare di Aki. Guardando il display, vide che la chiamata era da parte di Riko.

– Pronto, sono Obata...

– Qui è Nishioka. Sono appena arrivata in stazione. Ho con me un centinaio di copie! Sarò lí tra poco...

– Fantastico! Cosí con i ticket saremo a posto... – esclamò Aki ad alta voce. Anna, che le stava accanto, fece una faccia stupita. – Ma, direttrice, li sta portando tutti da sola? Saranno pesantissimi! Vengo a darle una mano?

– No, ce la faccio! Non ci vogliono neanche cinque minuti a piedi per arrivare lí. E poi io sono ancora in servizio, come libraia! Caricarmi cento copie di fumetti è una passeggiata! Piuttosto, c'è qualcuno che si può muovere di fretta? – continuò Riko.

– Sí, una o due persone si trovano...

– La filiale di Ogikubo ci cede venti copie, quella di Iidabashi quindici, e dieci quella di Ōkubo. Manda subito qualcuno a prenderle! Basta che si presentino ai direttori, loro sono al corrente.

– Ricevuto! – rispose Aki con foga, come un bambino in preda all'entusiasmo.

– Sembra un numero di magia... Ma come avrà fatto? – chiese Anna stupita.

Anche Mami era ammirata. Aki, finalmente sollevata, commentò: – La nostra direttrice è proprio straordinaria! Grazie a lei in qualche modo ce la faremo...

I ticket di ingresso al firmacopie e alla presentazione, che avevano iniziato a distribuire subito dopo l'apertura, erano andati esauriti in nemmeno un'ora. Per i due eventi era prevista complessivamente la presenza di duecento persone, ma considerando anche che il giorno stesso ci sarebbe stata di sicuro qualche defezione, ne erano stati distribuiti duecentotrenta. In pratica, in quel lasso di tempo limitato erano andate vendute duecentotrenta copie del nuovo libro di Agachi. Per la libreria, che non era un negozio specializzato in fumetti, si trattava di cifre da record.

Molti dei clienti che avevano ottenuto il loro numeretto non se ne erano andati subito, ma erano rimasti lí a guardare l'esposizione e il video con l'intervista all'autore. Nonostante ci fossero circa trecento metri quadrati per ciascun piano, la sensazione era quella di un notevole affollamento. Molti acquistavano anche libri diversi da quello appena uscito, e il personale alla cassa era stato aumentato del doppio rispetto al solito, ma anche cosí non si riusciva a tenere il passo. Prima di mezzogiorno erano andate esaurite anche le copie arrivate dalle altre filiali, ma pochi minuti dopo si era presentato Yamamoto, il distributore, con altre cento, evitando che la situazione precipitasse.

Fino a sera inoltrata in libreria ci fu un viavai continuo. I clienti che terminavano la loro visita al reparto fumetti del quarto piano si fermavano anche al terzo e al secondo. Un'animazione del genere non si era mai vista lí in passato. Quel giorno, Aki rimase agli stand di vendita fino all'ultimo, quando le saracinesche si abbassarono. A furia di ringraziare in continuazione i clienti, le era venuta una voce roca. A un certo punto si era persino accorta di aver saltato il pranzo. Era rimasta tutto il tempo lí senza mai sedersi, aveva le gambe gonfie e le facevano male i piedi. Ma vedere i libri che si vendevano uno dietro l'altro le dava un piacere immenso. Era felice di stare in mezzo a tutto quel movimento. Percepiva quella fatica come positiva, la faceva sentire bene.

Chiuso il reparto vendita, quando si diresse verso l'ufficio incrociò Riko che stava giusto per andarsene.

– Bel lavoro, oggi!

– Grazie a lei per quanto ha fatto... Per un attimo mi sono davvero chiesta come sarebbe andata a finire! – cominciò a dire Aki, ma Riko la interruppe subito, come imbarazzata.

– Mah, l'importante è che tutto sia andato bene! Oggi mi sono un po' stancata e credo che ormai sia ora di tornare a casa, ma non vedo l'ora di sentire domani i dati di vendita!

Riko si stava già avviando quando Aki la trattenne, tirandola da dietro per una manica. – Senta...

– Che c'è? – le chiese allora, voltandosi.

– Come ha fatto a procurarsi le cento copie che ha portato stamattina? Ero curiosa di saperlo, ma poi non ho avuto il tempo di domandarglielo...

Riko sorrise sorniona. – Vorrei tenerlo come segreto professionale, ma in realtà è stato semplice. Ho trattato direttamente con la casa editrice.

– Be', è stata brava a beccare il responsabile a quell'ora!

– Insomma, non ho proprio seguito l'iter canonico... Sono entrata difilato alla sede, e mi sono fatta dare le copie che tengono lí come campione a uso interno.

– Ah, io non sapevo nemmeno che esistessero! Comunque è incredibile che sia riuscita a farsele cedere cosí su due piedi... La Hitotsuboshi Shuppan non farebbe mai una cosa del genere, se non in un caso di estrema emergenza!

A metà del discorso, Aki ebbe una specie di sussulto. Non c'era dubbio: Riko doveva aver chiesto un favore a Shibata, l'uomo con cui aveva avuto una relazione. Lui era il vicepresidente, e aveva il potere di disporre una simile transazione.

– Be', a qualunque mezzo io sia ricorsa... L'importante è aver fatto in tempo, no? – ribatté Riko a occhi bassi.

– Sí, in effetti... Grazie davvero! – concluse Aki con un inchino. Riko le diede di nuovo le spalle e la salutò agitando una mano, mentre si avviava verso l'uscita.

24.

– Grazie a tutti!
– Buonanotte!

In un coro di saluti, la compagnia si separò in ordine sparso. Avevano bevuto insieme un altro drink in un locale, ed era ormai mezzanotte. Si approssimava l'orario degli ultimi treni disponibili, e la maggior parte di loro si diresse verso la stazione. I membri piú giovani dello staff, ormai rassegnati a dover poi lavorare per tutta la notte, alcuni degli autori e qualche editor sembravano intenzionati a volersi ancora concedere un bicchiere della staffa. I negozi delle gallerie commerciali avevano ormai abbassato le serrande, ma nonostante l'ora c'era ancora parecchia gente in circolazione, e addentrandosi nei vicoletti si potevano trovare diversi locali aperti per tutta la notte.

– Ehi, ci sto anch'io per un altro giro! – protestò Agachi Nao, che era tutto su di giri. Il suo editor cercava in tutti i modi di dissuaderlo. Terminato con grande successo anche l'ultimo giorno della fiera, per festeggiare si era organizzata una cena congiunta con i rappresentanti della casa editrice, la Hitotsuboshi Shuppan, e lo staff della libreria Pegasus. Agachi sosteneva che essendo lui l'ospite d'onore, era suo dovere presenziare fino alla fine.

– Cerchi di moderarsi, per favore, maestro! Durante la fiera si è assentato un mucchio di volte dallo studio, e questo mese non ha fatto il minimo progresso col lavoro! Da oggi deve ingranare la quarta! Ritorniamo all'opera insieme!

– Ma no, perché non andarci? E poi in fondo oggi è festa, ed è venuto anche Miwa...

L'editor si diresse fuori dalla zona commerciale, tirandosi letteralmente dietro anche Agachi. Una volta sbucati sulla strada principale di fronte alla stazione, fermò un taxi di passaggio, ce lo infilò dentro di forza e quindi ci salí lui stesso. Mentre la macchina si faceva via via piú piccola, dal lunotto posteriore si continuò a vedere l'editor che cercava in tutti i modi di blandire Agachi, ancora ricalcitrante per non essere stato accontentato. Riko, Aki e diversi altri li accompagnarono con lo sguardo. Quando la sagoma del fumettista si fece indistinguibile, Shibata Shunsuke della Hitotsuboshi Shuppan disse come sollevato: – Pare che Agachi si trovi bene con il nuovo editor...

– Già, anche alla cena è stato tutto il tempo a chiacchierare in allegria, – confermò Riko, che gli stava accanto. Sembrava che il nuovo editor, uno con grande esperienza, riuscisse a fare perfettamente fronte ai capricci del fumettista. – Grazie davvero per oggi. E per esserti voluto accollare anche tutte le spese dei festeggiamenti... – Riko fece un inchino, rivolta verso Shibata.

– Ma no, figurati! È naturale che l'abbia fatto! La fiera è stata un grande successo, e siamo riusciti anche a ricucire i rapporti con lui. Sono io che ti devo ringraziare!

– E che dovrei dire io? Se il primo giorno tu non mi avessi procurato quei libri, non so come sarebbe andata a finire...

– Quella è stata colpa nostra. Avremmo dovuto essere piú collaborativi fin dall'inizio. I giovani sono troppo emotivi, finiscono per essere un problema. Con voi eravamo già molto in debito per l'enorme successo di vendite di *Finché un giorno non mi arriverà la tua voce*, avremmo dovuto mostrarci piú flessibili.

Dopo averlo detto, Shibata si mise a fissare Riko. Un po' imbarazzata, lei distolse lo sguardo. Quando gli aveva parlato per telefono della loro precaria situazione, pur nella sorpresa del momento, a lui era sfuggito detto: «Forse non sono nella posizione di poterlo dire, ma sono felice che tu abbia fatto conto su di me». Probabilmente era stato sincero nel volerla aiutare, nonostante si fossero separati. Il solo capirlo aveva dato a Riko la sensazione che quella parte del suo cuore da tempo induritasi si fosse finalmente sciolta. Tuttavia, senza darlo a vedere, gli rispose semplicemente: – Il fatto che si facciano cosí coinvolgere dal lavoro significa che ci tengono davvero, non credi?

Accomiatatasi da lui, aveva rivolto poi lo sguardo verso Iwata, della direzione commerciale della casa editrice, che stava chiacchierando amabilmente con Mami, l'addetta del reparto testi scolastici alla libreria. Sembrava essere stato attirato dai suoi modi un po' eccentrici. O forse era rimasto affascinato dal suo aspetto? Finché non ci si parlava, Mami poteva sembrare uno di quegli idoli giovanili di grande popolarità. Ma poi era anche una ragazza molto dolce, e sapeva come circuire gli uomini. E un tipo naïf come Iwata probabilmente doveva esserci cascato in pieno.

Era stata Riko stessa, quel giorno, a dire alle ragazze di dedicare particolari attenzioni a Iwata. Avrebbero dovuto intrattenere dei rapporti anche in futuro, e sarebbe stato un problema se lui avesse continuato a nutrire del risentimento verso la libreria. Se le ragazze si fossero mostrate premurose nei suoi confronti, forse la cosa sarebbe rientrata. E pareva che la strategia stesse avendo successo. Proprio in quel momento, si sentí qualcuno dire: – Oh, Obata, mi sa che è un po' tardi!

– Agachi se ne è appena andato!

Riko si girò in quella direzione, e vide Obata Nobumitsu, il marito di Aki. Aveva delle occhiaie profonde. Sembrava stanco e per nulla in forma.

– Per Obata oggi c'era l'ultima correzione di bozze della nuova rivista! – spiegò Shibata. Riko assentí convinta. Dunque quello era il motivo per cui fino ad allora non si era ancora visto, nonostante fosse molto amico di Agachi e sposato con Aki, una delle organizzatrici della fiera; per cui in teoria non sarebbe dovuto mancare.

– Sono venuto appena ho finito col lavoro, ma... – disse lui con aria mortificata ai colleghi che lo avevano attorniato. Riko si girò in direzione di Aki, che stava lí in piedi a poca distanza. Continuava a fissare Nobumitsu con un'espressione tesa in volto, e non accennava nemmeno ad avvicinarglisi. Anche lui appariva nervoso, e non le aveva rivolto nemmeno uno sguardo. *Ecco che ci risiamo!*, pensò Riko con un profondo sospiro, e si incamminò dritta verso Nobumitsu.

– Obata, ma quanto tempo!

– Ah, sí, dunque...

Colto di sorpresa da quell'approccio improvviso, Nobumitsu appariva imbarazzato.

– Sono Nishioka, la direttrice. L'ultima volta ci siamo incontrati al suo ricevimento di nozze, – proseguí Riko, aprendosi in un largo sorriso.

– Oh, ma certo, sí, è passato davvero un bel po' di tempo...

– Grazie davvero per la collaborazione. All'inizio credo non avessimo illustrato con sufficiente chiarezza il nostro progetto che coinvolgeva Agachi, e pare che ciò abbia causato diverse difficoltà a voi come redazione...

– Mah, insomma... – Nobumitsu sembrava ancora piú confuso. Vedendo che i due stavano parlando, Aki si avvicinò mettendosi dietro a Riko. I colleghi di lui, che prima lo avevano circondato, erano completamente assorbiti dai propri discorsi.

– E soprattutto, ho sentito dire da Aki che abbiamo creato problemi a lei in particolare. Mi è dispiaciuto moltissimo...

– Direttrice! – le sussurrò Aki da dietro, tirandola per la manica. Probabilmente si chiedeva cosa avrebbe finito per dire continuando a parlare. Ma Riko proseguí senza curarsene.

– Aki stessa era davvero mortificata, e di conseguenza la cosa ha rattristato anche me... – Come a voler dire di lasciarla fare, Riko fece a sua volta pressione col gomito sul braccio di Aki.

– Ah, capisco... – ribatté in tono vago Nobumitsu.

– Quindi la prego, non se la prenda con sua moglie! Grazie alla sua iniziativa abbiamo salvato la libreria dalla crisi. Gli introiti di questo mese sono aumentati del venti per cento rispetto all'anno scorso. Con questi risultati, credo che riusciremo a ribaltare la decisione di chiudere.

– Davvero? Meno male, sono contento per voi... – Nobumitsu abbozzò un sorriso.

– Ma la cosa piú importante per la libreria è quella di mettere in evidenza autori e opere di valore. Lo penso seriamente. Le storie di Agachi sono straordinarie. In occasione di questa fiera le ho lette anch'io tutte quante, e il ritmo, i personaggi, credo davvero abbiano un qualcosa di nuovo. Ho capito perfettamente perché piacciano cosí tanto ai giovani. *Fly high!*, ad esempio, mi pare l'abbia curata proprio lei, vero?

– Ah, sí. Be', insomma... Sono stato io il primo a occuparmi di lui come editor.

– Fantastico! Ho l'impressione che quell'opera sia piena

di fascino, proprio perché con essa si è delineato chiaramente il percorso artistico dell'autore. Io non sono addentro e quindi non posso dirlo con certezza, ma immagino che in questi casi conti molto la bravura dell'editor. È stato anche il suo talento, Obata, a far diventare Agachi una stella!

– Ma no, non è vero! A fare la differenza è la mano dell'autore... – si schermí con modestia Nobumitsu, ma gli si leggeva invece in volto la soddisfazione per quei complimenti.

– È proprio perché voi editor vi impegnate a pubblicare opere di qualità, che noi poi cerchiamo di fare al meglio la nostra parte! Mi raccomando, continuate a produrne di questo livello anche in futuro! – continuò Riko, sfoggiando un sorriso smagliante. Come ammaliato da quel gesto, Nobumitsu fece a sua volta un'espressione radiosa e replicò: – Ma certo, e spero che continuerete a fare del vostro meglio anche voi!

– Allora mi raccomando, ci contiamo! – Con un inchino, Riko si allontanò. Lui aveva un'aria ormai rilassata. Dopo aver salutato tutti gli altri lí intorno, lei si diresse a passo svelto verso la stazione.

– Nishioka-san! – Aki l'aveva rincorsa da dietro. – Ma come mai...

Riko si fermò, e le rispose guardandola negli occhi: – Forse sarò anche un'impicciona, ma se tra voi due le cose dovessero precipitare a causa di questa fiera, non potrei fare a meno di sentirmi in colpa, giusto?

Aki deglutí. Non aveva parlato con nessuno dei loro problemi di coppia, e sembrava sorpresa che Riko se ne fosse accorta.

– Ho indovinato, vero? Di recente tu avevi sempre quella faccia un po' tirata. Ogni tanto sembravi assente. Anche se il lavoro procede per il meglio, non ha senso se poi nel privato va tutto a catafascio, non ti pare? Sacrificare la famiglia per il lavoro ormai non va piú di moda, sai?

– Ma... – Aki fece come per ribattere in qualche modo, ma Riko la interruppe.

– Non puntare i piedi per orgoglio! Se tiri troppo la corda, rischi di perdere cose importanti. E poi, quella faccia significa che in realtà vorresti fare pace con lui, giusto?

– Be', sí... – rispose Aki, ma l'espressione che aveva in volto era confusa; sembrava sul punto di scoppiare a piangere.

– Insomma, anche le coppie all'inizio sono formate da due estranei, no? Non può funzionare tutto subito alla perfezione. Però, visto che siete marito e moglie, qualche compromesso è necessario. Non è una semplice convivenza, non vi potete separare cosí affrettatamente... – In silenzio, Aki si mordeva le labbra. – In realtà è strano che sia proprio io che non ho esperienze matrimoniali a farti la predica! Comunque sia, cerca di rimetterti in forma! – aggiunse Riko in tono un po' scherzoso.

Aki fece come per dire qualcosa, ma non trovando forse le parole, alla fine la ringraziò semplicemente con un inchino.

– Non ho fatto nulla di speciale per cui tu mi debba ringraziare! – concluse Riko, dandole una pacca sulla spalla come per incoraggiarla.

25.

– Ah, direttrice, bentornata! – Uscita dall'ascensore al secondo piano, Riko incrociò Ozaki, che stava risistemando il bancone delle riviste inserendo quelle nuove. – Allora, com'è andata?

– Ah, insomma... Cosí cosí...

Dopo aver risposto vagamente, Riko si diresse verso l'interno. Al secondo piano c'erano le riviste sulla destra, e a sinistra il reparto narrativa. Di fronte alla cassa al centro c'era un grande bancone, che ospitava una serie di libri a tema; quello del mese era dedicato alle opere ambientate a Kichijōji. In qualsiasi libreria, era normale che venissero promosse opere che avevano a che fare con il territorio. Nella maggior parte dei casi si trattava di libri sulla storia e sulla cultura della zona. Ma quello era il quartiere spesso indicato come il piú ambito dai giovani per andarci a vivere, e vi erano ambientati diversi romanzi o storie a fumetti. Cosí ne erano stati raccolti un certo numero, creando un progetto unico che coinvolgesse il secondo, il terzo e il quarto piano della libreria. A quel piano era stato allestito un angolo con i romanzi e le riviste che avevano dedicato uno speciale alla zona.

Quanto a narrativa, avevano potuto spaziare anche piú di quanto avrebbero pensato. Andando a ritroso nel tempo, sia in *Viaggio oscuro* di Kurahashi Yumiko che in *Norwegian Wood – Tōkyō Blues* di Murakami Haruki il quartiere faceva capolino, e come opere relativamente piú recenti, c'erano *Route 350* e *Gift* di Furukawa Hideo, *I racconti della stamberga* di Hanamura Mangetsu, *In attesa di una storia d'amore* di Kakuta Mitsuyo, *L'eleganza degli squattrinati* di Yamada Eimi, *Lettere su commissione* di Hitonari Tsuji, *Little by little* di Shimamoto Rio, *Blu adianto* di Ōsaki Yoshio, *Un giorno, sotto l'ombrellone* di Mori Eto, *Piccole storie dal caffè* e *Happiness* di Takemoto Novala, *Short song* di Masuno Koichi, *Il ragazzo di Kichijōji* di Nakata Eiichi e altri ancora. Avevano cercato tutti insieme, e si erano stupiti di come cosí tanti autori famosi avessero parlato in qualche modo di Kichijōji. C'erano romanzi ambientati proprio lí e altri in cui il quartiere compariva occasionalmente, ma grazie ai semplici nomi degli scrittori lo splendido allestimento risultava degno di una piccola fiera editoriale. Dato che sarebbe stato banale metterli semplicemente l'uno accanto all'altro, avevano estrapolato in ciascuno dei passi dove veniva descritta la zona, e li avevano trascritti su dei cartellini di presentazione. I clienti ne erano stati entusiasti, dicendo come trovassero divertente anche il solo soffermarsi a leggerli. Era un quartiere in cui la gente era orgogliosa di abitare, e la cosa aveva creato un notevole movimento.

Il mese precedente avevano presentato in grande stile Agachi Nao, uno dei fumettisti di maggior successo. Data la sua enorme popolarità, alcune persone erano arrivate fin lí anche da lontano. In quanto evento successivo, era stato scelto quel tema puntando sull'interesse che poteva suscitare soprattutto sui clienti abituali. La settimana prima, l'iniziativa era stata presentata anche nelle pagine di cronaca locale dei quotidiani. Quella piccola fiera dedicata a Kichijōji aveva trovato risalto anche in altre sedi. Ne erano stati felici i clienti affezionati, ma altri avevano visitato apposta la libreria per la prima volta. Riko si era sinceramente compiaciuta di aver promosso l'iniziativa, visto quante persone avevano trovato piacevole la visita in libreria.

Allontanatasi da quel bancone, controllò una per una le scaffalature coi libri di narrativa. Sui banchetti collocati di fronte, erano esposti i best seller. Col passare dei giorni, si erano fatti piú severi i limiti alle forniture decisi dalla sede centrale. Il numero di copie delle novità editoriali si era decisamente ridotto. Tuttavia, grazie alla collaborazione delle filiali di Ōkubo, di Iidabashi, di Ogikubo e di alcune altre, era riuscita a farsi girare un po' di copie supplementari e a far fronte alla richiesta. Dell'apprendistato degli attuali direttori delle prime due filiali si era occupata lei quando erano appena stati assunti, e probabilmente loro si ricordavano ancora di quel debito di riconoscenza, ma non si trattava solo di quello.

Etō, il direttore della filiale di Ogikubo, le aveva detto: «Quello che sta capitando a voi potrebbe succedere a chiunque di noi». Ogni direttore delle librerie Pegasus Shobō, chi piú chi meno, nutriva ansie e timori che la direzione generale volesse via via eliminare le filiali che non garantivano piú buoni profitti. La libreria diretta da Riko, in particolare, era la piú vetusta tra quelle della catena, e pareva che tutti avessero gli occhi puntati su di essa. Si diceva che in precedenza, quando alla riunione alla sede centrale Riko si era inalberata contro Watanabe e gli altri, loro avessero intimamente parteggiato per lei. Non le avevano offerto apertamente sostegno, ma non erano pochi quelli che di nascosto le davano una mano. E dunque, anche in una simile situazione lei era riuscita a esporre un congruo numero di novità editoriali.

– Ah, direttrice, buongiorno! – la salutò passando un

ragazzo che lavorava lí part time. Aveva appesa al petto una grande spilla rotonda con su scritto: «Per il genere *mistery*, chiedete pure a me!» Erano state pensate per facilitare le ricerche dei clienti, realizzando l'idea di alcuni membri dello staff che l'avevano suggerita. Le portava chi era esperto di qualche genere particolare, come appunto il *mistery* o i romanzi storici.

Insomma, Riko si era mostrata aperta a qualsiasi tentativo di rinnovamento. Nel caso poi non avesse funzionato, sarebbe bastato aggiustare il tiro. Pensava che in quel modo la libreria avrebbe potuto cambiare via via aspetto adeguandosi alle nuove esigenze dei clienti. In effetti, il ragazzo le aveva poi riferito come non appena aveva indossato la spilla fosse stato sommerso di domande da parte di quelli che sembravano appassionati del genere. Forse incentivato da tali stimoli, si era anche messo a informarsi personalmente sulle disponibilità delle case editrici o del magazzino, e a Riko era sembrato che la cosa in fondo fosse positiva.

Anche l'angolo delle riviste era incentrato sugli speciali dedicati a Kichijōji. Vi erano state riunite molte copie arretrate di varie testate che ne avevano pubblicato uno, tanto da lasciare stupita Riko. Si spaziava da quelle piú specializzate come «Tōkyō Walker», «L'amico delle passeggiate», «Hanako» e «OZ» fino a normali riviste a target femminile e a pubblicazioni glamour piú dirette al pubblico maschile. I responsabili del settore avevano in realtà coltivato l'idea già da sei mesi, conducendo ricerche per proprio conto e procurandosi le copie.

Quel quartiere sembrava davvero essere al centro dell'attenzione mediatica. Era esposto anche un numero arretrato di «Vintage», con sopra un cartellino che recitava: «Qui c'è anche la nostra libreria!» Era quello in cui era stata pubblicata l'intervista con Riko. La foto che appariva era stata scattata lí all'interno, e non c'era da sbagliarsi. Colta dall'imbarazzo, ci passò davanti rapidamente.

Cominciò a salire le scale. Si era ormai consolidata l'abitudine di usare le pareti attigue come galleria. Al momento vi erano esposte le gigantografie di passi di opere in cui si parlava del quartiere. Fra le strisce di manga ce ne erano molte che Riko non conosceva, ma quella in cui la protagonista Chibi-neko, con indosso un vestitino con pettorina e bretelle, piange in un parco ne *Il pianeta di cotone* di Ōshima Yumiko, o quella de *Il grande sogno di Maya* di Miuchi Suzue in cui Maya balla travestita da fatina per attirare i clienti in una galleria commerciale, ricordava di averle viste da bambina. Lo sguardo le era caduto lí istintivamente, con aria nostalgica. Accanto alle vignette, c'erano le foto dei luoghi reali e la relativa spiegazione. Riko non sapeva chi le avesse scritte, ma erano presentazioni fatte in modo davvero elegante.

Quando ebbe dato uno sguardo al terzo piano, vide che anche lí l'aspetto era decisamente cambiato. Forse per alleggerire l'atmosfera ingessata del reparto testi accademici, vi erano state collocate delle composizioni di fiori stabilizzati, e appesi dei tessuti colorati alle pareti. Anche lí erano esposti al centro volumi che avevano a che fare con il quartiere. Erano soprattutto testi storici o sul clima, ma c'erano anche raccolte fotografiche di artisti che abitavano in zona o libri di studiosi che insegnavano nella locale università. Riko constatò una volta di piú come si trattasse di un quartiere particolarmente amato da artisti e uomini di cultura.

Mentre aveva preso uno dei volumi in mano e lo stava sfogliando, dietro di lei un cliente chiese informazioni a qualcuno del personale.

– Attenda un istante, per favore, – rispose la ragazza, tirando fuori di tasca un bloc-notes. Era quello pensato apposta per annotare le richieste dei clienti. Seguiva alla lettera le raccomandazioni di Riko, secondo le quali bisognava scrivere e controllare quanto veniva loro detto, senza limitarsi a un semplice scambio verbale.

Salita direttamente al quarto piano, vide che anche lí un vasto spazio era stato dedicato alle opere a fumetti ambientate a Kichijōji. Tra le altre, *GTO* di Fujisawa Tōru, *Rokudenashi Blues* di Morita Masanori, *Stop!! Hibari-kun!* di Eguchi Hisashi, *Il pianeta di cotone* e *Anche Gou Gou è un gatto* di Ōshima Yumiko, *Il grande sogno di Maya* di Miuchi Suzue, *Video Girl* di Katsura Masakazu, *Al caffè Kichijōji* di Negishi Kyōko, *Keroro* di Yoshizaki Mine e *Il grande re Azumanga* di Azuma Kiyohiko. Ne erano state selezionate anche alcune in cui il nome del quartiere non veniva citato apertamente, ma dove dalle scene si capiva benissimo quale fosse l'ambientazione.

Per i romanzi forse era piú comune, ma per i fumetti era raro che venisse promossa un'iniziativa del genere, e anche la clientela ne era rimasta incuriosita. In tema di manga gli appassionati avevano gusti ben definiti, e Riko era preoccupata che un approccio del genere potesse far loro storcere il naso, e invece avevano avuto un riscontro di vendite molto superiore al previsto. Forse per i rimandi presenti anche nell'esposizione lungo le scale, o magari perché la modalità di presentazione aveva invogliato a una rilettura dei vari manga, avevano avuto addirittura piú successo le vecchie storie. Per Riko era stata un'imprevista scoperta, dato che aveva sempre considerato difficile organizzare una fiera a tema solo con i fumetti.

Al quarto piano, anche le scaffalature delle *light novel* avevano un aspetto rinnovato. Accogliendo il suggerimento di quel cliente con gli occhiali che veniva sempre a leggere in piedi per ore, il contenuto era stato cambiato. Le nuove opere di autori che andavano per la maggiore come Nishio Ishin venivano tenute anche lí, oltre che nello spazio al secondo piano dedicato a tutte le novità editoriali. Inoltre, le *light novel* piú votate sulla pagina web gestita sempre dal loro cliente con gli occhiali erano esposte su un bancone. Pur essendo uno spazio limitato, aveva l'aspetto di una piccola fiera.

Nel reparto libri per l'infanzia, c'era un piccolo tavolo con una sedia. Sotto era steso un tappeto, con dei peluche a uso decorativo. Una ragazza che aveva attaccata al petto una spilla con la scritta: «Per i testi per l'infanzia, chiedete pure a me!» stava leggendo ad alta voce un libro illustrato a tre piccoli ospiti. Per un paio di ore al giorno c'era qualcuno del personale a disposizione, dietro richiesta, per fare quel tipo di lettura. Il servizio richiedeva un notevole impegno organizzativo, ma la responsabile del reparto pensava che con tale accorgimento molte piú persone sarebbero tornate a far visita regolarmente alla libreria, sperando anche, in prospettiva futura, che quei bambini si appassionassero ai libri, e diventassero clienti affezionati.

Riko era molto soddisfatta. In pochi mesi la libreria si era talmente trasformata in meglio da stentare davvero a riconoscerla. Era un luogo piacevole dove passare il tempo: si facevano delle scoperte, c'era sempre un'atmosfera movimentata. E il personale faceva un'ottima impressione. Lei pensava che se fosse stata una cliente, avrebbe voluto tornarci molto spesso.

Com'era possibile che alla fine del mese seguente dovessero chiudere i battenti?

Quel giorno Riko si era diretta tutta trionfante alla sede centrale. Gli introiti del mese erano aumentati del venti per cento rispetto a quelli registrati nello stesso mese dell'anno precedente. Aveva raggiunto ampiamente la cifra stabilita durante la riunione dei direttori. Di conseguenza, anche con un aumento cospicuo dell'affitto avrebbero potuto tranquillamente proseguire l'attività.

La sala riunioni era la stessa di quel giorno, ma stavolta avrebbe riferito direttamente al presidente, che l'aveva richiesto di proposito. Seduti ai lati del presidente c'erano Watanabe e Yamada.

Riko aveva illustrato con eloquenza la situazione della libreria. Quanto tutti loro si fossero impegnati, e come questo si fosse tradotto concretamente in cifre. Non aveva alcun timore, perché era fiduciosa di aver fatto tutto il possibile.

Alla fine della sua spiegazione, aveva diretto lo sguardo verso il presidente. Lui sorrideva, con la solita faccia paciosa che ricordava il dio Ebisu.

«Che cosa ne pensa?»

«Be', devo dire che ti sei impegnata moltissimo...» aveva commentato il presidente, continuando a sorridere.

«Non avrei mai immaginato che arrivassi a tanto...» aveva iniziato a dire Yamada, ma Watanabe gli aveva lanciato un'occhiataccia. L'altro si era subito stretto nelle spalle, come se si fosse reso conto di aver parlato in modo avventato.

«Quindi possiamo proseguire l'attività della libreria?»

Alla domanda di Riko il presidente non aveva risposto nulla, guardando in direzione di Watanabe. Quest'ultimo, con una faccia tirata, aveva iniziato a comunicare in tono solenne: «Ci dispiace molto, ma non torneremo sulla nostra decisione».

Riko non aveva potuto credere alle proprie orecchie.

«Che significa? Eppure l'aveva detto lei, presidente! Che se fossero aumentati gli introiti, avremmo potuto continuare...»

«Davvero? A me pare che il presidente ti avesse intanto concesso di provarci, ma che non avesse mai fatto una promessa del genere».

«In pratica tu hai solo eliminato le divise, nominato a tua totale discrezione del personale a contratto come responsabili di piano, sfruttato i clienti creando un gruppo di "sostenitori" che non si capisce bene come funzioni... Insomma, non ti pare di aver esagerato nel fare quello che ti pareva? Solo perché sei riuscita ad aumentare leggermente gli incassi, non si possono giustificare questi comportamenti... Ne va dell'immagine della nostra catena!»

Alle parole di Watanabe, Yamada aveva subito aggiunto il carico da undici. Riko si era ovviamente indispettita.

«Se dice cosí, allora perché non mi avete rimpiazzato i dipendenti fissi che avevate trasferito? Io non avrei mai voluto investire quelli a contratto di una tale responsabilità! Ma non ho avuto scelta, visto che non ce n'erano altri di fissi a disposizione. E le divise, comunque, non le ho eliminate. Ho solo lasciato libertà su come vestirsi ai nuovi assunti part time. Anche quella era una misura di emergenza per cercare di tagliare le spese dove era possibile, in qualsiasi modo. Voi non avete idea di quanto siano stati tutti attenti a risparmiare! Come potete sapere quanto si siano impegnati per migliorare a tal punto il bilancio in soli sei mesi, mentre non siete mai venuti nemmeno una volta a vedere come procedevano le cose?»

Forse perché intimidito dalla veemenza di Riko, Yamada aveva allora abbassato i toni.

«Mi dispiace per te, ma la decisione ormai è inappellabile». Poi, occhieggiando in direzione di Watanabe, aveva biascicato: «In realtà anch'io avevo pensato che, con un simile miglioramento dei risultati, si potesse farvi pure continuare...»

Come ad annullare la pavida ammissione di Yamada, Watanabe aveva allora tuonato: «Be', tanto ormai non c'è piú nulla da fare!»

«Ma perché? Io non riesco a capire. Dopo tutto quello che abbiamo fatto per riuscirci! Se non mi date un motivo valido, come potrò spiegarlo agli altri?» aveva insistito Riko.

«Allora parlerò io...» aveva detto a quel punto il presidente, mantenendo imperturbabile la sua espressione sorniona da dio Ebisu.

«Ma, presidente!» avevano esclamato in un perfetto unisono Watanabe e Yamada.

Lui si era intanto sporto tutto in avanti.

«Quella volta in effetti avevo detto cosí. Ma questo è un momento difficile per le librerie, dal punto di vista economico. Non c'è dubbio che alla tua siate riusciti a migliorare decisamente gli introiti. Ma potrà essere una tendenza costante? Al momento si sono ridotte temporaneamente le spese di personale, e le diverse iniziative che avete messo in piedi hanno attirato l'attenzione generale, ma fino a quando potrà continuare? Durante il periodo di ricostruzione dell'edificio, i clienti non si allontaneranno?»

«Ma gli incassi sono aumentati del venti per cento rispetto all'anno scorso! Non è un dato straordinario, paragonandolo con quelli delle altre librerie? Anche se andassimo a vuoto durante la ristrutturazione, con lo staff che abbiamo ora a disposizione saremmo in grado di recuperarlo in brevissimo tempo. I locali saranno rinnovati, e lí potremmo trovare i modi per espanderci ulteriormente...»

«Ma non è detto che nel nuovo edificio la libreria possa riaprire nelle medesime condizioni. Non si sa a chi voglia affittare la proprietà, gira anche voce che abbiano intenzione di darla in blocco a un certo gruppo finanziario...» Riko si era morsa le labbra. Nemmeno lei ne era al corrente. «E si dice anche che in quella zona aprirà una nuova libreria megastore, con una superficie addirittura maggiore di quella della nostra filiale di Ogikubo. A quel punto, nel quartiere si svilupperà una concorrenza sempre piú aspra...»

«A me va bene un posto qualsiasi. Anche se dovessimo spostarci, o lavorare in spazi piú ristretti. La prego, non ci faccia chiudere!»

Riko aveva ormai assunto un tono implorante. Era pronta anche a mettersi a piangere, pur di ottenere un qualche risultato.

«Ma perché? Perché insisti tanto? Forse perché cosí perderesti il posto di direttrice? Hai comunque fatto un buon lavoro, e anche se non fosse Kichijōji, potremmo offrirti la stessa posizione in un'altra filiale. Vediamo... Ah, ecco, per esempio Ogikubo, che ha bisogno di una scossa...»

Quella filiale era la piú grande di tutta la catena Pegasus Shobō. Si poteva dire che come importanza fosse superiore a quella che dirigeva al momento.

«Sono lusingata per la proposta, ma il mio desiderio piú grande è quello di mantenere in piedi la libreria in quel quartiere».

«Ma perché ti sei impuntata proprio su quella? Non sarà certo una gran perdita, anche se dovesse venire a mancare un rudere del genere!» era sbottato allora il presidente, e Riko era rimasta disorientata, non sapendo bene cosa replicare. Adducendo ragioni tipicamente emotive, come il voler difendere il posto di lavoro dei dipendenti, o quanto per lei quella libreria fosse importante, probabilmente gli altri si sarebbero messi a ridere. Pur confusa, le parole che le si erano affacciate per prime alla mente erano state: «Quella non è stata forse la prima libreria della catena? Anche per le generazioni precedenti è stata un punto di riferimento fino alla fine, e si potrebbe persino dire che costituisca un simbolo per la Pegasus Shobō. Come avete potuto pensare di eliminarla?»

«Ma che significa? Nel mondo in cui vivo io adesso, non c'è piú bisogno di vecchi simboli ammuffiti!»

A quello sfogo del presidente, Watanabe e Yamada si erano come fatti piccoli, incurvando la schiena e rannicchiandosi sulla sedia. Era sembrato volessero quasi scomparire dalla sua vista.

Anche Riko aveva deglutito. Non aveva mai sentito il presidente sbraitare a quel modo.

«I miei erano orgogliosi di aver fondato quella libreria. Erano arrivati dalla provincia, e si vergognavano di aver fatto fortuna con i locali notturni. Venendo dalla campagna non avevano una grande istruzione, e soffrivano di un forte complesso di inferiorità culturale. Dunque erano convinti che gestire una libreria li avrebbe elevati da quel punto di vista. Eppure sotto un profilo commerciale, non c'è nessuna differenza!»

Il presidente aveva quindi estratto una sigaretta dal taschino, e Watanabe e Yamada, che fino a quel momento erano rimasti immobili, erano scattati come una molla. Il primo gli aveva porto un accendino con la fiamma già accesa, mentre l'altro aveva preso un posacenere da uno scaffale in un angolo della stanza e gliel'aveva piazzato davanti. Riko non aveva potuto fare a meno di ammirare la loro perfetta sintonia persino in una situazione del genere.

Il presidente aveva tirato lentamente una boccata, per poi proseguire il suo discorso.

«In realtà, i miei avrebbero voluto lasciare la libreria a Mihoko, la mia sorella piú grande. Alla loro figlia preferita, insomma. Il sogno di mio padre era che il figlio maggiore portasse avanti le attività di ristorazione, e Mihoko con il marito la libreria. Quanto a me, non gliene importava nulla».

A quel punto, con una smorfia era scoppiato a ridere. Non aveva piú la solita espressione sorridente e paciosa che ricordava il dio Ebisu. Pareva che gli fossero di colpo trapelate in volto le ferite dell'anima che evitava sempre di mostrare agli altri. Con l'impressione di aver visto qualcosa che non avrebbe dovuto vedere, Riko aveva abbassato istintivamente gli occhi.

«Ma Mihoko si è sposata contro la loro volontà. È praticamente scappata via di casa, dicendo che da loro non voleva un soldo. Cosí, non essendoci alternativa, la palla è passata al secondogenito maschio, il reietto di famiglia...»

Con quelle parole il presidente si riferiva ovviamente a sé stesso. Anche Riko conosceva quella famosa storia, secondo la quale i genitori avevano fondato la Pegasus Shobō proprio per quella figlia per cui stravedevano. Si narrava che fossero rimasti profondamente scossi dopo il suo allontanamento.

«Inizialmente ho dovuto fare apprendistato proprio in quella libreria. Sto parlando ormai di trent'anni fa. I miei avevano dato disposizioni al direttore di assegnarmi i lavori piú pesanti, ogni singolo giorno, dal mattino presto alla sera; dovevo occuparmi delle consegne, delle pulizie e via dicendo. Non potevo mai interagire con i clienti, o sistemare gli scaffali, insomma dedicarmi ad attività in cui usare un po' il cervello. Mi era stato vietato di usare l'ascensore durante l'orario di lavoro, non so quante volte al giorno ho dovuto fare su e giú per quelle scale...» ha proseguito il direttore, come un fiume in piena. Ripensandoci, Riko aveva notato per la prima volta come lui non si fosse mai presentato in libreria. I suoi, complice anche il fatto che abitavano nei dintorni, vi facevano puntualmente visita almeno una volta al mese. Forse era un luogo che lui odiava, e non voleva ricordare. «Ma nonostante tutte le vessazioni, mio padre ha continuato a sostenere di non potermene affidare la gestione, e fino a poco prima della sua morte non ha voluto mai lasciarne il controllo. Si è opposto a qualunque mia iniziativa. Io non ho potuto fare altro che assecondarlo, e starmene zitto. Obbedire a tutto quello che diceva quel vecchio ignorante...»

Il «padre» era ormai diventato un «vecchio». E ogni volta che lo nominava, era come se nei suoi occhi affiorasse un dolore violento. Com'era possibile che il loro rapporto fosse stato cosí distorto?

«Il vecchio ormai non c'è piú, e io faccio quello che mi pare. Soprattutto quello che lui non era stato mai in grado di fare».

Girava voce che rispetto all'intraprendente figlio maggiore, il secondogenito fosse piú garbato e gentile, ma non avesse polso né talento, e che non si occupasse personalmente di nulla, delegando tutto a qualche dipendente efficiente. Ma il presidente che stava lí di fronte a lei era tutta un'altra persona.

«È per questo che vuole chiudere la libreria?» Riko aveva finalmente compreso che a volerla eliminare non erano stati né Watanabe né Yamada, ma soltanto lui in persona. In definitiva, anche il Gatto e la Volpe non erano che sue pedine.

«Esatto!» Il presidente aveva quindi schiacciato nel posacenere la sigaretta che aveva finito di fumare, spegnendola.

«Dopo tutto quello che noi abbiamo fatto...» aveva allora mormorato Riko d'istinto. Un complesso nei confronti del padre. Era per un motivo cosí banale che veniva fatta scomparire un'intera libreria? Era difficile capire quali risentimenti gli esseri umani covassero nel loro animo. Forse per il presidente si trattava di una cosa importante. Ma lei non poteva fare a meno di pensare che fosse stupido.

Era del tutto indifferente di fronte ai destini delle trenta e piú persone che lavoravano nella libreria, e alle centinaia di clienti che vi facevano riferimento?

«Mi sono comportato male con te. Solo che quando ti sei espressa in quel modo, l'altra volta, mi è venuta la curiosità di vedere quanto saresti riuscita a fare...»

Riko si era sentita completamente svuotata di forze. Eppure aveva sperato che se non Watanabe e Yamada, almeno il presidente avrebbe compreso la loro situazione. Anche lei stessa, alla fine, non era stata altro che una pedina.

«Tu sei stata anche piú brava di quanto avrei immaginato. Ora capisco perché ti definiscano addirittura "una libraia carismatica"!» Riko non aveva ben capito se lui l'avesse detto in tono ironico o per farle un complimento, dato che dal tono della sua voce non lo si sarebbe potuto giudicare. «E quindi, anche se la libreria verrà chiusa, io voglio offrirti un altro lavoro. Non è un semplice posto da direttrice, ma uno di ancor maggiore soddisfazione». Cosí dicendo, il presidente si era di nuovo sporto in avanti. «Vuoi diventare la responsabile di vendita degli e-book?»

«E-book?»

«Ma sí, certo! Ormai in futuro non ci sarà piú spazio per le librerie. È finito il tempo dei libri stampati. Sono pesanti, e dànno ingombro. Non c'è nulla di meno vantaggioso che esporli e venderli in libreria. Serve spazio, e richiedono ingenti spese di personale. E poi comportano un mucchio di noie: i furti, le giacenze di magazzino, e cosí via. Stiamo per entrare nell'èra in cui i libri si acquisteranno soprattutto on line, e in formato elettronico».

Non era una semplice questione di comodità, avrebbe voluto dirgli Riko, ma era rimasta in silenzio. Di certo sarebbe stato inutile ribattere in qualsiasi modo di fronte a quell'eloquio entusiastico del presidente.

«Ci stiamo già preparando. Ho intenzione di creare una nuova società in collaborazione con la IT». Aveva citato una grossa azienda del settore informatico. «Un progetto ambizioso, non ti pare? In realtà avevo in mente di affidarlo a mio nipote Nojima, ma poi ho pensato che fossi tu quella piú adatta all'incarico...»

Nojima era stato il precedente direttore della libreria. Ecco perché era stato fatto rientrare alla sede centrale, aveva dedotto Riko. Ma gli e-book si sarebbero davvero affermati cosí rapidamente? Inoltre, erano già pronte a lanciarsi in quell'attività le case editrici. Per loro era molto piú semplice, visto che avevano già a disposizione i contenuti. Avrebbero potuto competere con loro le librerie, che erano state da sempre specializzate nella vendita diretta?

Mentre era immersa in tali riflessioni, il presidente si era sporto di nuovo in avanti: «Allora, ci vuoi provare, vero?»

26.

Riko era seduta a bere al *Momokichi*, un locale vicino alla libreria dove si ritrovavano spesso anche gli altri colleghi. Ci erano appena stati tutti quanti anche il giorno prima, a festeggiare dopo il firmacopie di Agachi Nao. Era la prima volta che lei ci andava da sola, ma la conoscevano bene e l'avevano fatta subito accomodare al bancone. In una giornata del genere, il suo unico desiderio era quello di farsi un bicchiere in perfetta solitudine.

Aveva dato le dimissioni. Dopo aver rifiutato l'invito fattole personalmente dal presidente di occuparsi di una nuova attività, non sarebbe certo potuta restare.

Poco prima, aveva annunciato anche a tutti gli altri la chiusura della libreria. Molti erano rimasti increduli, e qualcuno si era anche messo a piangere. Per lei era stata una sofferenza assistervi. Continuava a tormentarla il pensiero di tutti gli sforzi inutili che avevano fatto insieme, ed era stata anche lei sul punto di scoppiare in lacrime. Ma non era pentita di aver lasciato. Aveva fatto tutto ciò che era nelle sue possibilità. In quegli ultimi cinque mesi, aveva sfruttato al massimo le proprie competenze di libraia. Era sinceramente convinta che la libreria fosse cambiata in meglio. Ma dato che il risultato era stato comunque negativo, non c'era nient'altro che potesse fare lí.

– Ah, eccola... – sentí dire qualcuno dietro le spalle. Quando si voltò, vide che si trattava di Aki.

– Mi siedo qui, – disse l'altra, mettendosi di fianco.

– Ma come, ero venuta apposta per bere un bicchiere da sola...

– Mi scusi per l'invadenza, – replicò Aki, ma senza dare segno di volersi alzare. Chiese una birra al cameriere che le passava accanto. – Ha ordinato anche qualcos'altro da mangiare? – le domandò poi, vedendo che davanti a Riko c'era solo un piatto di insalata mista.

– Credi che possa avere fame, in un momento simile?

– Be', allora ordino io! Scusi, un rotolo di frittata al *nattō*, delle cosce di pollo alla griglia speziate, poi del tofu *hiyayakko*, e anche un'insalata di gamberi e avocado alla maionese...

– Caspita, che appetito! – Riko era rimasta un po' stupita. Pensava che anche per Aki la notizia della chiusura definitiva fosse stata uno shock.

– Dicono che non si possa andare in battaglia a stomaco vuoto, giusto?

– Battaglia, ma di che parli?

– Ho dato anch'io le dimissioni, e quindi devo cercarmi un nuovo lavoro, – rispose Aki, con perfetta nonchalance.

– Anche tu, ma che bisogno c'era? – le chiese allora Riko, alzando istintivamente il tono di voce.

Aki si mise l'indice davanti alla labbra, come per invitarla a parlare piano.

– Mah, mi chiedo anch'io perché... Forse sull'onda? Se nonostante il successo delle iniziative e il grande miglioramento della libreria non ci hanno riconosciuto i nostri meriti, ho pensato che non ci fosse piú speranza. Quell'azienda non ha futuro!

– Non dire stupidaggini! Qualche assurdità la incontrerai dovunque, nell'ambiente di lavoro! Dare le dimissioni per cosí poco è un atteggiamento da principessina!

– Perché, lei non ha fatto lo stesso? Pare che il presidente volesse affidarle la gestione degli e-book...

– Ah, l'hai sentito anche tu? Ma io voglio vendere libri di carta, in una libreria reale! Non credo di essere portata per quegli affari elettronici!

Oltretutto, aveva promesso davanti a tutti di lasciare se la libreria avesse chiuso. Gli altri le avevano creduto, e si erano impegnati anche per quello. Non avrebbe mai potuto trasferirsi soltanto lei a un altro dipartimento, anche se ovviamente nessuno l'avrebbe poi biasimata per quello.

– Già, è proprio vero! Una libreria deve avere una sua sede, presentare in esposizione libri di carta, far interagire il personale con la clientela: è quello il suo fascino! È come uno show room per i libri. È lí che tutto appare piú bello!

Era proprio come diceva Aki. Gli e-book non erano libri. Erano solo dati elettronici, un qualcosa di diverso. In libreria si incontravano clienti, rappresentanti delle case editrici e distributori, addetti alle vendite, che interagivano direttamente tra loro, a volte scontrandosi; insomma, nasceva sempre qualcosa di costruttivo. I libri erano ciò che faceva da tramite fra di loro. Quella, in altre parole, era la libreria. Ciò che era sempre piaciuto a Riko.

– E adesso cosa avrebbe intenzione di fare?

– Sono indecisa... Mah, un po' di soldi da parte ce li ho, e quindi nell'immediato non mi troverò in difficoltà. Quindi pensavo di rifletterci su con calma. Tra l'altro qualche proposta di lavoro mi sarebbe già arrivata... – In effetti era cosí. Col diffondersi della notizia della chiusura della libreria, le erano giunte diverse richieste per un'eventuale assunzione. Probabilmente avrebbe finito per accettare una di queste. – Comunque rimango sempre la «libraia carismatica», e dunque in qualche modo farò! – aggiunse in tono scherzoso.

– È vero! Di quello che abbiamo fatto alla fine se ne è parlato molto bene nell'ambiente, e se non staremo troppo a cavillare sulle condizioni economiche, non dovremmo avere problemi a sbarcare il lunario.

– Già, credo proprio di no...

Il cameriere portò ad Aki la birra e lo *hiyayakko*. Quando sollevò il bicchiere anche Riko la imitò col proprio, avvicinandolo al suo. Si sentí il rumore secco delle due superfici di vetro che si scontravano. Aki bevve una lunga sorsata, scolandosi quasi la metà del bicchiere.

– Ah, che meraviglia!

Anche Riko inclinò in silenzio il bicchiere verso le labbra.

– Però è proprio strano, non trova?

– Che cosa?

– Ritrovarsi qui a bere noi due da sole. E pensare che c'è stato un momento in cui non volevo neppure guardarla in faccia!

– Be', per me era lo stesso! Ma a proposito, poi hai fatto pace con tuo marito?

– Sí. È stato anche merito suo. Mah, se poi dovessimo avere dei bambini probabilmente ci ritroveremo di nuovo a litigare, ma per il momento ho intenzione di liberarmi la mente, un po' per volta, – le rispose Aki, con aria vagamente imbarazzata. Riko ne provò una sincera contentezza.

– Ma certo! Piano piano riuscirai a educarlo! – esclamò con una risata. – Comunque, ne abbiamo passate delle belle, eh?

– Sí, ma è stato eccitante! A essere onesta, non credo che avrei fatto tutte quelle esperienze se non fosse stata lei la direttrice! Devo proprio ringraziarla...

A quella parole, Riko avvertí una fitta al cuore. Non si meritava la sua fiducia.

– Ecco, veramente... – Quando Riko iniziò a parlare,

Aki si mise a guardarla dritta negli occhi. L'altra non riuscí a reggere quello sguardo franco, e abbassò il suo. Ma ormai doveva dirglielo. – C'è qualcosa di cui devo scusarmi, con te...

– E di cosa si tratta? Non mi sembrava questo il momento...

– Insomma... A rompere quei bicchieri da vino che ti aveva mandato in regalo Shibata, della Hitotsuboshi Shuppan, sono stata io.

– Ehh?

– Perdonami! Non l'ho fatto apposta... In realtà avevo solo intenzione di vedere cosa ci fosse dentro. Volevo sapere a tutti i costi cosa ti avesse regalato. Una volta controllato, l'idea era quella di rimetterli perfettamente a posto. Ma poi ho sentito un rumore improvviso, e dallo spavento li ho fatti cadere.

– Ma perché? Perché fare una cosa del genere?

– Credo che forse lo sappia anche tu. Io avevo una relazione con Shibata. Fino a che non è comparsa quella ragazza con cui sta adesso.

– Sí, avevo sentito la voce.

– Il primo regalo che mi ha fatto quando stavamo insieme sono stati dei bicchieri di cristallo Baccarat. Sembrava che anche a te avesse mandato la stessa cosa, e mi sono incuriosita. Anche se capisco che non possa essere una scusa. Qualunque sia la situazione, nessuno ha il diritto di aprire un regalo diretto a qualcun altro. In me c'era qualcosa che non andava. Sono mortificata, davvero!

Riko abbassò la testa. Come avrebbe reagito Aki? Si aspettava già di venire coperta di insulti.

– E allora... Qual è stato il risultato?

– Come?

– Erano gli stessi che aveva regalato a lei?

– Ah, sí... Cosí mi sono innervosita...
– Che idiota!
– Eh?
– No, non mi riferivo a lei, ma a Shibata. Gli uomini sono proprio senza speranza. Non capiscono affatto come ci possiamo sentire noi donne. Visti i precedenti, di sicuro li avrà regalati anche alla moglie!
– Ma figurati! Anzi, forse in realtà è possibile...
Trattandosi di Shibata, anche per Riko non era del tutto azzardato pensarlo.
– È cosí in gamba sul lavoro, ma ha non la minima sensibilità verso le donne. Direttrice, è stata una fortuna che vi siate lasciati! – Cos'era, forse un tentativo di consolarla? – Comunque, se è successo cosí, pazienza. Anche se mi è dispiaciuto un po' per i bicchieri Baccarat...
– In realtà ne avevo comprato un altro paio in sostituzione, e li avevo già pronti. Quel giorno avevo pensato di rimpiazzarli con quelli nuovi prima che arrivassi tu, ma non ho fatto in tempo.
– Ma come, avrebbe potuto dirmelo! Per me non avrebbe fatto nessuna differenza... – replicò Aki con fare disinvolto. Non era per nulla arrabbiata, e non sembrava avere alcuna intenzione di biasimare Riko, che finalmente si sentí sollevata. Era un peso che si era portata dentro per tanto tempo.
– Solo che non erano le circostanze adatte per poterti dire una cosa del genere!
– Be', a ripensarci forse è cosí. Ma perché allora avevamo tanta ostilità l'una verso l'altra?
– Davvero, me lo chiedo anch'io...
In effetti, al momento lei era la persona che Riko sentiva piú vicina. Rispetto alla battaglia condotta contro la sede centrale, quei contrasti le apparivano ora come una

tempesta in un bicchiere. Anche Aki di sicuro provava qualcosa di simile. E per questo era riuscita a perdonarle anche l'incidente con una risata.

– Però quando avrà deciso me lo faccia sapere, mi raccomando!

– Che cosa?

– Il nuovo lavoro. Ci verrò a lavorare anch'io, in quella libreria!

– Sul serio?

Dalla sorpresa, Riko fece quasi cadere il calice che teneva in mano.

– In un posto scelto da lei, sarà di certo divertente lavorarci!

– Sei sempre la solita! Il lavoro non conta solo che sia divertente o meno...

– Sí, questo lo so! Ma anche per lei non sarebbe meglio iniziare a lavorare in una nuova libreria insieme a me, piuttosto che da sola?

Forse era cosí. E magari sarebbe stato interessante incominciare qualcosa proprio insieme ad Aki. Ma le parole che le uscirono di bocca non rispecchiavano quel suo pensiero: – Ma no! Io mi sentirò piú libera di cominciare una nuova vita. Sarebbe imbarazzante andarsene in giro sempre accompagnata da una macchia del passato, come quello che rappresenti tu...

– Ah, io sarei una macchia del passato?

Aki assunse un'aria un po' immusonita. Nel vederla cosí, Riko proseguí dicendo: – Ma se ti trovassi davvero in difficoltà, vedrò di considerarlo. In effetti non ci saranno molte librerie che vogliono assumere una impulsiva come te...

Forse si era espressa in modo un po' contorto. Ma una donna matura come lei non poteva essere cosí diretta da lasciarsi andare a frasi entusiastiche tipo «allora sempre unite, anche da ora in avanti!»

– Insomma, deve sempre guardare gli altri dall'alto in basso! Ah, dimenticavo... – Aki infilò una mano in tasca, e ne tirò fuori un foglietto. – Mentre stavo per uscire, ha telefonato il signor Hoshino. Chiede di richiamarlo a questo numero.

– Hoshino? E cosa vorrà?

Era uno dei frequentatori abituali della libreria, che aveva anche partecipato alla «riunione dei sostenitori». E quando Riko si era trovata nei guai con un cliente litigioso, l'aveva persino tratta d'impaccio. Tuttavia, fino ad allora non c'era stato alcun contatto privato tra di loro.

– Vado a telefonare, finché sono ancora sobria! – commentò Riko, e uscí dal locale con il cellulare in mano.

Alcuni minuti dopo, Riko si diresse di nuovo verso il bancone. Aveva un'espressione quasi imbambolata. Si risedette al suo posto con gesti malfermi.

– Che è successo? Non le avrà mica chiesto di uscire con lui? – le chiese Aki in tono scherzoso, mentre l'altra sembrava assente.

– Uhm, no, ma è qualcosa di ancora piú straordinario...

– Straordinario, e che potrà essere mai?

– In pratica, sono nel mirino di un cacciatore di teste...

– Eh?

– Mi ha detto che una grossa azienda del Kyūshū ha in progetto di espandersi qui in città, insomma, proprio quella... – Riko fece il nome di una famosa catena di librerie del Giappone meridionale.

– Uh, dei giganti del settore! E allora?

A quanto le aveva detto Hoshino, stavano per aprire al pianterreno di un nuovo palazzo di fronte alla stazione un'enorme libreria con affaccio su strada. Avrebbe occupato anche il primo e il secondo piano, e come superficie complessiva sarebbe dovuta diventare la piú grande dell'intero Paese. Lui era un dipendente dell'azienda, ed era stato incaricato di sovrintendere al progetto. A scopo di ricerca aveva fatto visita a diverse librerie della zona, ed era rimasto particolarmente ammirato dal lavoro svolto da Riko e dal suo staff.

– Mi ha chiesto se mi interessa l'incarico di direttrice della nuova libreria...

– Ma è fantastico, no? – esclamò Aki, tutta eccitata.

– E mi ha anche detto che posso portare con me tutto il personale che voglio.

– Evviva! È chiaro che il cielo non ci ha abbandonato! Ovviamente gli avrà risposto di sí, giusto? Potremo trasferirci tutti lí, no?

Aki era in visibilio. Mentre osservava la sua euforia, Riko rispose pacata: – Non saprei... Sembra tutto troppo bello! Abbiamo deciso di incontrarci la settimana prossima, per parlarne piú in concreto.

– Ma se è davvero quella l'azienda, non dovrebbero esserci problemi!

– Però non ho ancora sentito le condizioni, e tutto il resto...

Riko appariva esitante.

– Ma che importa? Ozaki, Mami, Anna e tanti altri potranno continuare a lavorare in questa città, e in questo quartiere. È quella la cosa fondamentale, no? I dettagli si possono poi aggiustare, in qualche modo. A qualsiasi situazione potremo far fronte sul momento!

– Però...

Mentre Riko manteneva il suo atteggiamento dubbioso, si sentí una voce squillante provenire da dietro: – Direttrice, finalmente l'abbiamo trovata!

– Ma non si fa! Starsene a bere voi due qui da sole...

Quando si voltarono, videro che c'era quasi l'intero staff della libreria. Mami, Ozaki, Mita, Yamane, i fratelli Kurata, praticamente tutti quelli che erano in servizio quel giorno si trovavano lí.

– Ma che vi è successo, a tutti quanti? – chiese Riko stupita.

– Che ci è successo? Che dovete fare spazio anche a noi! – rispose Ozaki un po' piccata.

– Se è una riunione per piangersi addosso, facciamola almeno tutti insieme! Non siamo anche noi parte della squadra? – incalzò Mami, abbracciando Aki da dietro le spalle.

– Scusate, c'è un tavolo libero? – iniziò a informarsi Mita con il responsabile.

Fortunatamente c'era disponibilità, e l'uomo fece loro strada verso il fondo della sala. Tutti si misero a seguirlo; anche Riko e Aki, con i loro bicchieri in mano, si accodarono al gruppo.

– Non parlarne ancora, di quella storia. Non vorrei dargli false aspettative, – sussurrò Riko all'orecchio di Aki. Lei assentí in silenzio.

Arrivati a una saletta col pavimento in tatami, presero tutti posto intorno al tavolo basso. Sollecitata dagli altri, Riko si sedette al centro. Arrivò il cameriere, e fecero le loro richieste a turno. Una volta terminati gli ordini, quando si era fatta un po' di calma Ozaki si alzò in piedi. Sembrava aver intenzione di fare un discorso, e nel vederlo tutti si zittirono.

– Oggi abbiamo deciso di venire qui perché volevamo ringraziare la nostra direttrice...

– Ringraziarmi? – chiese stupita Riko, di rimando.

– In questi sei mesi ci ha permesso di fare un'esperienza davvero preziosa. Abbiamo acquisito una grande fiducia in noi stessi. In qualsiasi libreria ci dovessimo trovare a lavorare d'ora in avanti, credo che questo ci permetterà di farlo con successo.

– Però io non sono riuscita a salvarla, la libreria...

– Sappiamo tutti benissimo quanto abbia lottato, con tutte le sue forze. E che per questo alla fine ha dato le dimissioni. È un peccato che la libreria scompaia, ma noi le siamo tutti grati. Grazie, davvero!

– Ma io non...

Mentre Riko rimaneva imbambolata a fissare Ozaki senza sapere piú cosa dire, le si avvicinò Yamane Shōko con un mazzo di fiori in mano.

– Questo è da parte di noi tutti, per ringraziarla, – le disse porgendole i fiori. Colta di sorpresa, Riko rimase ancora piú ammutolita, e li prese in silenzio.

– Grazie per tutto quello che ha fatto, davvero, – le disse Mita. A turno, anche gli altri le rivolsero qualche espressione di riconoscenza.

– A voi tutti... – Riko stentava a trovare le parole, e abbassò lo sguardo. – Grazie, – disse a fatica, poi non riuscí piú a trattenere le lacrime.

Nel vederlo, qualcuno si mise ad applaudire, seguito a ruota da tutti gli altri. Lei si alzò in piedi, circondata da applausi scroscianti. Quindi, con voce rotta, disse: – Sono io a essere in debito con voi, ho potuto fare quello che ho fatto solo per merito dei vostri sforzi. Grazie davvero!

A quelle parole, l'applauso si fece ancora piú intenso. Riko non riusciva a frenare le lacrime.

Intanto, arrivarono le birre che avevano ordinato. L'applauso si interruppe, e anche Riko si rimise a sedere. Si passarono i boccali intorno al tavolo, finché ciascuno ebbe il suo davanti. A quel punto qualcuno disse: – Aki, dovresti fare il brindisi! – e lei si alzò in piedi.

– Direttrice, e voi tutti... Grazie per il vostro impegno in questi ultimi sei mesi. È stata dura sotto tanti punti di vista, ma credo che questo bagaglio di esperienza sarà per noi prezioso. Come ha detto Ozaki, dovunque andremo e qualunque cosa faremo d'ora in avanti, saremo sempre all'altezza; tanto credo ci abbia fatto crescere quello che abbiamo sperimentato. Sono grata dal profondo del cuore alla direttrice che ci ha permesso di vivere questa meravigliosa esperienza e a tutti voi, fantastico staff!

Si levò di nuovo qualche applauso.

– Aki, non sono ancora le parole adatte per un brindisi! – esclamò Mami in tono scherzoso.

Aki fece un sorriso imbarazzato, e continuò dicendo: – Sí, questo era solo per esprimere quello che provo personalmente. Allora, finiamola qui con le premesse! Voglio brindare ai miei meravigliosi compagni di lavoro, e al futuro che ci aspetta!

– *Cin cin!* – In un festoso coro di augurio, tutti sollevarono in alto i boccali. Era un tripudio di volti sorridenti, tra cui anche quelli di Aki, Ozaki, Mita e Yamane, e questo nonostante una situazione che avrebbe dovuto al contrario suscitare tristezza.

Fu allora che Riko, guardandoli in faccia uno per uno, si convinse che avrebbero potuto ancora farcela. Non era finita, li aspettava una nuova partenza. Si ripromise di dedicarcisi anima e corpo, fin dal giorno dopo. Per ritrovarsi cosí a sorridere, ancora una volta, tutti insieme.

– Alla nostra salute! – esclamò con entusiasmo, mandando giú d'un sorso la sua birra.

Nota al testo.

I versi alle pp. 5-7 sono tratti dalla canzone *Winding Road* di Ayaka & Kobukuro.

*Questo libro è stampato su carta contenente fibre certificate FSC®
e con fibre provenienti da altre fonti controllate.*

FSC
www.fsc.org
MISTO
Carta da fonti gestite
in maniera responsabile
FSC® C115118

*Stampato per conto della Casa editrice Einaudi
presso ELCOGRAF S.p.A. - Stabilimento di Cles (Tn)
nel mese di aprile 2024*

C.L. 26244

Edizione						Anno			
1	2	3	4	5	6	2024	2025	2026	2027